츠루카메 조산원

つ る か め 助 産 院

츠루카메 조산원
つ る か め 助 産 院

오가와 이토 지음
권남희 옮김

문예춘추사

남쪽 섬으로 향하는 배는 짙은 쥐색으로 물든 바다를 천천
히 나아갔다. 왼손으로 해를 가리고 수평선을 바라보니 멀리
하늘에 거대한 비구름이 꿈틀거렸다. 그 아래에는 비가 내리고
있을 것이다. 그곳만 하얀 비단이 걸린 것처럼 부옇게 보였다.

　배는 하루에 한 번씩 왕복하며 육지 터미널 항구와 그 섬을
잇는다. 섬에는 공항이 없어서 그곳에 가려면 이 배를 탈 수밖
에 없다. 항구를 떠난 지 약 세 시간, 드디어 목적지인 섬이 보
였다.

　이끼 낀 거대한 바위처럼 섬 전체가 초록색으로 덮여 있었
다. 이런 곳에 정말로 사람이 사는 걸까? 멍한 머리로 그런 생

각을 하는 사이, 배는 기적을 크게 두 번 울리며 천천히 항구로 다가갔다.

짐을 들고 2층 객실에서 갑판으로 나왔다. 바다에서 불어오는 바람은 짭짤했다. 세찬 바람에 날려가지 않도록 난간을 꼭 잡고 매달린 채 섬을 바라보았다. 뱃길이 바뀌며 차와 신호등, 창고 등이 보이기 시작했다. 역시 이곳에도 사람이 사는구나. 아이들도 있을 테지. 바닷가에는 작은 학교도 보였다.

이윽고 배에서 탄탄한 밧줄을 던져 육지에 배를 댔다. 항구 앞으로 뻗은 연도에는 가족이나 지인을 마중 나온 섬사람들이 직사일광에 눈을 가늘게 뜨고 지루한 표정으로 기다리고 있었다. 가동식 계단이 나와 육지에 닿자마자 이 지역 사람인지 한 아주머니가 서둘러 내려갔다. 목에 하얀 붕대를 감은 고양이를 소중하게 안고 있었다.

여기저기에서 재회를 기뻐하는 소리로 작은 항구가 소란하다. 하지만 나를 반겨주는 사람의 모습은 없다. 내가 이 섬에 온다는 것을 아는 사람이 없으니까.

배에서 내려 항구 주차장을 가로질렀다. 갑판 위도 그랬지만, 햇볕이 엄청나게 강하다. 끝이 뾰족한 뭔가가 피부를 콕콕 찌르는 것 같다. 기껏 여행용 가방에 챙겨온 양산을 육지의 숙소에 두고 온 것이 후회됐다.

익숙하지 않은 배를 타서 뱃멀미가 난 걸까. 똑바로 걸으려고 해도 발밑이 휘청거렸다. 몸을 움직일수록 속이 더 울렁거렸다. 토하고 싶을 정도는 아니었지만, 땅이 출렁출렁 부드럽게 파도치는 것처럼 느껴졌다. 그 바람에 하마터면 작은 도마뱀을 밟을 뻔했다. 그러나 자세히 보니 도마뱀은 이미 뭔가에 치여 짜부라진 채 말라비틀어져 가고 있었다.

목적지가 있는 건 아니어서, 배를 타기 전 항구에서 받은 팸플릿에 실린 섬 지도를 펼쳐 들고 마음 내키는 대로 걸음을 옮겼다. 길 양쪽으로는 억새의 이삭처럼 생긴 키가 큰 식물이 무성했다. 공기의 밀도가 높고 진해서 마치 다양한 향신료가 섞여 있는 것 같았다. 숨을 쉴 때마다 몸이 무거워졌다.

그러고 보니 전에도 이 섬에 온 적이 있었다. 그때는 둘이었다. 지금 생각하면 그건 우리의 혼전 여행이었다. 오노데라가 가보고 싶다고 해서 따라왔었다. 그때는 오노데라가 일정을 전부 짰고, 함께 있는 것만으로도 행복해서 솔직히 어딜 가든, 장소 따위는 아무래도 좋았다. 섬의 경치를 즐기기보다 오노데라만 바라보고 있었다. 꽃이며 신록이며 푸른 하늘은 전부 오노데라의 배경에 불과했다.

그래서 섬에 관한 기억도 거의 없고, 섬 이름조차 잊고 있었다. 다만 상공에서 보면 섬이 하트 모양으로 보인다는 사실만 떠올라 그 정보를 단서로 섬 이름을 알아냈다.

한 달 전, 오노데라는 마치 바람과 함께 사라지듯이 자취를 감추었다. 모든 짐을 그대로 둔 채였다. 너무나도 갑자기 사라져서 처음에는 오노데라가 납치당한 건 아닌지 너무나 걱정이 됐다. 하지만 경찰에 얘기해도 제대로 상대를 해주지 않았다. 근처에서 교통사고 보고도 없었다고 했다. 걱정 끝에 오노데라가 일했던 디자인 사무실에 연락해보았더니 사라지기 전날 책상 위에 사표를 두고 갔다고 했다.

그전까지 오노데라에게는 특별히 달라진 모습이 없어서 대체 무슨 일이 일어났는지 통 알 수가 없었다. 오노데라의 본가에도 전혀 연락이 없었다고 한다. 여우에 홀린 듯한 심경으로 며칠이고 집에 틀어박혀 있었다. 어쩌면 오늘은 돌아올지도 모른다고 생각하며, 밤에도 계속 불을 켜놓은 채 기다렸다. 심지어 오노데라는 휴대전화마저 집에 두고 가서 그에게 연락할 수단은 아무것도 남아 있지 않았다.

오노데라가 돌아오지 않는 방에서 혼자 꼼짝하지 않고 있자니 미쳐버릴 것 같아, 나는 악몽에서 깨지 못한 기분으로 비틀비틀 집을 나섰다. 처음에는 목적지 같은 건 어디라도 좋았다. 하지만 전철을 타고 가는 동안, 예전에 오노데라와 간 적 있는 추억의 장소를 찾아가 봐야겠다는 마음이 들었고, 제일 먼저 떠올린 것이 바로 이 남쪽 섬이었다. 섬에 가면 어쩌면 오노데라를 만날 수 있을지 모른다는 생각도 들었다.

지도를 살피다 문득 돌아보니 색 바랜 우체통과 음료 자판기 너머로 바다가 보였다. 그 깊고 검푸른색에 순간, 심장까지 얼어붙는 것 같았다. 지금까지 아름답다고 생각했던 고층빌딩의 조명이나 백화점 쇼윈도 장식과는 완전히 차원이 달랐다. 뭐랄까, 파랗게 만드는 약을 인공적으로 넣기라도 한 것처럼 부자연스럽기까지 한 파란색이었다. 그 속에 몸을 담그면 마음의 주름까지 영원히 파랗게 물들어버릴 것 같았다.

제일 구석진 마을로 가려면 버스를 타야 했다. 버스 정류장까지 또 비트적비트적 걸었다. 내가 이제껏 걸었던 길은 아스팔트나 콘크리트로 덮여 자전거도 오토바이도 차도 트럭도 잘 다니는 길이었다. 그런데 지금 걷고 있는 이 길은 하얀 모래를 부어서 굳혀 만든 모양새다. 자를 사용하지 않고 그은 직선처럼 미묘하게 삐딱하고, 보행자밖에 지나가지 못할 만큼 좁고 형편없는 길이다. 처음엔 이것이 길이라는 사실조차 깨닫지 못했다. 양옆으로는 산호를 쌓아 만든 민가의 돌담이 이어지고, 길 끝에 공작의 머리처럼 생긴 진한 오렌지색 꽃이 피어 있다. 길바닥에는 대나무 빗자루로 쓸고 간 흔적이 어렴풋이 남아 있다.

생각해보면 멀리 갈 때는 언제나 오노데라와 함께였기에 혼자 여행하는 건 이번이 처음이었다. 시선이 닿는 어디에도 사람이 없어서, 마치 배를 잘못 타 낯선 외국의 무인도에라도 온 것 같다. 항구에서는 사람들이 나만 빼고 왁자지껄한 게 그렇게 싫었으면서, 갑자기 불안해졌다.

문득, 나는 이미 죽은 게 아닌가 하는 생각이 들었다. 최근 며칠 동안, 살아 있다는 느낌이 전혀 없었다. 사람과 제대로 대화를 나눈 지도 오래됐고, 다른 사람 눈에 내 모습이 보이는지 어떤지도 모르겠다. 혹시……, 불현듯 불안해서 뒤를 휙 돌아보았다. 그러나 예상과는 달리 사람의 모양을 한 까만 그림자가 온순하게 나를 따라오고 있다. 역시 아직 살아 있다.

그대로 버스 정류장까지 걸어가서 꽤 연식이 돼 보이는 승합 버스를 타고 출발하길 기다렸다. 버스는 30분 가까이 지난 뒤에야 느릿느릿 움직였다.

다른 승객의 목소리에 귀를 기울이니 사투리가 섞여 있긴 하지만 분명히 일본어였다. 여기가 외국이 아니라는 사실에 가슴을 쓸어내렸다. 슬슬 긴장이 풀리자 창으로 불어오는 바람을 맞으며 꾸벅꾸벅 졸기 시작했다. 배에서도 그랬지만, 의자에 앉으니 견딜 수 없는 졸음이 밀려왔다. 이제 막 여행을 시작했는데 몸은 벌써 천근만근이었다. 그래도 자는 동안만큼은 뱃멀미의 불쾌감을 잊을 수 있었다.

도중에 몸이 흔들릴 정도의 덜컹거림을 느끼고 실눈을 뜨니, 창 너머로 모래사장이 펼쳐져 있었다. 아까 본 바다색과는 또 달랐다. 이번에는 온화하고 옅은 푸른 바다였다. 빛의 가감으로 바다가 저 안쪽에서부터 반짝이는 것처럼 보였다. 가을이어서 그런지 수영하는 사람은 없었다. 한 번 더 천천히 눈을 감았다. 울퉁불퉁한 길을 달리는 승합 버스의 덜컹거림이 왠지 기분 좋았다.

종점에서 내려 또 어슬렁어슬렁 모래가 깔린 좁은 길을 걸었다. 그 무렵이 되어서야 비로소 내가 무모한 짓을 하고 있다는 사실을 깨달았다. 지도상으로는 아무리 작게 보이는 섬이어도 실제로는 무척 넓다. 언제까지 걸어야 할까. 그래도 혹시나 하는 희망을 품지 않을 수 없었다. 이 모퉁이를 돌면 어떤 나무의 열매를 물끄러미 바라보는 오노데라의 옆모습을 만날 수 있을지도 모른다. 삶의 에너지를 되찾아 건강해진 오노데라와 재회할 수 있을지도 모른다.

멈춰 서서 시선을 드니 칠흑의 아름다운 날개를 가진 나비가 진분홍색 히비스커스의 꿀을 빨고 있다. 서로 사랑하는 두 사람이 눈을 감은 채 키스를 나누는 것 같다. 너무나 관능적인 광경에 나도 모르게 넋을 잃고 말았다. 만약 이것이 오노데라와 같이하는 여행이었다면 얼마나 행복할까.

정신을 차리고 보니 마을 중심에서 꽤 떨어진 곳을 걷고 있었다. 아까 승합 버스를 내린 곳과는 완전히 분위기가 달랐다. 나무들만 기세 좋게 우거졌을 뿐, 사람이 살 것 같은 기척도 없고 주위는 정적만이 가득했다. 발밑에는 두꺼운 금화 모양의 나뭇잎이 떨어져 있다. 길 양쪽으로는 키가 큰 나무가 빼곡하게 자라 마치 터널 같다. 그 탓에 아직 대낮인데도 그곳만 어두컴컴했다. 잎과 잎 사이로 빛이 쏟아져 마치 플라네타륨[1] 같았다. 그때였다.

"혹시, 방랑을 찾아온 사람?"

갑자기 어딘가에서 소리가 들렸다. 시선을 돌리니 둔덕 아래에서 나를 올려다보는 여인이 보였다. 나이는 50대 전후쯤 됐을까. 목욕탕에서 쓰는 낮은 플라스틱 의자에 앉아 뜨개질 같은 걸 하고 있었다.

그나저나, 방랑이라고?

헤매고 있긴 하지만 지금 내 상황은 방랑과는 좀 다른 것 같다. 어떻게 대답해야 좋을지 몰라 당황하고 있으니 여인이 말을 이었다.

"아, 혹시 '방랑'이라는 라멘 가게를 찾아온 사람인가 해서.

---

1 반구형의 천장에 스크린을 설치하고 천체를 투영하여 관찰할 수 있도록 만든 장치로, 천문대나 과학관 등에서 볼 수 있다.

느닷없이 말 걸어서 미안하우. 내 친구 하지메가 하는 가게인데 말이지, 요즘 텔레비전에 나왔는지 꽤 유명해졌더라고. 방랑을 찾아 이 섬에 오는 사람이 부쩍 늘었거든. 그런데 거기가 좀처럼 찾아가기 힘든 곳에 있어서 길을 잃고 이리로 들어오는 사람이 많다우. 가고 싶으면 가르쳐줄게. 지름길이 있거든. 방랑은 어떤 음식이고 다 맛있어."

그는 마치 잘 아는 사람에게 말을 거는 것처럼 친근한 어조로 말했다. 그리고 낯선 나를 올려다보며 환하게 웃어 보였다.

화장기가 전혀 없는 피부는 검었지만 매끈매끈하고 빛이 났다. 문득 라멘에 고명으로 올리는 달걀 장조림이 떠올랐다. 흰머리가 섞인 긴 머리는 양 갈래로 묶고, 몸빼 바지에다 위에는 천 조각을 이어 붙여 만든 듯한 기모노풍 옷을 개성 있게 입고 있었다.

"가보겠수?"

바로 대답하지 않은 탓인지 또 물었다.

"아뇨, 괜찮습니다."

작은 목소리로 조심스럽게 대답했다. 남쪽 섬에서 라멘을 먹고 싶은 마음도 없었고, 뱃멀미 때문에 그럴 정신이 아니었다. 그러나 모처럼 동네 주민을 만난 김에 현재 위치를 물어보았다. 그는 주머니에서 섬 안내 팸플릿과 펜을 꺼내 들었다. 바로 그때, 시커먼 덩어리가 우리가 있는 곳을 향해 쏜살같이 달려왔다. 캄캄한 밤처럼 새까맣고 사람을 잘 따르는 대형견이었다.

"얘, 추프, 이 사람은 손님이니까 상냥하게 굴어야 해!"

그는 추프라는 개의 몸을 쓰다듬으면서 위엄 있게 타일렀다.

아직 어린 개일까. 힘이 남아도는 모습으로 내 허벅지에 두 발을 걸치고 팔랑팔랑 꼬리를 흔든다. 몸을 구부리고 다가가자 동물 특유의 땀 냄새 같은 게 났다. 눈과 눈을 마주 보고 있으니 반가운 친구와 재회한 듯한 기분이 들었다.

"추프."

나도 그렇게 부르면서 늘어진 턱밑을 만져주었다. 추프는 긴 혀를 한껏 빼고 더 쓰다듬어달라고 재촉하는 듯했다. 추프가 몇 살인지 물어보려는 찰나, 이번에는 안쪽에서 스타일 좋은 젊은 여성이 마치 날듯이 뛰어나왔다.

"카메코 선생님, 점심 식어요!"

그는 뛰어오면서 크게 소리쳤다. 몸에 딱 붙는 베트남 민속의상 아오자이를 입고 있었다. 길게 옆으로 트인 옷자락이 살짝 올라가 배꼽이 그대로 보였다.

"지금 간다."

대답한 여인은 내 쪽을 돌아보며 말했다.

"혹시 괜찮다면 우리 집에서 같이 점심 먹지 않겠수? 오늘은 런치파티 날이라 먹을 것도 잔뜩 준비했는데. 물론 '방랑'도 괜찮지만, 팍치 씨의 밥도 못잖게 맛있거든."

또 스스럼없이 웃는 얼굴이었다. 그렇지만 너무 갑작스러운 제안에 바로 대답하지 못했다.

사실은 먹을 것이 아니라 위장약이 필요했다. 게다가 뜬금없이 모르는 사람들과 점심을 먹다니 생각만 해도 위가 괴로워졌다. 그러나 이럴 때, 어떻게 거절해야 하는지 정말 모른다. 때로는 최선을 다해 거부하기보다 그냥 받아들이는 편이 훨씬 편했다. 나는 철이 들었을 때부터 그런 걸 익혔다. 그리고 현실적으로 생각해봐도 지금은 달리 갈 데가 없다. 좀 쉬려고 해도 이 섬에는 카페 하나 보이지 않았다. 게다가 돌아가는 배가 항구에 도착할 때까지 아직 시간도 넉넉하다. 어쩌면 위장약을 얻을 수 있을지도 모른다.

"폐가 되지 않을까요?"

그의 안색을 엿보며 조심스레 물었다.

"폐라니 그럴 리가! 자, 식으니까 빨리 가자고."

또 커다란 해바라기가 핀 것처럼 활짝 웃었다. 그가 웃으니 팔다리를 쭉 뻗고 기분 좋게 뒹굴던 추프까지 덩달아 웃는 얼굴이 됐다.

어째서 낯선 사람을 점심에 갑자기 초대하면서 이렇게 기뻐하는지 이해되지 않았다. 그런데 그보다 더 이상한 건, 눈앞의 사람이 웃을 때마다 지저분했던 형광등 표면을 닦아낸 것처럼 그 자리의 공기가 한층 더 밝아진다는 점이었다. 순간 나는 마구 울고 싶어졌다. 누군가가 이렇게 웃는 얼굴로 나를 봐주는 것은 정말로 오랜만이었다.

끓어오르는 감정을 애써 억누르면서 천천히 일어섰다. 역시 속이 안 좋은 것은 기분 탓이 아니었다. 일어서는 순간 가벼운 현기증이 났다.

그도 일어서서 탁탁, 하고 호쾌하게 엉덩이를 털었다. 키는 작지만 다부진 몸매로, 땅에 뿌리를 내리고 늠름하게 살아가는 식물이 떠올랐다. 어딘지 모르게 인디언이 연상되기도 했다.

그때 나는 비로소 그 뒤쪽의 문기둥에 걸린 '츠루카메 조산원'이라는 조그마한 간판을 발견했다. 그 시선을 깨달았는지 그가 입을 열었다.

"아, 난 여기 조산원 원장이야. 츠루다 카메코. 츠루카메(鶴龜)[2] 조산원이니 여기서 태어난 아이들은 오래 살 것 같지?"

발랄한 목소리였다. 그래서 아까 아오자이를 입은 여자가 그를 선생님이라고 불렀나. 듣고 보니 선생님이란 호칭이 딱 어울리는 풍모다. 선생님이 '당신 이름은?' 하는 표정으로 나를

---

2 鶴龜, 학과 거북으로, 장수와 행운을 의미한다.

보았다.

"오노데라 마리아입니다. 잘 부탁합니다."

약간 떨리는 목소리가 나왔다. 다행히 그 이상 묻지 않는 데 안도하고, 선생님 뒤를 따라 츠루카메 조산원 안으로 들어갔다. 뒤에서 보니 선생님 등은 진짜 거북이처럼 동그스름했다.

신기한 일이었다. 츠루카메 조산원 부지 안으로 한 걸음 들어선 순간, 공기가 가볍고 부드러워진 느낌이 들었다. 전체적으로 뭔지 모르게 새콤달콤한 과일 향이 돌고, 어디선가 조심스럽게 어루만지는 듯한 부드러운 바람이 불어왔다. 대문 안에는 냇물이 흐르고 연못도 있었는데, 연못에는 연보라색 수련이 피어 있었다. 마치 옛날이야기 속 무릉도원 같았다.

딴 세계로 헤매 들어온 것 같아, 깜짝 놀라면서 주위를 둘러보았다.

"난 말이야, 언젠가 이곳을 세상에서 가장 쾌적한 조산원으로 만들고 싶어. 지금은 현실이 이상을 좇아가지 못하고 있지만."

선생님이 낭랑한 목소리로 말했다. 나를 향해 하는 말이 아니라 주위를 덮고 있는 바스락거리는 나뭇잎들과 아름답게 핀 꽃들과 하늘에 흐르는 흰 구름을 향해 선언하는 것 같았다.

입구에서 얼마나 걸었을까. 드디어 안쪽에 멋진 이층집이 보였다. 이것이 츠루카메 조산원 건물인가? 흰 벽에 붉은 기와 지붕이 덮인 집으로, 지붕에는 애교 넘치는 표정을 짓고 있는 동물 조각상이 기지개를 켜는 자세로 서 있었다. 조산원이라고 해서 병원 같은 건물을 상상했는데, 평범한 가정집과 다를 바 없었다. 입구에 커튼처럼 걸려 있는 새하얀 천이 바람에 살랑 살랑 흔들렸다.

긴장하면서 안으로 들어가니 어두컴컴한 현관 앞에는 고무 슬리퍼가 잔뜩 널려 있었다. 조그마한 어린이용 슬리퍼도 보였 다. 넓디넓은 거실 한쪽 구석에는 언젠가 농작물을 수확할 때 썼을 법한 괭이와 톱니바퀴가 놓여 있고 안쪽으로는 낡은 우물 도 보였다.

먼저 건물에 들어선 선생님이 호탕하게 맨발로 복도를 걸으 면서 누군가에게 큰 소리로 말했다.

"점심 먹으러 한 사람 더 왔으니까 자리 하나 만들어라."

현관에 선 채 어떻게 해야 좋을지 몰라 우물거리고 있는데, 아까의 아오자이 여성이 현관 앞까지 와주었다. 이 사람이 팍 치 씨인 모양이다. 그가 멋으로 아오자이를 입고 있는 게 아니 란 것은 독특한 억양으로 알 수 있었다. 키가 훤칠하게 크고 이 목구비가 단정한 사람으로 얼굴 전체에서 우등생 같은 분위기 가 풍겼다.

주저하면서 샌들을 벗었다. 꽉치 씨의 안내를 받아 식당까지 가니, 이미 꽤 많은 사람들이 식탁에 앉아 내가 앉기를 기다리고 있었다.

되도록 누구와도 시선이 마주치지 않도록 애쓰면서 자리에 앉았다. 크고 네모난 테이블에는 중화요리점에나 있을 법한 회전판이 설치되어 있고, 그 위에 푸짐한 음식이 차려져 있었다. 모두 스무 명 정도 될까. 젊은 사람, 나이 든 사람, 여자, 남자, 아이, 아기. 얼핏 보아도 출산과는 전혀 관계없어 보이는 사람까지 다 모인 것 같았다. 내가 자리에 앉자 바로 "잘 먹겠습니다!" 하고 다들 일제히 두 손을 가슴 앞에 모았다.

바로 맞은편에 앉은 꽉치 씨가 요리를 설명해주었다.

"이쪽에서부터 순서대로 새우 코코넛 카레 볶음과 해초 오믈렛, 녹미채 무침, 오크라 스테이크, 그리고 모시조개 쌀국수를 준비했습니다. 과수원에서 시콰사[3]도 잔뜩 따왔으니, 많이 짜서 드세요. 쌀국수는 리필이 얼마든지 가능합니다. 새우는 장로님이 잡아 오신 것입니다."

지나치게 정중한 말투에서 정말 외국인이라는 티가 강하게 났다. 하지만 그의 일본어는 아주 고왔다. 그 말을 받아 제일 나

---

3   오키나와 특산품인 귤과 비슷한 열매로, 요리에 즙을 넣어 먹기도 하고 생과를 먹기도 한다.

이가 어린 빡빡머리 남자아이가 위쪽을 향해 두 손을 모으고 "나마시타!" 하고 소리쳤다. 선생님도 함께 "나마시타, 나마시타!" 큰 소리로 되풀이했다.

내 옆에 앉아 있는 몸집이 작은 남자가 장로인 모양이다. 팍치 씨의 소개에 눈을 가늘게 뜨고 기쁜 듯이 말했다.

"어제 말이지, 새우가 많이 잡혔어."

"장로님, 이 새우 엄청 맛있네요."

대각선으로 앉아 있던 땅딸막한 남성이 김이 서려 부연 안경을 낀 채 새우를 입안 가득 넣고 씹으며 말했다.

"사미, 너 입에 음식 넣은 채 말하지 말라 그랬지!"

주인공 자리에 앉은 카메코 선생님이 멀리서 그에게 주의를 주었다. 맞아, 맞아, 하면서 팍치 씨도 동의했다.

"엄마는 왜 만날 나만 갖고 그래요."

그는 입을 삐죽거리며 진지한 표정으로 선생님에게 항의했다. 순간, 두 사람은 모자 사이일까 생각했지만, 왠지 그건 아닌 것 같은 느낌이 들었다.

선생님이 아까 런치파티라고 한 점심은 지금까지 경험한 적 없을 정도로 유쾌한 식탁이었다. 웃음소리가 끊이지 않았고, 그곳에 있는 모두가 싱글벙글 행복한 얼굴로 식사를 했다. 음식이 도망가는 것도 아닌데, 다들 멀리 사라지는 요리를 쫓아가듯이 조금도 쉬지 않고 음식을 입에 넣었다. 나는 이탈리아 영화에서 본 결혼식 피로연의 식사 장면을 떠올렸다. 그저 먹기만 할 뿐인데 에너지가 넘쳤다.

색색의 큰 접시에 담긴 요리를 보고 있으니 아주 조금이지만 식욕이 생겼다. 테이블은 마치 그림물감을 쏟은 것처럼 선명한 빨간색과 초록색으로 물들어 있었다. 주위에 있는 사람들이 개인 접시에 음식을 덜어 먹는 걸 지켜보다가, 새우 코코넛 카레 볶음에 젓가락을 뻗쳐보았다. 코코넛과 카레의 조합은 도무지 상상되지 않아서, 입에 맞지 않아 못 먹으면 미안하니 제일 작은 것을 한 마리만 들고 왔다. 그때, 아까 선생님에게 혼났던 남자와 눈이 마주쳤다. 순간 어떻게 해야 좋을지 몰라 난감해하고 있자, "난 아사미. 다들 사미라고 불러요"라며 또 입에 음식을 넣은 채 말을 걸어왔다. 뭐라고 대답해야 좋을지 몰라 가볍게 끄덕이기만 했다. 솔직히 초면인 사람이 친한 척 말 거는 것을 별로 좋아하지 않는다. 특히 상대가 남성인 경우는 더 경계하게 된다.

조심스레 입에 넣어본 새우는 부드러운 맛이었다. 카레여서 매콤할 거라고만 생각했던 터라 맥이 풀렸다. 맵기는커녕 전체적으로 단맛이 났다. 그러나 가끔 톡 쏘는 자극적인 맛이 카레임을 깨닫게 해주었다. 새우는 껍데기가 부드러워서 머리까지 통째로 먹을 수 있었다. 아직 큰 접시에 많이 남아 있어서 용기를 내 한 마리를 더 집어 들었다. 이번에는 오렌지색 소스가 듬뿍 올라간 걸로 골랐다. 소스와 함께 연한 초록색 잎이 붙어 있다. 태어나서 처음 먹는 새우 코코넛 카레 볶음을 음미하면서 씹고 있는데, "맛있지?" 하고 장로가 빙그레 웃으면서 내 얼굴을 들여다보았다. 그 순간, 나도 모르게 그의 입가로 시선이 고정되었다. 마치 얼굴 아래쪽에 동굴이 뻥 뚫린 것처럼 치아가 거의 없는 입이었다. 그 때문에 얼굴을 보기만 해도 웃음이 터질 것 같았다. 웃음을 감추려고 얼른 끄덕였다. 장로 본인은 그 사실을 조금도 신경 쓰지 않는 모습이었다. 주위 사람들이 장로라고 불러서 나이가 있을 거라 생각했지만, 'NO WAR'라고 크게 쓰인 색 바랜 핫핑크 티셔츠를 입은 장로는 아무리 봐도 50대 초반으로밖에 보이지 않았다.

나는 평소에 냉동식품이나 편의점 도시락만 먹으며 살았다. 그런데 지금 먹고 있는 새우 코코넛 카레 볶음은 그런 것과는 어딘가 다른 기분이 들었다. 어디가 어떻다고 말로 표현하지는 못하겠지만, 확실히 다르다. 해초 오믈렛도, 녹미채 무침도, 오크라 스테이크도 한 번씩 먹어보았다. 어느 요리나 역시 내가 먹어온 것과는 사뭇 달랐다. 물론 슈퍼나 편의점에서도 비슷한 요리는 팔고 있다. 그런데 이 음식들에서는 가짜가 아니라 진짜 맛이 났다.

그리고 재미있게도 테이블에 늘어놓은 요리 전부에 '여기에
도?' 할 정도로 신선한 고수가 올라가 있다. 그렇구나, 그래서
'팍치⁴ 씨'라고 부르는구나. 우적우적 대량의 고수를 입에 넣으
면서 비로소 이해가 갔다. 실은 지금까지 샐러드 등에 고수가
있으면 그 초록색 물체를 피해가며 먹곤 했다. 맛이랄까, 그 비
릿한 냄새가 고역이었다. 그런데 왠지 이 남쪽 섬에서 먹는 고
수는 싫지 않았다. 새싹인지 잎이 야들야들해서 그 독특한 향
이 입속에 부드럽게 퍼져 중독이 됐다. 시원한 바람이 몸속을
지나가는 것 같았다. 향도 역하지 않고 산뜻해서 얼마든지 먹
을 수 있었다.

몸이 안 좋았으면서 어느새 정신없이 눈앞의 음식들에 젓가
락을 대고 있었다. 쌀국수는 상큼한 신맛이 나는 국물이 몸속
의 세포와 세포 틈을 부드럽게 메워주었다. 모시조개로 낸 육
수는 시원하고 맑았다. 평소에는 까먹기 귀찮아서 조갯살은 거
의 남겼는데, 오늘만은 붙어 있는 조그만 패주까지 필사적으로
뜯으며 껍데기를 핥듯이 먹었다. 사발 속의 국물은 이제 한 방
울도 남지 않았다.

"잘 먹었습니다."

---

4   고수는 태국어로 팍치(ผักชี, phak chi)라고 부른다.

나는 무의식중에 그렇게 소리 내어 중얼거렸다.

오랜만에 제대로 된 식사를 했더니 배가 몹시 기뻐했다. 모르는 사이 뱃멀미의 불쾌감도 사라졌고, 낯선 사람들과의 식사인데도 긴장은커녕 아주 편안했다. 왠지 득을 본 기분이었다.

식사가 끝나고 각자 사용한 그릇을 싱크대에 넣고 있을 때였다.

"마리아, 차 마시며 좀 쉬었다가 진료실로 와줄래? 복도 제일 끝에 있는 방이야."

선생님이 아까 나마시타라고 했던 남자아이에게 프로레슬링 기술을 걸면서 큰 소리로 내게 말했다. 초면인 사람에게 금방 이름을 부르는 선생님이 부럽다. 나 같으면 사람과의 거리를 그렇게까지 좁히는 데 적어도 1년은 걸릴 텐데.

식당에 남아 있던 사람들과 함께 재스민 향이 나는 따뜻한 차를 마신 뒤, 선생님을 찾아 진료실로 향했다.

조산원 복도는 검게 윤이 날 정도로 반짝반짝 잘 닦여서, 발바닥에 서늘하게 달라붙었다. 창이 없는 복도 끝에 안뜰이 펼쳐졌다. 그곳에도 역시 커다란 나뭇잎을 시원스레 흔드는 남국의 식물이 자라고 있었다. 몇 그루의 파파야 나무에는 아직 파란 열매가 가지가 휘도록 열려 있었다. 햇볕이 마치 샤워기에서 쏟아지는 물처럼 가는 선이 되어 아낌없이 쏟아졌다.

진료실에 가니 이미 문이 열려 있고, 선생님은 안쪽 소파에서 또 뜨개질을 하고 있었다. 열린 문을 가볍게 노크했다.

"들어와. 들어오면서 문 닫고."

뜨개질에 몰두하고 있어서인지 선생님은 고개를 숙인 채 나직한 목소리로 말했다.

그곳은 두 방을 이어 붙인 넓은 공간이었다. 대체 몇 평이나 될까. 한복판에 칸막이가 있었다. 선생님이 앉아 있는 방에는 마루가 깔려 있고, 안쪽은 다다미방이다. 다다미방에는 천장에 로프 같은 굵은 줄이 매달려 있고, 한 모퉁이에는 난로가 있었다. 조산원은 아이를 낳는 곳이라고 생각했는데, 병원 진료실에 있을 법한 의료기기는 무엇 하나 눈에 띄지 않았다. 기본적인 분만대조차 보이지 않았다.

"저쪽 다다미방은 말이야, 분만을 하는 곳이야. 저 산줄이라고 하는 굵은 밧줄에 매달려 임산부가 아기를 낳지. 그런데 여기 말고도 출산을 할 수 있는 방이 또 있어서 낳는 장소는 임산부가 마음대로 선택해. 더러 해변에서 낳고 싶어 하는 사람도 있어."

선생님은 하얀 수건 같은 네모난 천에 빨간 실로 수를 놓으면서 띄엄띄엄 말을 이어나갔다.

열린 창 너머에는 한없이 깊은 정글 같은 숲이 이어졌다. 이따금 향긋한 흙냄새를 품은 바람이 지나가고, 툇마루에 달린 풍경이 시원한 소리를 울렸다. 그런가 하면 멀리서 닭 울음소리도 들렸다.

하지만 평온한 기분이 든 것도 잠시, 혹시 내가 이상한 일을 당하고 있는 건 아닌지 갑자기 무서워졌다. 낯선 사람을 이렇게 자연스럽게 받아들이다니, 보통은 있을 수 없는 일 아닌가. 어쩌면 지금 도망쳐 나간다 해도 현관에 도착하기 전에 누군가에게 잡혀버릴지도 모른다.

이런저런 나쁜 상상을 하고 있는데, "마리아, 거기 침대에 잠깐 누울래?" 하며 선생님이 안경을 코끝에 건 채, 눈을 치뜨고 나를 보았다. 인제 와서 어떻게 할 수도 없으니 기왕 이렇게 된 거 마음을 굳게 먹고, 조심조심 침대에 누웠다.

천장에 설치된 목제 팬이 천천히 도는 것이 보였다. 벽에는 당당한 붓글씨로 '일산일회(日産一會)'라고 적힌 커다란 족자가 걸려 있고, 그 옆에는 푯말 같은 것이 붙어 있었다. 자세히 보니 종이에 적은 이름 같은 것이었다. 역시 이곳은 이상한 종교단체일지도 모른다. 점점 몸이 굳어지는 내게 선생님이 말했다.

"저건 명명(命名)패야. 여기서 태어난 아기들의 이름이지."

명명패라니 처음 듣는 말이었다. 거기에는 다양한 이름이 적혀 있었고, 그중에는 도저히 못 읽겠는 한자도 있었다.

선생님은 내게 오더니 배 좀 잠깐 만져볼게, 하고 내 바지 단추를 풀어서 허리춤을 들어 올렸다. 그리고 그리로 손바닥을 넣었다. 재빠르고 자연스러운 손길에 그냥 몸을 맡겼다. 차가울 거라 예상했는데 선생님의 손은 전혀 차갑지 않고 오히려 따뜻하고 기분이 좋았다. 그 순간, 몇 분 전까지의 불안이 스르륵 녹았다. 숨을 깊이 들이마시고 싶어졌다. 선생님은 손바닥 위치를 미묘하게 옮기면서 조심스럽게 내 아랫배를 만졌다.

"이 섬에는 이번이 처음?"

"아뇨, 두 번째예요."

솔직하게 대답했다. 천장을 바라보며 누워 있으니 나에 대해 얘기해도 긴장이 되지 않았다. 그보다도 선생님 손의 감촉이 좋아서 배를 더 쓰다듬어주었으면 싶었다. 마치 내 몸의 일부처럼 촉촉하게 살에 스며들었다.

"혼자 여행?"

"네에."

"결혼은?"

"했지만……."

거기서부터 다음은 설명할 수가 없어서 우물거렸다. 나는 가만히 눈을 감았다. 그래도 눈두덩의 얇은 막을 통해서 빛이 닿았다. 짜증날 정도로 눈이 부셨다. 바깥에서는 새들이 합창 대회라도 하는지 곳곳에서 음색이 다른 새소리가 들려왔다. 문득 내가 지금 어디에 있는 것인지 알 수 없어졌다.

잠시 뒤, 선생님은 내 배에서 손을 떼고 청바지 허릿단을 원래대로 돌려놓더니 천천히 물었다.

"마지막 생리는?"

"불규칙해요. 한 달에 두 번도 하고, 석 달씩 안 하기도 하고."

"자기 몸이잖아. 잘 생각해봐."

"아마 추석 지나고였나······."

그때는 아직 오노데라가 행방불명이 되기 전으로, 도시 한구석에 있는 작은 맨션에서 함께 살고 있었다. 아직 두 달도 채 지나지 않은 일인데 아주 먼 기억 같았다. 같은 지붕 아래 오노데라가 있었다니, 지금 와서는 그 사실조차 믿을 수 없게 되었다.

"그러면 계산해봐. 임신은 마지막 생리 첫날을 0주 0일로 계산하니까 거기서부터 0, 1, 2, 3, 4, 5, 지금 6주째 들어섰네, 배속의 아이."

"예에?"

엉겁결에 눈을 번쩍 뜨고 선생님의 얼굴을 보았다. 하지만 그다음 말이 나오지 않았다. 그리고 퍼뜩 그날 밤 일을 떠올렸다. 오노데라가 실종되기 전날이다. 오노데라가 사라진 일이 충격이어서 까맣게 잊고 있었다.

"아무리 이름이 마리아라고 해도 기억에 없어요, 동정녀예요,[5] 이런 건 아니겠지? 짚이는 데라도 있어?"

이번에는 선생님이 내 얼굴을 들여다보았다. 바닥이 없는 깊고 깊은 우물 속으로 천천히 가라앉는 것 같았다. 빛이 점점 작아지고 멀어져간다. 숨쉬기가 괴롭다. 솔직히 당혹감만 클 뿐 기쁜 마음은 눈곱만치도 없다. 그 사실을 내 표정에서 읽었을 것이다.

"마리아."

선생님이 내 눈을 똑바로 보았다. 그러나 나는 무슨 말을 어떻게 해야 할지 알 수 없었다. 불안이 스멀스멀 밀려왔다. 어째선지 왼쪽 눈에서만 주르륵 하고 눈물이 한 가닥 흘러내렸다. 슬픔도 분노도 절망도 기쁨도 아닌, 이름 붙일 수 없는 눈물이었다. 나 따위가 어떻게 아이를 낳을 수 있을까.

"배 속에 아기가 있다고 하면 누구라도 놀라지. 모든 사람이 원해서 임신을 하는 것도 아니고. 다만 만약 낳을 거라면 내일부터라고 하지 말고, 지금부터라도 규칙적인 생활을 할 것. 아

---

5   성경에 등장하는 예수의 어머니 '마리아'는 남자와 잠자리를 가진 적은 없으나 성령의 능력으로 아이를 가져 '동정녀 마리아'라고 불린다.

직 커피콩만 한 조그만 몸이지만, 이미 자라기 시작했어. 그러나 만약 낳지 않을 거라면 되도록 빨리 섬을 떠나 병원에 가서 처치를 받도록. 이곳은 조산원이어서 그런 일은 해줄 수가 없어. 하지만 아직 결정하지 않았다면…….”

“……결정하지 않았다면?”

간신히 입에서 나온 말은 나 자신도 놀라울 만큼 어이없었다. 선생님은 내 눈을 똑바로 보고 말을 계속했다.

“마음을 차분히 하고 어떻게 하는 것이 자신에게 좋을지 그려봐. 머리로 이것저것 생각하면 안 돼. 본능으로 느껴. 사람도 동물이니까. 마리아에게 어느 쪽이 행복할지 그건 스스로 결정하는 거야.”

그리고 내 두 손을 잡고 몸을 일으키는 걸 도와주었다. 여태 뱃멀미라고 생각했던 것은 혹시 달리 원인이 있었던 걸까. 내 몸에 오노데라의 분신이 있다는 현실이 도저히 믿어지지 않았다. 오노데라의 일이 바빠진 뒤로는 아이가 생길 행위조차 하지 않았다. 그래서 내가 임신했을 거란 생각은 전혀 해보지 못했다.

“그런데 일단은, 파파야!”

그 자리에 흐르는 무거운 분위기를 떨쳐내듯이 선생님이 느닷없이 햇살같이 밝은 목소리로 말했다.

"파파야?"

"그래, 그대는 심한 변비야. 임신하면 황체 호르몬이 과잉 분비되기 때문에 막히는 사람도 있지만, 그렇다고 해도 마리아는 너무 심해. 지금 힘들지? 파파야가 도움이 될 거야."

"그렇긴 하지만……."

벌써 몇 년째 식생활이 불규칙하여 일주일 정도 변을 보지 않아도 당연하게 여겼다.

"자기 몸이잖아? 몸이 내는 소리에 똑똑히 귀를 기울여야지!"

뜬금없이 그런 말을 해도 나는 몸이 내는 소리가 어떤 건지 잘 모른다. 어떻게 하면 본능을 활용할 수 있는지, 먼저 그 방법부터 가르쳐주었으면 좋겠다.

나는 머뭇머뭇 배에 왼손을 대 보았다. 오노데라와 결혼했을 무렵에는 그토록 아이를 원했는데. 겨우 생긴 생명인데. 꿈에 그리던 현실인데. 그 시절의 나라면 몹시 기뻐했을 텐데 지금은 순수하게 기뻐하지 못하는 나 자신이 가증스러웠다.

저녁 무렵에 섬으로 되돌아올 예정이었던 배가 결항됐다는 사실을 안 것은 그러고 난 직후였다. 나는 그 배를 타고 섬을 나갈 예정이었다. 식사를 했던 방으로 돌아와서, 왠지 발걸음이 떨어지지 않아 책장에 꽂힌 책들을 눈으로 좇고 있는데, 원내 스피커에서 파도가 높아 배를 항구에 대지 못한다는 방송이 나왔다.

지금 농담이지? 바깥은 평화롭기 그지없는 푸른 하늘인데. 그러나 육지로 돌아갈 방법은 그 배뿐이다. 요컨대 나는 이 섬에서 한 걸음도 밖으로 나갈 수 없다는 말이 된다. 섬에 갇혔다.

일단은 오늘 밤 머물 숙소를 알아보기 위해 휴대전화를 열었다. 그러나 전파권 밖이어서 연결이 되지 않았다. 주방 뒷정리를 마친 팍치 씨는 바깥의 해먹에서 기분 좋게 자고 있다. 선생님은 나를 진찰한 뒤 어딘가로 외출했다. 아까 함께 점심을 먹은 사람들도 어느새 사라져버렸다. 이대로 이곳에 있으면 대책이 없다. 나는 얼른 짐을 들고 츠루카메 조산원을 뛰쳐나왔다.

일단 승합 버스에서 내린 곳까지 가보기로 했다. 그러나 조급하게 서둘러서인지 오른발과 왼발이 자꾸 꼬여 제대로 걷기조차 힘들었다. 지금은 임신에 관해서는 굳이 생각하지 않기로 했다. 선생님이 한 말을 믿지 않을 수도 없지만, 생각해보면 초능력자도 아니고 아무 검사도 하지 않았으면서 배에 아기가 있다는 것을 안다는 자체가 이상하지 않은가?

왔던 길을 더듬으며 간신히 아까의 버스 정류장이 보이는 곳까지 왔을 때, 뒤에서 자동차 경적이 울렸다. 그러잖아도 바뻔데 누가 성가시게, 하며 돌아보니 초록색 경차가 서 있었다. 차에는 낙서처럼 굵은 매직으로 학과 거북이 일러스트가 그려져 있었다. 설마, 하고 생각하는데 운전석 창으로 선생님이 얼굴을 쓱 내밀었다.

"마리아도 참, 경보 선수냐?"

무슨 말인지 몰라 멀뚱하게 서 있었다.

"그렇게 무서운 얼굴을 하고 걸으면 섬사람들이 다 놀라겠어. 아니면 오줌이라도 마려웠던 거야?"

너무나도 한가한 어조로 농담을 한다. 나는 그 공기를 차단하듯이 단숨에 말했다.

"배가, 돌아가는 배가 결항됐대요. 그래서 오늘 밤 머물 곳을 찾으려고요. 휴대전화도 터지지 않고, 직접 숙소를 찾아보려고 해요."

사정을 얘기하는 동안 점점 긴장이 고조되어 심장이 터질 것 같았다. 그런데 선생님은 어이없다는 얼굴로 "뭐야, 고작 그런 일이야? 그렇지만 이 근처 숙소는 당일에 가면 방이 없어. 게다가 배가 결항하는 건 태풍 시즌인 이 시기에 자주 있는 일이고. 관광객은 여유를 갖고 스케줄을 짜야 돼" 하고 코웃음 쳤다.

나는 그냥 관광객이 아니라고 정정하고 싶었지만, 지금은 그게 문제가 아니다. 선생님에게는 내 초조함 따위 조금도 통하지 않을 듯했다. 이러고 있는 동안에도 나와 마찬가지로 섬에 남겨진 사람들이 먼저 숙소의 빈방을 예약할지도 모른다.

"그래도 일단 가서 알아볼래요."

내 의사가 통하도록 딱 잘라 말했다. 이 섬사람들은 정말로 한가로이 생활하고 있는 것 같아 부러웠지만, 한편으로는 괜히 심술이 나기도 했다.

"마리아, 꼭 숙소에서 머물겠다면 시도를 해보는 것도 좋지만 말이야, 한두 사람이라면 얼마든지 재워줄 수 있어."

선생님이 별거 아니란 듯이 말했다.

"예? 조산원에서 재워주실 수 있어요?"

"글쎄, 그렇다니까. 그보다 얼른 차에 타. 뒤에 산양들이 오고 있어."

그 말에 돌아보니 산양 가족이 바로 근처까지 와 있었다. 젖이 빵빵하게 부푼 엄마 산양 뒤를 아장거리는 걸음으로 흰색, 갈색, 회색 세 마리의 아기 산양이 달라붙어서 오고 있다. 나는 선생님이 시키는 대로 얼른 조수석에 올라탔다.

정말로 이게 뭐지? 오노데라를 찾으러 왔는데 정신을 차리고 보니 조산원에 있다. 재워주는 것은 감사하고 지붕이 있는 안전한 장소에서 이불을 둘둘 말고 하룻밤을 보내는 것은 기쁘기 그지없지만, 내일도 배가 결항되면 어떻게 해야 할지, 사례는 현금을 두고 가는 게 좋을지, 머릿속은 몽롱한 의문투성이다. 아까부터 몇 번이나 한숨만 쉬고 있다. 이렇게 될 줄 알았으면 남쪽 섬에 오는 게 아니었다. 어차피 오노데라는 찾지도 못할 텐데.

그런 생각을 하면서 저녁 식사 설거지를 하고 있을 때였다.

"선생님, 선생님……."

정원 쪽에서 흐느껴 우는 소리가 났다. 무슨 일인가 하고 밖으로 나가니 커다란 배를 두 손으로 받치고 중년 여성이 아이들을 데리고 서 있다. 심상찮은 눈빛으로 내게 고통을 호소하고 있었다.

"지금 당장 선생님 불러올게요!"

나는 황급히 선생님이 있는 진료실 쪽으로 달려갔다. 어쩌면 그는 나를 이곳 직원이라고 착각했을지도 모른다. 1초라도 빨리 선생님에게 연락해야 한다고 부랴부랴 갔는데, 뒤늦게 등장한 선생님은 "나나코 씨, 벌써 네 명째여서 곧 태어날 것 같네" 하고 태연하게 말했다.

"출산하는 것 본 적 있어?"

이번에는 내게 물어서 "없습니다"라고 하자, "보고 싶으면 나나코 씨한테 부탁해보지?" 하고 빠른 말투로 덧붙였다.

옛날부터 피나 내장을 보는 데 약했다. 초등학교 때는 개구리 해부 도중에 토할 뻔해서 보건실에 가 있었다. 그런 내가 출산 장면을 볼 수 있을 리 없다. 하지만 다급한 분위기에 딱 부러지게 거절하지도 못하고 대충 끄덕였다.

먼저 목욕부터 하고 나오라기에 깨끗이 샤워를 한 뒤 파오로 향했다. 파오란 츠루카메 조산원에 있는 산모 전용의 작은 방이다. 멀리서 보니 정말로 초원에 서 있는 유목민의 텐트처럼 생겼다.[6] 나나코 씨의 출산이 이미 시작됐는지, 원뿔형의 하얀 건물 바깥까지 우우웁 하는 신음이 흘러나왔다.

작은 문을 밀고 안으로 들어가니 중앙에는 지붕을 지탱하는 두 개의 굵은 대들보가 있고, 바닥에 바로 돗자리가 깔려 있다. 전기는 없고 천장에다 램프를 달아놓았다. 선생님과 팍치 씨는 각각 머리에 헤드라이트를 달고 있다. 나나코 씨가 데리고 온 세 명의 아이도 파오 안에 들어와 있었다.

어쨌든 방해가 되지 않도록 출입구 반대편 제일 구석에 조그맣게 앉았다. 오늘 가까운 자리에서 점심을 같이 먹은 에밀리라는 할머니도 달려와서 출산을 지켜보고 있다. 어쩐지 에밀리는 옛날부터 섬에서 산파를 해온 베테랑 조산사 같은 분위기를 풍겼다.

---

6 파오(包/bāo)는 몽골 유목민들의 전통 천막인 '게르'를 가리키는 중국어다.

나나코 씨는 진통이 올 때마다 일어서서 파오 벽이며 한복판의 기둥을 주먹으로 쿵쿵 쳤다. 처음에는 "엄마, 힘내!" 하고 밝게 응원해주던 아이들도 점점 나나코 씨에게 다가가지 않게 됐다. 무서웠는지도 모른다. 내가 있는 구석으로 하나둘 모여서 어느새 나를 포함한 네 명이 경단처럼 몸을 모으고 있다. 누군가의 작은 손이 내 손가락을 꼭 잡았다.

　　나도 누군가와 손을 꼭 잡지 않고는 견딜 수 없었다. 나나코 씨는 너무 아파서인지 이 세상의 소리라고 생각할 수 없을 만큼 무서운 소리를 지르며, "힘들어, 힘들어, 아파, 아파, 누가 좀 도와줘!" 하고 울면서 호소했다. 아까 조산원에 처음 왔을 때와는 전혀 다른 사람이 됐다. 그 모습은 야생동물 그 자체였다. 언제 난동을 부릴지 걱정이 됐다. 하지만 선생님은 그렇게 예측할 수 없도록 움직이는 나나코 씨의 몸을 하염없이 주물러주었다.

　　"아프지? 힘들지? 그렇지만 괜찮아, 이제 곧 나올 거니까."

　　선생님은 그리 나이 차가 나 보이지 않는 나나코 씨한테 엄마가 딸을 대하듯 부드럽게 감싸주었다. 어쩌면 런치파티 때 사미라는 남자가 선생님한테 "엄마"라고 부른 이유도 여기에 있는지 모른다.

　　어느새 아이들은 내 허벅지를 베개 삼아 쌔근쌔근 잠이 들었다. 이제 서너 살쯤 됐을 제일 어린 여자아이는 완전히 안심한 표정으로 입을 반쯤 벌리고 침을 흘리며 기분 좋게 자고 있다. 나도 이런저런 일이 너무 많이 일어난 하루였던 탓에 피곤해서 점점 눈두덩이 무거워졌다. 자면 안 된다는 생각이 들어서 필사적으로 눈을 뜨려고 했지만, 이윽고 눈앞이 캄캄해졌다. 파오에는 벽시계가 없어서 잠이 든 시간이 2, 3분이었는지 아니면 몇 시간이었는지조차 감이 오지 않았다.

순간, 엄청나게 큰 비명에 정신을 차렸다. 놀라서 눈을 뜨니 두 다리를 활짝 벌리고 무릎을 세운 나나코 씨가 에밀리의 허리를 껴안은 자세로 숨을 헉헉거리고 있었다. 선생님도 에밀리도 필사적이었다. 그리고 뭔가 아까와 느낌이 다르다고 생각했는데, 이미 나나코 씨의 엉덩이 아래로 아기의 얼굴이 보이고 있었다. 선생님이 나나코 씨가 입고 있는 가운 자락을 걷어 올릴 때 똑똑히 보았다.

아기는 우리 쪽으로 얼굴을 향하고 있다. 눈을 꼭 감고 마치 이불을 목까지 푹 끌어올린 채 자고 있는 듯한 느낌이었다. 반질반질한 검은 머리카락은 젖어 있었다. 엄마라는 나무에 열린 과일 같았다. 문득 낮에 본 츠루카메 조산원 뜰에 있는 파파야 나무가 생각났다.

아이들에게도 알려주는 게 좋으려나, 그렇게 생각하며 세 아이의 얼굴을 차례로 들여다보니 이미 제일 어린 여자아이를 제외하고는 눈을 반짝거리며 곧 나올 것 같은 아기를 한마음으로 지켜보고 있다.

"나나코 씨, 아기 머리 나오고 있어요."

선생님은 나나코 씨의 손가락 끝을 사타구니 쪽으로 가져가서 아기의 머리를 만지게 했다. 엄마인 나나코 씨는 비명을 지르고 있고, 선생님도 큰 소리로 나나코 씨를 격려해주고 있는데, 정작 당사자인 아기는 아주 침착해서 깨달음의 경지에 오른 부처님 같은 표정을 짓고 있다. 조용히 자신의 탄생 순간을 기다리는 것 같다.

"아기도 애쓰고 있으니까요, 자, 한 번 더 힘을 줘봐요."

선생님 말에 따라 나나코 씨가 온몸으로 힘을 주었다. 그 몇 초 뒤, 주르륵 하고 아기가 미끄러져 나왔다. 정말로 순식간의 일이었지만, 내게는 슬로모션처럼 천천히, 그리고 또렷이 보였다. 가녀린 작은 몸을 선생님이 두 손으로 소중하게 받았다.

"축하해요."

갓 태어난 촉촉한 아기는 바로 나나코 씨 가슴에 안겼다. 어슴푸레한 파오 안에서 탯줄이 강처럼 너울너울 하얗게 빛났다. 나는 이유도 모르는 채 눈물을 흘렸다. 아이들도 눈물을 벅벅 닦고 있다.

"무사히 태어나주어서 고맙다."

나직하게 나나코 씨의 목소리가 울렸다. 나나코 씨는 이제 아까 그 사람의 얼굴로 돌아왔다. 어느샌가 제일 어린 여자아이도 눈을 떠서 엄마 주위에 모였다. 아이들은 모두 아기의 노예가 되어 있었다.

나는 오붓한 가족만의 시간을 방해하지 않도록 조용히 파오를 빠져나왔다. 가슴에 서서히 번지는 달콤한 설탕물 같은 것, 이것은 대체 무엇일까? 알 수 없어서 하늘을 올려다보니 달이 손전등처럼 환하게 밤하늘을 비추고 있다. 어쩌면 오늘이 보름인지도 모르겠다. 나뭇잎들이 달빛을 받아 부옇게 떠올랐다.

퍼뜩 생각이 나서 배에 손바닥을 대보았다. 정말로 있니? 있으면 대답해보렴. 그렇게 물어보았지만, 아무런 반응도 없다. 왠지 모르게 있을 것 같기도 하고, 텅 비었을 것 같기도 했다. 파오에서는 지금 막 이 세상에 탄생한 아기의 희미한 울음소리가 울렸다.

배는 다음 날도 그다음 날도 결항이었다. 적자가 계속된 선박회사가 별로 배를 띄우고 싶지 않아 하다가, 날씨가 좋지 않은 걸 핑계로 옳다구나 하고 결항하는 것만 같다. 나는 아직 츠루카메 조산원에 머물고 있다.

아무것도 하지 않고 있으니 심심하기도 하고 미안하기도 해서 나도 할 만한 일 중에 빨래를 맡기로 했다. 오노데라와 둘이 살 때와는 달리 츠루카메 조산원에서는 깜짝 놀랄 만큼 대량의 빨래가 나왔다. 특히 입원 중인 엄마와 아기는 하루에도 산더미 같은 빨래를 내놓는다. 출산은 낳기 전에도 힘들지만, 낳은 후가 더 힘든 것 같다.

산더미처럼 쌓인 빨래를 앞에 두고 어떻게 해야 좋을지 몰라 당혹스러워하고 있는데, 꽉치 씨가 빨래 너는 법을 가르쳐 주었다. 빨래가 많으니 효율적으로 널어야 한다. 기저귀나 거즈, 복대 등을 말리면서 꽉치 씨와 얘기를 나누었다.

꽉치 씨는 베트남에서 온 연수생이었다. 행동이 야무져서 당연히 연상인 줄 알았더니 웬걸, 나와 동갑이었다. 일본 간호학교에서 간호사 자격증을 딴 뒤, 츠루카메 조산원에서 경험을 쌓고 있다고 했다.

"엄마가 동생을 낳다가 돌아가셨어요."

밝은 햇살을 받으면서 꽉치 씨는 조금도 심각하지 않게 불쑥 그런 말을 했다. 내 세계에는 존재하지 않는 '엄마'라는 말의 울림이 가슴속에서 달콤하게 메아리쳤다. 꽉치 씨의 어머니는 진통촉진제를 대량으로 맞아 자궁이 파열돼서 생명을 잃었다고 한다. 그것이 그가 장래 조산사가 되고 싶어 하는 이유였다.

"베트남에서는 병원에서 기계적으로 아이를 낳는 경우가 대부분이에요. 출산 장소를 선택할 수 없어요. 지금 일본에서도 임산부 99퍼센트가 병원에서 아이를 낳는다고 하지만, 그 밖에도 선택의 여지가 있잖아요. 여기처럼 조산원도 있고, 자택 출산도 있고. 그래서 엄마 같은 비극을 조금이라도 줄이도록, 언젠가 베트남에 일본 조산원 같은 시설을 만들고 싶어요."

그 얘기를 듣는 순간 꽉치 씨에게 존경심이 끓어올랐다. 우리는 거의 같은 세월을 살아왔다. 그런데 지금까지 별생각 없이 살아온 나와는 인생의 농도가 완전히 다르다. 슬픈 일이 있었는데도 좌절하지 않고 곧장 앞을 향해 나아가는 꽉치 씨가 눈부셨다.

둘이 같이 하니 빨래를 금세 다 널었다.

"깜언."

꽉치 씨가 끝없이 이어지는 빨래의 행렬을 바라보며 조용한 목소리로 말했다. 따라오라는 말인 줄 알았더니, "지금 한 말은 베트남어로 '고맙다'라는 뜻이에요. 아무래도 중요한 말은 베트남어로 하지 않으면 마음이 전해지지 않는 것 같아서"라며 꽉치 씨가 부끄러운 듯이 어깨를 으쓱하더니 쿡 웃었다.

"카몬."

나도 꽉치 씨를 따라 해보았다. 그러나 발음이 좀 달랐던 모양인지 꽉치 씨가 다시 "깜언(Cảm ơn)" 하고 천천히 발음해주었다.

"고마워요."

나도 내 말로 다시 인사했다.

꽉치 씨가 신상 얘기를 해주어서 마음과 마음이 투명한 손으로 악수를 한 것 같은 기분이 들었다. 그래도 나는 내 비밀을 그렇게 쉽게 털어놓을 수 없었다. 나의 비참한 출생을, 어떻게 하면 꽉치 씨처럼 밝게 얘기할 수 있을까. 나는 그 사실을 누군가에게 말하는 장면만 상상해도 심장이 아픈데. 오노데라에게 조차 아직 고백하지 못했다.

나무와 나무 사이에 묶인 긴 줄에 빨래를 널어놓으니, 마치 만국기 같았다. 빛이 쏟아지니 은색으로 반짝거려서 상쾌했다. 빨아서 말리고 마르면 걷고 개서 원래 장소에 돌려놓는다. 그렇게 단순한 일이어도 츠루카메 조산원 일에 참여하고 있다는 기분이 들어 뿌듯했다.

이따금 세찬 돌풍이 쌩하고 불긴 하지만, 섬에 있는 동안 태풍의 기척은 그리 느끼지 못했다. 그러나 아무리 안달해봐야 배가 운항하지 않는 한 육지로 돌아갈 수 없으니, 나도 이상하게 초조하지 않았다. 흘러가는 대로 맡길 수밖에 없다. 게다가 내가 돌아오길 기다리는 사람도 없고. 어쨌든 섬에서는 임신 테스트 약을 구할 수 없는 것 같으니, 모든 것은 섬을 떠난 뒤에 결정할 수밖에 없다. 그때까지는 보류 버튼을 눌러두자.

저녁 무렵, 툇마루에 앉아 마른 빨래를 개고 있는데 선생님이 와서 내 어깨에 손을 올렸다. 그 작은 행동에 깜짝 놀라 엉겁결에 아악 하고 소리를 질렀다. 나는 옛날부터 누가 몸을 건드리면 심하게 긴장한다. 유일하게 오노데라만 몸에 손이 닿아도 괜찮은 상대였다. 그러나 선생님은 그런 내 반응에 개의치 않고, "파파야, 잘 챙겨 먹었어?" 하고 조그마한 바나나를 먹으면서 태평스럽게 물었다.

"아뇨, 아직 어디서 파는지 몰라서……."

파파야 같은 건 까맣게 잊고 있었음을 깨닫고는 당황하며 말했다.

"그런 건 과일 가게에 가지 않아도 이 근처에 흔하잖아. 섬에는 과일 가게 같은 거 없어."

당연한 듯이 말했다. 선생님은 또 그 해님 같은 미소를 지었다. 그리고 홀연히 어딘가로 사라지더니 손에 종이 한 장을 들고 돌아왔다.

"자, 이게 츠루카메 조산원에서 손수 만든 지도. 대충이긴 하지만 이거 들고 직접 파파야를 따보도록 해. 이 근처에 내가 사는 집이 있는데, 집 옆 나무에 마침 잘 익은 게 달렸어. 잘 모르겠으면 바다에 들러봐. 이 시간이면 사미가 비치 클리닝을 하고 있을 거야. 아직 파란 건 따면 안 돼. 냄새를 잘 맡아보고 달콤한 향이 나는 걸로 따 와. 길이 험한 데가 있으니 조심해서 걷고!"

그러더니 선생님의 장화도 내주었다. 내가 육지에서 신고 온 샌들로는 위험하다고 했다.

서둘러 빨래를 정리한 뒤, 장화로 갈아 신고 지도를 들고 나섰다. 선생님은 대충이라고 말했지만, 종이에는 츠루카메 조산원의 모습이 정성껏 그려져 있었다. 안채라고 부르는 조산원 건물 외에도 나나코 씨가 출산한 파오며, 밭, 과수원 등이 그려져 있다. 대체 얼마나 넓은 걸까. 숲 쪽에는 '아지트 바(bar)'라는 수상한 장소도 있다.

바다 쪽을 향해 걸어가니 점점 초록색이 짙어졌다. 한 번도 사람의 발길이 닿지 않은 숲속을 걷는 것 같았다. 거대한 잎들이 장난치듯 길을 막았다. 발밑에는 식물의 뿌리가 종횡무진으로 뻗어 있어 방심하다가는 넘어질 것 같았다. 만약 이 몸에 나 이외의 생명이 있다면 조심해야 한다.

문득 옆을 보니 끝이 돌돌 말린 커다란 태엽 같은 식물이 땅에서 빠끔히 얼굴을 내밀고 있었다. 금방이라도 공룡이 튀어나올 것 같다. 갑자기 무서워서 도중에 돌아가고 싶었지만, 온 길을 되돌아가기도 막막해서 할 수 없이 계속 걸었다. 정말로 짐승이 다니는 길 같은 곳을 두 손으로 풀을 헤치고 또 헤치며 전진해야 했다. 발밑이 질퍽한 곳도 있어서 역시 장화가 아니면 걸을 수 없었다.

하늘은 이미 노을을 준비하고 있었다. 서쪽은 어렴풋이 검붉은 빛으로 물들고 상공에는 샛별이 반짝거렸다.

걸어가다 보니 다양한 남국의 과일을 만날 수 있었다. 쌀국수에 곁들여졌던 시콰사, 아까 선생님이 먹고 있던 조그만 바나나, 그 밖에도 파인애플과 망고, 패션프루트 등 본 적도 없는 과일이 주렁주렁 열려 있었다. 그래서 츠루카메 조산원에 들어섰을 때 바람이 달콤하게 느껴졌던 것일까.

과수원을 통과하면서 조금 전까지 느낀 공포는 밀물처럼 사라졌다. 반대로 흥분이 배 속에서부터 부글부글 거품처럼 끓어올랐다. 이런 걸 흉내 내어 만든 도시의 오아시스는 알고 있지만, 이곳은 제대로 된 진짜 오아시스다. 호흡을 하면 숨이 싱싱하고 매끄러워진 것이 느껴졌다. 공기마저 달다. 아담한 식물 터널을 지나 눈앞에 펼쳐진 바다를 보았을 때, 내 흥분은 절정에 이르렀다.

"우와."

그 외 다른 말로는 표현할 수 없다. 그곳은 츠루카메 조산원

만의 프라이빗 비치였다. 하늘은 장미꽃잎이 춤을 추며 내려오는 듯 노을이 졌다. 노을에 비친 바다가 온통 핑크색으로 물들어 있었다. 바라보기만 하는 바다는 정말로 아름다웠다.

그때, 비치 클리닝을 하고 있을 거라던 사미가 동굴 같은 곳에서 한 손에 컵라면을 들고 나타났다.

"마리아 씨도 먹을래요?"

친근하게 나를 부르며 말을 걸어왔다. 사미의 싹싹함에는 도무지 익숙해지지 않아서 나는 그의 말을 무시하고 되물었다.

"사미 씨도 이곳 스태프예요?"

그게 왠지 궁금했다.

"정확하게는 자원봉사 스태프. 여기서 지내는 대신에 밭일을 돕고 있어요. 팍치 씨나 에밀리는 정식 스태프지만 나하고 장로님은 자원봉사죠. 돈도 조금은 받지만, 적어요."

좀 불만스러운 듯이 입을 삐죽거렸다. 그리고 "저기가 우리 집" 하고 아까의 동굴 쪽을 가리켰다. 동굴 속은 어두컴컴해서 잘 보이지 않았지만, 물건이 마구 어질러져 있는 것이 어렴풋이 보였다. 동굴에 살다니 무슨 이유일까 의아하게 생각하고 있는데, "나는 여행자여서 저기서 노숙 생활을 하는 거예요. 지금 세계 일주 중이죠" 하고 사미가 약간 자랑하듯이 말하며 머리를 벅벅 긁었다.

"그럼, 지금까지 여러 나라에 가봤겠네요?"

해외여행을 한 번도 해본 적 없는 나는 세계 일주라는 말만 듣고도 사미가 엄청나게 훌륭한 사람으로 느껴졌다. 진심으로 감탄하고 있는데, "아뇨, 그 정도는 아니고요" 하며 수줍은지 얼굴을 붉혔다.

세상에는 조산사며 여행자며 다양한 사람이 있구나. 고등학교를 졸업하고 곧장 오노데라와 동거를 시작하고, 딱 스무 살이 되던 해에 혼인신고를 한 나는 전업주부였다. 아르바이트를 잠깐 한 적은 있지만, 아주 짧은 기간이었다. 내가 살던 세계란 얼마나 보잘것없는지.

사미에게 조금 존경스러운 마음이 들었다. 하지만 지금 내가 여기 와 있는 목적을 퍼뜩 떠올리고 물어보았다.

"나 파파야를 따러 가야 해요. 이 근처에 선생님 집이 있다고 하던데 어딘지 아세요?"

"아, 그거라면 처음 가는 사람은 절대로 못 찾을 테니 같이 가요."

사미는 남은 컵라면을 단숨에 먹어 치웠다.

내일은 어쩐지 배가 운항을 재개할 것 같다. 이 프라이빗 비치에 오는 것도 처음이자 마지막이다. 츠루카메 조산원에 오는 일도 두 번 다시 없을 테지. 사실은 그래서 계속 이 자리에서 노을 지는 바다를 보고 있고 싶었다.

그러나 밝을 때 파파야를 찾아야 하니 사미와 함께 모래사장을 뒤로했다. 등 뒤로 파도가 철썩 처얼썩 울었다. 문득 그제 나나코 씨의 출산이 떠올랐다. 나나코 씨도 바다가 우는 듯한 낮은 소리를 내며 자기 힘으로 아기를 낳았다. 생각하니 또 눈물이 솟구칠 것 같았다.

사미가 안내하는 길을 걸을수록 점점 나무가 울창해졌다. 판자 같은 뿌리가 땅속에서 불거져 나온 것처럼 보이는 기묘한 형태의 수목도 있었다. 식물이 자유자재로 가지를 뻗고, 나무그루에는 담쟁이 잎과 넝쿨이 빽빽하게 얽혀 있다. 어디선가 정체 모를 짐승의 소리도 울려왔다. 점점 내 몸이 오그라드는 것 같았다. 귀를 기울이니 눈에는 보이지 않는 세계의 생물들이 내쉬는 숨소리까지도 들려올 것만 같다. 혼자라면 절대로 걷지 못했을 거란 생각에 옆에 걸어가는 사미가 진심으로 감사하게 여겨졌다. 그러나 소리 내어 말하지는 못했다.

"여기가 엄마 집이에요."

사미가 천천히 멈춰 섰다.

"예?"

눈앞에 있는 것은 옛이야기에라도 등장할 법한 커다란 수목이었다. 묵직하고 굵은 몇 그루의 나무가 합체한 듯 늠름한 모습이다. 마치 지구째 빨아들일 듯이 탄탄하게 대지에 뿌리를 내리고 있었다. 울퉁불퉁한 굵은 나뭇가지에는 밧줄을 친 것처럼 몇 가닥의 넝쿨이 바닥을 향해 뻗어 있다. 하지만 거기에 집 같은 건 없었다.

"그렇지만, 이건……."

'나무잖아요?' 하고 사미에게 눈으로 얘기하자, 사미는 무릎을 구부리고 몸을 낮추며 나무 위의 한 곳을 가리켰다.

"저기, 위쪽에 트리 하우스 보여요?"

"정말이네! 나무 위에 오두막이 있어요!"

흥분해서 나도 모르게 소리를 질렀다. 자세히 보니 트리 하우스로 이어지는 사다리 같은 것도 있었다. 사진으로는 몇 번 본 적 있지만, 실제로 나무 위의 집을 보는 건 처음이었다. 반짝반짝 빛나는 자잘한 잎에 둘러싸인 오두막이었다. 아래에서는 아주 작아 보이지만, 가까이서 보면 의외로 클지도 모른다. 나나코 씨가 출산한 파오도 밖에서는 아주 작아 보이는데 안에 들어가니 의외로 넓었다.

"엄마를 부를 때는 이 초인종을 누르면 내려와요."

사미가 익숙한 손놀림으로 줄을 당겼다. 그 순간 딸랑딸랑하며 장소에 어울리지 않을 정도로 맑은 종소리가 울려 퍼졌다. 그 소리를 듣는 순간, 이곳은 나와 오노데라가 살던 동네와는 완전히 다른 세상이라는 느낌이 들었다. 게다가 그 시절의 나는 가능하면 오노데라 이외의 누구와도 말을 섞지 않고 살고 싶었다. 내게 오노데라 이외의 사람은 전부 남이었고, 만원 전철에서 낯선 사람과 살이 닿는 것만으로도 몹시 기분 나빴다. 그런데 이곳 사람들은 뭔가 다르다. 사람과 어울리는 것이 귀찮아서 줄곧 사람들과의 교류를 피하며 살아온 나였는데 여기서는 어쩐지 저항감이 생기지 않는다.

처음으로 맛보는 감동의 파도에 조용히 몸을 맡기고 있는데, 사미가 "엄마는 진짜 괴짜라니까요" 하고 트리 하우스를 올려다보며 불쑥 중얼거렸다.

"보통 이런 집을 직접 만들어서 살겠다는 생각, 하지 않잖아요. 다 큰 어른이. 섬은 그러잖아도 태풍이 잦아서 얼마나 무서운데. 머리가 나쁜 거 아닌가 몰라요. 이런 날림 오두막, 언젠가 날아가 버려라."

사미가 거기까지 말했을 때였다.

"괴짜라서 정말 미안하게 됐네. 그러는 너는 천재냐!"

갑자기 트리 하우스 창이 열리더니 그곳에서 선생님이 얼굴을 내밀었다. 손에 들린 가늘고 긴 검은색 물총에서 찌익 하고 초록색 액체가 포물선을 그리며 사미를 향해 날아갔다. 어렴풋이 녹즙 같은 냄새가 났다.

"아악, 이거 비터멜론[7] 주스 아니에요? 앗, 써! 맛없어! 먹는 걸로 장난치면 벌 받는다니까요!"

사미가 선생님에게 필사적으로 소리쳤다.

"이거 네가 오늘 아침에 남긴 거지? 기껏 만들어줬더니. 비터멜론의 저주다. 마리아, 그 저주 대신 받지 않도록 잘 피해!"

그렇게 말하면서 선생님은 사미를 향해 계속 비터멜론 주스를 쐈다. 훌륭하게 얼굴에 명중해서 사미의 안경이 초록색이 됐다.

"아, 정말 그만 하세요, 어른답지 못하게!"

사미가 진심으로 화를 내며 소리 지르자, "그러게, 마리아가 파파야를 잘 찾을 수 있을지 걱정이 돼서 먼저 왔더니 네가 내 흉을 보고 있잖아" 하고 토라진 아이처럼 입술을 삐죽거렸다.

"지금 한 말은 흉을 본 게 아니라고요. 괴짜라는 건 칭찬이죠. 엄마의 그 남다른 개성을 존경해서 말한 건데."

사미가 큰 소리로 말했다. 비터멜론 주스가 바닥났는지, 사미를 향한 공격은 멈췄다. 선생님이 사다리를 타고 만족스러운 얼굴로 내려왔다.

달콤한 향이 나는 커다란 파파야를 손에 넣은 우리는 이번에는 셋이 나란히 안채 쪽을 향해 걸었다. 이미 해가 진 것 같

---

7 여주

다. 상공에는 빨간색과 검은색 수채 물감을 딱 반씩 물에 풀어서 가볍게 섞은 듯한 음산한 색의 하늘이 펼쳐졌다. 마치 오늘로 세상이 끝난다고 알리는 것 같다. 갑자기 마음이 불안해져서 다른 생각을 하려고 선생님에게 아까부터 궁금했던 걸 물어보았다.

"선생님은 어떻게 트리 하우스에 살 생각을 하셨어요?"

그러고 보니 나도 어느새 다른 사람들과 마찬가지로 선생님이라고 부르고 있다.

"난 어릴 때부터 어른이 되면 새가 될 거라고 믿었거든."

선생님은 조금 달콤한 공기를 품은 촉촉한 목소리로 말했다. 그리고 말을 이었다.

"어릴 때, 걸핏하면 높은 곳에 기어 올라가서 거기서 뛰어내리며 놀았어. 정도가 점점 심해져서 결국 뼈까지 부러지는 일도 있었지만, 줄곧 그 생각을 품은 채 어른이 됐지. 잊을 뻔한 시기도 있었어. 그런데 산부인과에서 간호사를 하다 그만두고 이리로 온 뒤 아까 그 나무를 만난 순간, 새가 되고 싶었던 어릴 때의 마음이 확 되살아나는 거야. 그래서 단순하게 이 나무에 살고 싶다, 이 나무에 살면 새가 될 수 있을 거다, 라고 생각한 거지. 어떻게든 내 손으로 새집처럼 작은 집을 만들고 싶었어. 사람 이외의 다른 생물은 모두 스스로 집을 짓잖아?"

당연한 것처럼 얘기하는 선생님의 자유로운 발상이 부러웠다. 그리고 나도 선생님처럼 씩씩해지고 싶다는 생각이 들었다. 지금까지 타인에게 의지하며 살아온 나의 연약함이 선생님의 말 앞에서 가볍게 날아가 버렸다. 선생님을 만난 것이 정말 기뻤다.

혼자 감동을 음미하고 싶어서 말없이 걷고 있는데 선생님이 다시 입을 열었다.

"나 이제 사람 같은 건 지긋지긋해. 다시 태어난다면 사람이 아닌 동물로 태어나고 싶어. 가장 좋은 건 역시 훨훨 나는 새로 태어나는 것이려나. 여권 같은 것 없어도 어디로든 자유롭게 날아갈 수 있잖아. 그러니까 지금은 그 연습을 하는 거야. 다시 태어나면 아름답게 하늘을 향해 날갯짓할 수 있도록!"

그렇게 말하고 선생님은 그 자리에서 두 팔을 펴고 위아래로 사뿐사뿐 움직였다. 실제로 선생님의 몸은 대지에 탄탄하게 뿌리내리고 있어 날 수 있을 것 같은 기미는 조금도 없었지만, 그 몸짓이 보기 좋았다.

선생님이 하는 말은 지금의 선생님이 아니라 어린 시절의, 아직도 가녀린 팔다리로 몇 번이나 나무에서 뛰어내리고 진심으로 새가 되려고 했던 시절의 선생님이 하는 말 같았다. 아주 잠깐 나보다 어린, 천진난만하고 순수한 소녀와 사이좋게 손을 잡은 것 같은 기분이 들었다.

그러나 솔직히 좀 의외였다. 선생님은 사람을 좋아해서, 그래서 조산사 일을 하고 있다고 생각했다. 그런데 해님처럼 눈부시고 밝게 웃는 선생님도 나와 마찬가지로 사람에게 염증을 느끼고 있구나, 생각하니 웬지 안심됐다. 내 멋대로 선생님과 동지가 된 기분이었다.

다음 날, 배는 드디어 운항을 재개했다.

팍치 씨와 함께 아침식사를 마치고 2층에 가서 짐을 챙겼다. 챙긴다고 해봐야 애초에 당일치기 예정으로 와서 거의 빈손이나 다름없다. 화장조차 하지 않아서 출발 준비는 바로 끝났다. 지금까지는 화장을 하지 않으면 가까운 편의점에도 나가지 않았는데, 이 섬에 있으니 화장하는 상상조차 귀찮아졌다.

오전 중에는 빨래를 널고, 2층 다다미방을 빗자루로 청소하며 시간을 보냈다. 예전에는 정말 귀찮게 여기던 집안일을 여기서는 신성한 마음으로 하고 있다. 기껏 빨래를 효율적으로 잘 널 수 있게 됐는데 이제 떠나야 한다. 그 사실을 생각하니 마음이 먹먹해졌다.

오늘은 낮부터 츠루카메 조산원에서 월 1회 열리는 모자 건강 교실이 있었다. 오전 11시가 지나자 섬에 사는 임산부와 아이가 있는 엄마들이 모여들었다. 에밀리가 섬의 향토 요리를 가르쳐준다고 했다. 츠루카메 조산원에서 출산할 예정이 없는 사람이라도 자유롭게 참가할 수 있다. 여러 가지 면에서 선생님은 굉장히 통이 크다.

만약 오늘도 배가 결항한다면 나도 함께 참가할 예정이었다. 하지만 배의 운항이 결정됐고, 인제 그만 육지의 숙소로 돌아가야 한다. 연락은 해놓았지만, 사흘이나 비운 채로 두었다.

진료실을 들여다보니 선생님은 또 뜨개질을 열심히 하고 있었다. 모자 건강 교실이 시작되기 전에 선생님에게 정식으로 인사를 하고 싶었다.

"정말 고마웠습니다."

방해가 되지 않도록 조그만 소리로 속삭이자, 선생님은 뜨개질하던 손을 멈추고 나를 보았다.

"마리아, 이 섬에 완전히 갇혔었네? 이런 걸 낙도의 고충이라고 해."

"낙도의 고충?"

"그래, 마리아처럼 섬에 왔다가 제때 못 가는 사람들이 종종 있지. 쇼핑몰도 없고 대학병원도 없고, 있는 것은 동물과 사람뿐인 보잘것없는 섬이지만, 가끔은 이렇게 시간을 보내는 것도 괜찮지 않아? 그런데 오늘 똥은 잘 쌌어?"

너무 갑작스럽게 화제를 바꾸고 단도직입적으로 물어서 당황했지만, 선생님 덕분이에요, 하고 진지하게 대답했다. 지금 생각해도 얼굴이 붉어질 정도로 파파야의 효과는 굉장했다. 평소와 달리 아침부터 개운하고 시원한 것은 그 탓일지도 모른다.

"어떻게 할지는?"

이번에는 배 속 아이에 관해 물었다. 선생님의 눈은 까매서 도마뱀 같다. 그 눈으로 나를 바라보고 있으니 거짓말을 할 수가 없다.

"좀 더 생각해보려고 해요."

솔직히 말했더니, 선생님은 이해한다는 듯이 크게 끄덕였다.

"항구까지 태워다주고 싶었는데."

"아니에요. 승합 버스로 갈 수 있어요."

"그러면 이거. 뱃멀미 부적을 줄게."

선생님이 작은 주머니를 내 손에 올려주었다. 만져보니 안에 단단한 것이 들어 있다.

"뭐예요?"

"무늬 월도의 열매야. 아주 좋은 향이 나. 나도 배를 잘 못 타지만 이 향기를 맡으면, 그렇게 생각해서인지 몰라도, 뱃멀미가 별로 안 나더라고. 아마 오늘은 아직 태풍의 기운이 남아서 배가 흔들릴 거야. 그렇다고 임산부한테 시판 뱃멀미 약을 권할 순 없지."

"임산부?"

"그래, 배 속에 생명을 키우고 있잖아. 그러니까 부적이라고 생각하고 갖고 있어."

"받아도 돼요?"

열매를 싼 주머니는 상당히 오래돼 보였다. 어쩌면 이것은 선생님이 소중하게 아껴온 물건인지도 모른다. 손에서는 이미 은은하고 달콤한 향이 났다. 단번에 맡는 게 아까울 정도로 선생님처럼 멋진 향이다.

"또 지구가 선물해줄 거니까 괜찮아!"

선생님은 그 반짝거리는 해님 같은 미소를 지었다. 수십 년이나 열린 적 없는 창고 문이 천천히 열리듯이 나라는 어둠 속으로 강인한 빛이 들어왔다.

"고맙습니다."

이 향을 맡을 때마다 선생님이 생각날 것이다. 몇 년이나 함께해도 전혀 영향을 주지 않는 사람이 있는가 하면, 겨우 며칠 같이 있었을 뿐인데 평생 잊을 수 없는 사람도 있다. 내게 선생님은 후자 같은 존재가 될 거라는 예감이 들었다. 선생님에게 나는 잘 곳을 제공해준 젊은이 가운데 한 명에 지나지 않겠지만.

"그리고 이거 아까 만든 거야. 배고플 때 먹어. 오늘은 점심 함께 먹지 못할 테니까."

선생님이 갈색 종이봉투를 건넸다. 들어보니 보기보다 훨씬 묵직했다. 그러는 사이 꽉치 씨가 허둥지둥 진료실로 찾아와서, 임산부 한 명이 왔다고 알렸다. 꽉치 씨는 오늘은 비가 갠 하늘처럼 눈이 번쩍 뜨일 듯한 푸른색 아오자이를 입었다. 그 실루엣이 시야에 들어오는 것만으로 공기가 화사해졌다.

어쩌면 꽉치 씨를 만나는 것도 마지막일지 모른다고 생각해서, 눈이 마주친 순간 나는 얼른 "깜언"이라고 말했다. 사실은 베트남어로 안녕이란 말을 하고 싶었다. 그러나 말을 모른다. 깜언이라는 단어도 아직 발음이 서툴다. 모처럼 친구가 될 수 있었는데.

마지막으로 정원에서 졸고 있는 추프를 찾아 작별 인사를 했다. 내가 다가가자 추프는 마음을 허락한 듯이 벌러덩 드러누웠다. 검은 털로 덮인 부드러운 배를 손바닥으로 문질렀다. 쓰다듬으면서 이제 안녕이란 사실을 가만히 눈으로 전했다. 추프는 아는지 모르는지 긴 혀를 날름 내밀고 기쁜 표정을 지었다. 이대로 이렇게 있으면 계속 머물고 싶을 것 같아서 마음을 굳게 먹고 일어섰다.

"간다."

일부러 밝게 말하며 추프 곁을 떠났다.

나는 조용히 츠루카메 조산원을 떠났다. 돌아가고 싶지 않은 마음이 갑자기 끓어오르는 것을 꾹 누르고 성큼성큼 걸었다. 돌아보니 츠루카메 조산원에서부터 점점이 내 발자국이 이어져 있다.

마을 중심부에 있는 버스 정류장에서 승합 버스를 탔다. 도중에 아주 가느다란 희망을 안고 유리 미술관이나 민속 박물관, 해변 공원을 확인했다. 그러나 예상대로 결과는 꽝이었다. 오노데라는커녕 구경꾼이라곤 나 한 사람뿐으로 너무 한산해서 더 서글퍼졌다.

그리고 드디어 오후에 며칠 만에 운항이 재개되어 육지로 향하는 배를 탔다. 미련이 남는 듯이 천천히 항구를 떠난 배는 앞바다 쪽에서 방향을 전환하더니 갑자기 속도를 높이기 시작했다.

안녕, 남쪽 섬. 고마워요, 츠루카메 조산원.

나는 섬에서 눈을 떼지 못한 채 몇 번이나 그 말을 되풀이했다. 겨우 사흘 머물렀을 뿐인데 울고 싶은 마음이 빨대로 빨아 올리듯이 쭈르륵 가슴팍까지 올라왔다. 섬은 점점 멀어져 이제 무인도처럼 보였다. 마지막으로 두 손을 흔들며 이별을 고했다.

섬이 완전히 보이지 않게 된 뒤에, 올 때와 마찬가지로 2층 객실로 갔다. 좌석에 앉는 순간, 누름돌처럼 졸음이 밀려왔다.

손에 부적 주머니를 쥔 채 눈을 감았다. 배는 선생님이 말했던 것처럼 상하좌우로 격렬하게 흔들렸다. 그래도 졸음은 이기지 못했다.

시간이 얼마나 지났을까. 사방이 고요해진 듯한 기분이 들어 눈을 떠보니 새까만 해면이 전부 무지개색으로 빛나고 있었다. 마치 스테인드글라스 속의 세계에 들어온 것 같았다. 하지만 이내 내가 지금 넓고 깊은 바다 한가운데에 있다고 생각하자 공포가 밀려들었다.

얼굴을 들어보니 마침 해가 지는 참이었다. 눈이 부셔서 반사적으로 눈을 가늘게 떴다. 아까까지 그렇게 거칠던 바다는 파도가 완전히 가라앉았다. 강력한 수면제 주사를 맞고 곤히 잠든 것처럼 조용하다.

앞으로 어떻게 하면 좋을까. 고요가 감도는 바다를 보면서 멍하니 생각했다.

일단은 숙소로 돌아가자. 그 전에 임신 테스트기를 사야 한다. 그래서 진짜 임신이라면 그다음 일을 결정해야 한다.

오노데라…… 나는 마음속으로 그 이름을 불러보았다. 지금 어디 있어? 내 배 속에 우리 아기가 있을지도 몰라.

노을이 아름다운 것은 아주 잠깐이었다. 그 후는 온 세상의 조명 차단기를 내린 것처럼 느닷없이 밤이 내렸다. 배는 갈 때보다 훨씬 덜 흔들렸다. 선생님이 준 부적이 도움이 됐는지 섬에 갈 때처럼 심한 뱃멀미는 나지 않았다.

문득 선생님이 준 종이봉투가 생각나서 열어보니 밥과 김 냄새가 났다. 편지도 같이 들어 있었다. 흰 봉투에는 예쁜 잎과 압화가 붙어 있고, '마리아에게'라고 힘찬 글씨로 내 이름이 쓰여 있었다. 나는 반듯하게 접힌 종이를 펴서 편지를 읽었다.

급히 쓰느라 난필인 것을 이해해줘.

마리아가 며칠 전 우리 집 앞을 지나갈 때, 난 말을 건네지 않을 수 없었어. 글쎄 배 속에 아이가 있는 것 같은데 전혀 행복해하지 않은 얼굴인 거야. 내내 고개를 숙이며 걷고 있고, 미간은 찡그려 있고, 입꼬리는 처져 있고, 상태도 안 좋아 보이고. 이대로라면 이 사람 어떻게 되는 게 아닐까, 오지랖 넓게 걱정이 되더라고. 그래서 얼른 말을 건 거야. 뜬금없이 '방랑'을 화제로 삼아서.

무슨 일이 있었는지는 모르겠지만 정신적으로 상당히 아파하고 있구나 싶었어. 아니나 다를까, 배 속에는 똥만 가득하고. 변비란 것은 마음에 뭔가 막혀 있을 때도 잘 생기거든. 마음과 몸은 표리일체니까.

시간이 없으니 단도직입적으로 본론에 들어갈게.

나 젊은 시절에 한 번 아기를 지운 적이 있어. 유산이 아니라 내 의지로. 사랑하는 사람이었지만 함께 살며 아이를 키울 수 있는 관계가 아니었어. 게다가 나는 그때 일에 미쳐 있었고. 당시는 산부인과에서 간호사를 하고 있었지만, 나 자신이 아이를 임신하고 낳아서 키우는 그림은 도저히 그려지지 않더라고. 산부인과는 다들 아이를 낳는 곳이라고 생각하지만, 그것뿐만이 아니거든. 나도 그런 현장에 너무 익숙해졌는지도 모르겠어. 아직 어려서 가벼운 마음으로 지워버렸지. 그런데 그 생명을 잃은 뒤, 죽도록 후회했어. 낙태란 단순히 아이를 죽이는 것뿐만이 아니라, 어린 시절부터 내가 가슴속에 소중하게 키워온 중요한 무엇인가도 난폭하게 떼어내는 것이더라고. 그런 어둡고 암울한 기분을 평생 질질 끌면서 살아가야만 해.

만약 내가 그 아이를 낳았더라면 지금의 마리아와 비슷한 나이쯤 됐을걸. 팍치도 사미도 마찬가지야. 그래서 그 또래 아이들을 보면 그냥 내버려두질 못해. 난 근본이 오지랖 넓은 아줌마거든.

마리아, 쓸데없는 참견인지도 모르겠지만, 앞으로 갈 곳은 있어? 마리아가 가장 안심할 수 있는 곳으로 돌아가. 그런데 만약 갈 곳이 없어서 곤란하다면 츠루카메 조산원은 언제든지 환영이야.

지난 사흘간 마리아가 아주 조금씩이나마 웃게 된 것이 기뻤어. 물론 아무리 다른 아이들한테 정성을 다한다 해도 내 아이를 죽인 죄를 지우진 못하겠지만.

진심으로 마리아가 행복해지길 바라.

얼굴을 보고 말하면 이내 눈이 축축해질 것 같아서 편지로 썼어. 이런 오지랖 쓸데없다면 그냥 버려줘.

나는 마리아가 행복하게 산다면 그걸로 충분해.

그리고 지금은 어쨌든 몸을 차게 하지 않도록 해. 냉증도 빈혈도 심각하니까.

밥도 제때 챙겨 먹을 것.

이 주먹밥은 츠루카메 조산원 논에서 장로들이 열심히 키워서 수확한 귀한 쌀로 만든 거야.

편지지 표면에는 빨간 실로 색색의 구슬이 수놓여 있다. 섬에는 예쁜 편지지 세트 같은 걸 팔지 않는다. 그래서 뭐든 직접 만드는 것이다.

"선생님."

나는 조그맣게 불러보았다. 선생님이 이렇게까지 내 걱정을 하는 줄은 상상도 하지 못했다. 나만 일방적으로 선생님을 짝

사랑하고 있다고 믿었다.

지금 당장 이 배의 갑판에서 뛰어내려 바다를 헤엄쳐서 저 남쪽 섬으로 돌아가고 싶다. 만약 돌고래처럼 헤엄을 잘 친다면 정말로 그렇게 했을 것이다. 그러나 나는 수영을 못 한다. 태어나서 한 번도 바다에 들어간 적이 없다.

지금쯤 다들 저녁을 먹고 있을까? 오늘 밤은 곽치 씨가 당번이라고 했으니, 또 대량의 고수를 올린 이국 요리들이 차려졌을 테지. 그 생각을 하니 새콤달콤한 냄새가 가슴을 채워 괴로웠다.

왠지 모르게 누군가 물끄러미 바라보는 것 같은 느낌이 들어 얼굴을 드니, 손때로 더럽혀진 배의 유리창에 불행해 보이는 얼굴이 보였다. 다른 누구도 아닌 나였다. 그런데 이런 내게도 선생님 같은 사람과의 만남이 있다. 어쩌면 정말로 내 배 속에 아기가 있을지도 모른다. 내가 내가 아니게 되어가는 듯한 기묘한 위화감을 지울 수 없다.

동그랗고 보드라운 나뭇잎을 펼치니 현미 주먹밥이 나왔다. 섞여 있는 노란 알갱이는 오늘 아침밥에도 들어 있던 찰옥수수다. 한입 가득 물었더니 입안에서 부드럽게 무너졌다. 전체적으로 소금 맛이 잘 배었고, 밥 냄새가 은은하게 풍겼다. 편의점 주먹밥은 한 개 먹으면 질려버리지만, 이 주먹밥이라면 얼마든지 먹을 수 있을 것 같았다.

현미는 씹을수록 점점 단맛이 났다. 손에 묻은 밥알까지 입에 넣으면서 창으로 하늘을 올려다보았다. 비행기가 상공을 날고 있다. 주먹밥을 전부 다 먹고 나니 갑자기 몸에 힘이 넘쳤다. 이제 곧 육지의 터미널 항구에 도착할 것이다. 조금씩 거리의 불빛이 보이기 시작했다.

배에서 내린 뒤, 츠루카메 조산원에 전화를 걸었다. 한 번 반의 신호음 뒤에 바로 선생님이 받았다. 식사 중이었는지 음식을 우물거리는 소리가 들렸다.

"선생님?"

혹시나 하고 확인하니, "마리아? 무사히 도착했구나. 배 흔들리지 않았어?" 하며 여전히 여유로운 어조에 흙냄새 나는 목소리다. 마음이 급해서 선생님의 물음에는 대답하지 않고 저, 하고 말을 꺼냈다. 하지만 말해도 좋을지 어떨지 몰라 그다음 말이 막혀버렸다.

"저요."

한 번 더 용기를 쥐어짰다. 그리고 깊이 심호흡을 했다. 힘껏 숨을 들이마시자 수화기에서 남쪽 섬 공기가 전해지는 것 같았다. 눈부신 빛과 새소리까지 바다를 건너오는 것 같았다. 선생님은 내가 말하기를 지그시 기다리는 듯했다.

"정말로 츠루카메 조산원으로 돌아가도 돼요?"

간신히 소리를 쥐어짜냈다. 내 등을 부드럽게 밀어준 것은 무엇이었을까.

그러나 그렇게 말한 순간, 얼마나 뻔뻔하고 철없는 소리를 한 건가 후회했다. 미안합니다, 지금 한 말은 역시 못 들은 걸로 해주세요, 그렇게 말하려고 할 때였다.

"당연히 돌아와도 되지. 여기 있고 싶은 만큼 있어도 돼. 무슨 일이 있었는지 모르겠지만, 마리아가 여기 있는 것이 행복하다면."

거즈처럼 부드럽고 자상한 목소리가 울려왔다.

어째서, 어째서 선생님은 불과 며칠 전까지 생판 남이었던 내게 이렇게 자상하게 대해주는 걸까. 촉촉해진 마음이 진정될 때까지 시간이 좀 필요했다. 나는 꿀꺽 침을 삼킨 뒤 말했다.

"고맙습니다. 그런데 이제 돈이 별로 없어서……. 근처에 은행이 있다면 조금은 찾아갈 수 있지만."

나도 안다, 내가 밉상스러운 성격인 것을. 하지만 사정이 있어서 일찍부터 어른이 되기를 강요받아온 내게는 그런 걱정 병이 몸에 배어 있다.

"돈 같은 건 조금만 있으면 되지 않아? 섬에서는 돈이 있어도 쓸데가 없어. 물건을 사는 생활이 아니니까. 그러나 돌아오면 손님 대접은 하지 않을 거야. 몸이 힘들 때는 물론 쉬게 하겠지만, 일을 할 수 있을 때까지는 츠루카메 조산원 스태프로서 일해주길 바라. 이곳에는 영원히 끝나지 않을 정도로 일이 얼마든지 있으니까. 그리고 많지는 않지만 일한 만큼의 수당은 줄 거야."

선생님은 아무렇지 않게 말했다.

"그렇지만 저 아무것도 할 줄 모르는데요. 자격증도 없고 도움이 될 만한 특기 같은 것도 없고……."

스스로 무덤을 파서 어쩔 건가, 어이없었지만 그만 진심을 말하고 말았다. 선생님을 실망시키고 싶지 않았다. 그러나 말을 마친 순간 수화기로 피식, 풍선 바람 빠지는 듯한 웃음소리가 났다.

"마리아는 어떻게 하고 싶어? 어쨌든 돌아오면 되는 거잖아. 무엇을 할 수 있을지는 함께 생각해보면 되지!"

선생님은 그렇게 말하면서도 재미있다는 듯이 계속 쿡쿡 웃었다.

선생님의 목소리 뒤에서 사미와 팍치 씨의 시끄러운 소리가 포개졌다. 어쩐지 내가 섬으로 돌아오는 걸 두 사람 다 환영하는 것 같았다.

전화를 끊은 뒤, 약국을 발견하고 임신 테스트기를 샀다. 그걸 들고 숙소로 향했다.

결과는 역시 양성이었다. 선생님 말대로다. 그리고 내가 임신했다는 걸 확인하는 순간, 그동안의 모든 일들이 이해가 갔다.

츠루카메 조산원 사람들과 만난 것도, 나나코 씨의 출산 현장을 지켜본 것도, 어제처럼 아름답게 노을 진 바다를 본 것도. 임신한 나를 위해 섬이 특별히 내게 보여준 것이었다. 그래서 태풍이 와서 나를 돌아가지 못하도록 막은 것이다. 진심으로 그런 생각이 들었다. 지금까지 나는 엄청나게 겁쟁이였고 뭐든 자기중심적이었다. 그런데 지금 나보다 훨씬 더 큰 것의 존재를 느끼기 시작했다.

숙소에 와서 화장실 변기에 앉은 채 생각에 잠겼다. 역시 아이는 낳을 수밖에 없다. 지금은 어디에 있는지 몰라도, 그래도 오노데라의 아이니까.

그렇게 결정한 뒤의 내 행동은 재빨랐다.

짐을 정리하고, 숙박비를 정산했다. 내일 아침 일찍 떠나기로 작정했다. 애초에 긴 여행을 할 생각으로 나왔기 때문에 다행히 의료보험 카드 등 중요한 것들은 모두 갖고 있다. 오노데라와 둘이 살던 집은 오노데라 부모님 소유여서 월세나 융자금을 신경 쓸 필요가 없다. 그 밖에 공과금은 오노데라 명의의 계좌에서 자동으로 이체된다. 아직 저금이 남아 있을 테니 어떻게 되겠지. 이대로 내가 섬으로 가버려도 곤란할 일은 그리 없을 터다.

다음 날 아침, 커다란 여행용 가방을 질질 끌며 터미널 항구로 향했다. 그리고 남쪽 섬까지 가는 편도 표를 샀다. 정박해 있는 배까지 걸어가는 도중, 나는 오노데라의 휴대전화에 전화를 걸었다. 하룻밤 생각한 뒤 결정한 것이다.

지금 이 순간, 우리가 살고 있던 그 어두컴컴한 집에서 그의 휴대전화가 홀로 덜덜덜 진동하고 있겠다고 생각하니 가슴이 저렸다. 받을 리 없다는 걸 알면서도 한편으로는 진짜 목소리를 기대하기도 했다. 그러나 그런 일은 일어나지 않았다. 나는 안내 음성이 끝난 뒤 메시지를 남겼다.

"저는 우리의 추억이 있는 섬으로 가요. 섬에 있는 조산원에서 일하게 됐어요. 그리고 지금 내 배 속에는 우리의 아이가 있습니다. 아직 1개월 반이라고 해요. 섬에서 낳을 생각입니다."

배터리도 거의 떨어져서 음성 메시지를 남긴 뒤 휴대전화는 승선장에 있는 쓰레기통에 버렸다. 임신의 영향인지도 모르겠지만, 휴대전화 액정이나 활자를 보기만 해도 가슴이 울렁거렸다. 게다가 휴대전화를 갖고 있으면 아무래도 오노데라의 연락을 마냥 기다리게 될 테니, 내가 앞으로 나아갈 수 없을 것 같았다.

만약 오노데라가 내게 전화를 걸고 싶어진다면?

그런 생각을 하지 않은 것도 아니다. 하지만 그에게 연락이 오지 않을 거라는 예감이 들었다. 휴대전화를 집에 두고 간 사람이다. 미련이 너무 없는 게 아닐까? 어찌 됐건 상관없다. 내게는 지금 필사적으로 지켜야 할 존재가 있다.

언제나 두리번두리번 주위를 엿보면서 카멜레온처럼 그 자리의 공기에 동화되려고 애쓰며 살아온 내가 이런 대담한 모험을 하는 것은 처음이다. 오노데라가 지금 내 모습을 본다면 놀라서 나자빠질 게 분명하다.

배는 나와 배 속의 아이를 태우고 천천히 출항했다.

선생님이 초록색 경차로 항구까지 마중해주었다. 옆에는 노란색 아오자이를 입은 팍치 씨도 서 있다. 단 하루, 섬을 떠나 있었을 뿐인데 네모난 항구의 실루엣을 보는 것만으로 묘하게 편한 기분이 들었다.

"마리아!"

여행용 가방을 들고 난간을 잡으면서 발을 헛디디지 않도록 신중하게 계단을 내려오는 내게 선생님과 팍치 씨가 나란히 서서 손을 흔들어주었다.

"다녀왔습니다."

나도 조금 쑥스러워하면서 대답했다. 다녀왔습니다, 라는 말은 정말 오랜만에 쓴 것 같다. 태풍이 지나간 뒤여서인지 하늘에는 페인트를 그대로 쏟아부은 듯 푸른 하늘이 멋지게 펼쳐졌다.

선생님과 꽉치 씨와 함께 컨테이너 쪽으로 가서 츠루카메 조산원 앞으로 도착한 짐을 찾았다. 섬에서 사면 아무래도 비쌀 것 같은 일용품 등은 섬 밖에 있는 양판점에 주문하면 짐을 배에 실어준다고 한다. 우리는 각각 짐을 나눠 들고 차 트렁크로 날랐다. 지인이 많은지 그사이에도 사람들이 연신 선생님에게 말을 걸었다. 어쩐지 선생님은 이 섬에서 좀 유명인 같다.

짐을 다 실은 뒤, 차를 타고 츠루카메 조산원으로 향했다. 꽉치 씨가 조수석에, 나는 뒷좌석에 앉았다. 해안 길을 달리면서, "선생님" 하고 뒤에서 불렀다.

왜? 하고 묻기 전에 단숨에 말했다.

"츠루카메 조산원에서 낳기로 했어요."

그랬더니 선생님이 아니라 꽉치 씨가 내 쪽을 돌아보며, "마리아 씨, 임신했어요?" 하며 흥분했는지 새된 소리를 질렀다.

빙그레 웃으며 끄덕이자, "쭉믕(chúc mừng)!" 하고 갑자기 모르는 말을 했다. 무슨 말인지 몰라 꽉치 씨를 쳐다보자, "아, 미안, 나도 모르게 베트남어를 써버렸네" 하고 웃었다.

그러고는 입가를 손으로 누르며 이번에는 일본어로 "축하해요!" 하고 다시 말했다.

"깜언."

쑥스러워져서 작은 소리로 인사를 했다.

상대는 누구인지, 집에 돌아가지 않아도 되는지, 꼬치꼬치 물으면 어떡하나 걱정했다. 그러나 선생님도 팍치 씨도 아무것도 묻지 않아 안도했다. 팍치 씨의 흥분이 잠시 가라앉은 뒤, 선생님은 평소와 같은 목소리로 말했다.

"그러면 일단은 진료소에 가서 진찰받아야지. 그다음은 규칙적인 식생활과 일찍 자고 일찍 일어나기, 운동, 그리고 츠루카메 스태프로서 일도 있고. 임산부라고 늘어져 있으면 안 돼."

"열심히 하겠습니다."

기합을 넣어 대답하자, "그렇다고 열심히 하지 않아도 돼. 임산부는 바보가 되는 게 제일이니까" 하고 선생님은 묘한 말을 했다.

"바보요?"

잘못 들었나 하고 되물었다.

"그래, 머릿속을 텅 비우고 자연의 리듬대로 생활하고, 몸도 바지런히 움직이고, 몸과 마음을 릴랙스하는 게 중요해. 도시에 사는 사람들은 흔히들 착각하지만, 릴랙스라는 건 느슨해지는 거야. 느슨하지 않으면 여차할 때 힘이 들어가지 않는다고. 도시 사람들은 릴랙스를 하려고 힘을 쓰니 얼마나 웃겨."

선생님이 또 그 해님 같은 얼굴로 웃었다.

잠시 후, 화제를 바꾸려고 선생님에게 물었다.

"선생님은 어떻게 이 섬에 조산원 만들 생각을 하셨어요?"

그동안 줄곧 궁금했다. 기왕 만들 거라면 젊은 사람이 더 많이 살고 인구밀도가 높은 곳에 가야 임산부도 많을 텐데. 그랬더니 선생님에게서 뜻밖의 말이 돌아왔다.

"나 1억짜리 복권이 당첨됐잖아."

"예? 복권? 1억?"

너무나 예상 밖의 대답이어서 순간 이건 꿈인가 하는 생각이 들 정도였다.

"어? 이 얘기 아직 마리아한테 안 했던가?"

"못 들었는데요."

그랬더니 선생님은 말을 이었다.

"여기 오기 전에 지바에서 산부인과 간호사를 했다고 그랬지? 그때 어떤 환자가 도망을 친 거야. 수술비도 내지 않고. 이야, 주임인 내 책임이구나 싶어서 앞이 캄캄했는데, 이불을 걷으니 침대에 말이지, '츠루다 씨에게'라고 적힌 봉투가 있는 거야. 안을 보니 복권이 들어 있지 뭐야? 그런데 달랑 그거 한 장뿐이었어. 편지나 사과의 말 같은 것도 없고. 병원비를 내지 않고 도망치는 일이 가끔 있어서 주의는 했지만, 그 사람은 전혀 그렇게 보이지 않는 평범한 아줌마여서 방심한 거야. 아마 그

복권은 상점가에서 서비스로 받은 거겠지. 일일이 위에 보고하기도 귀찮고, 아무도 보지 않아서 그냥 내 주머니에 넣었지, 뭐. 그리고 며칠 뒤, 세상에 그 한 장의 복권이 멋지게 1억 엔에 당첨된 거야."

아무리 싸구려 드라마여도 그런 터무니없는 줄거리는 없을 것이다. 그런데 잠시 생각해보니 선생님이라면 있을 수 있을 것 같았다. 선생님은 그냥 보기에도 복신(福神)이랄까, 보살 같은 풍모다.

"1억 엔에 당첨된 순간, 모든 것이 어떻게 되든 상관없다 싶더라고. 날마다 여자들이 평소 남에게 절대 보이지 않으려고 하는 비밀스러운 곳을 그 사람 얼굴보다 오래 보고 소독하는 일에 지쳐 있었던 데다, 문득 돌아보니 나도 제법 나이를 먹었고. 그 세계에서 나름대로 열심히 일했으니 이제 됐지 싶기도 하고. 그래서 뭔가 전혀 다른 세계를 알고 싶은 거야. 이건 신이 이 일을 그만둬도 좋다고 허락한 거라고 멋대로 단정하고 미련 없이 사표를 썼지. 그래서 당첨금이 든 저금통장을 꼭 쥐고 세계 일주를 하기로 마음먹었어."

"그럼 사미와 같네요?"

"맞아. 복권 당첨금은 세금도 내지 않으니 행운이라 생각했지. 원래 명품이나 고급 리조트 같은 데는 흥미가 없었으니, 배

낭여행 같은 소박한 여행이라면 1억 엔으로 꽤 오래 즐길 수 있을 거라고. 그때까지는 일이 바빠서 제대로 여행을 해본 적이 없었거든."

"그 말은, 복권이 당첨되고도 처음엔 조산원을 열 생각은 하지 않았다는 거네요?"

"당연하지! 사람 얼굴 보는 게 지긋지긋했는걸. 나 그 병원에서 엄청 기분 나쁜 일을 많이 당해서."

그러다 문득 꽉치 씨를 바라보았다. 조용하구나 싶더니 어느새 햇살을 받으며 기분 좋게 자고 있었다. 얼굴에 햇볕이 쏟아지는 걸 보고, 선생님이 차에 달린 선바이저를 내려주었다. 피곤한지 파도 소리 같은 규칙적인 숨소리가 들려왔다.

차는 여전히 해안 길을 달렸다. 바다는 눈물을 참고 있는 것처럼 촉촉한 색이었다. 조금 떨어진 곳에서 바라본 바다는 정말로 아름다웠다. 그 위에서는 파도를 기다리는 서퍼들 몇 명이 보드 위에 누워 있다. 바다 표면에 떠 있는 느낌은 어떨까 상상해보았지만, 전혀 알 수 없었다.

꽉치 씨가 깨지 않도록 두 사람 다 한동안 입을 다물고 있었지만, 선생님이 문득 생각난 듯이 다시 얘기를 꺼냈다.

"마리아는 이 섬에 온 게 두 번째라 했지?"

"예, 오늘로 세 번째가 됐어요."

기뻐서 무의식중에 입꼬리가 올라갔다.

"아, 그렇군, 그렇군."

선생님은 응응 하고 끄덕였다.

"난 말이야, 그때가 처음이었어. 정말로 사람이 없는 줄 알았거든. 여기 있으면 사람들과 얽히지 않아도 되겠구나 싶었어. 돈은 얼마든지 있고, 시간도 무한으로 있잖아. 그래서 일단은 사람이 없는 이 섬에서 여행을 시작하려고 생각한 거야. 그래, 맞아, 그때 비행기를 타는 건 시시하니까 전부 배로 돌려고 생각했어."

"세계 일주를 배로요?"

"응, 지구란 게 육지보다 바다 면적이 넓잖아. 그렇다면 배로 여행하는 것이 더 자유롭게 움직일 수 있지 않을까 생각했지. 물론 호화 여객선이 아니라 지역 사람들이 타는 평범한 배를 갈아타며. 그러나 내가 뱃멀미하는 체질이란 걸 알고, 그건 무리란 걸 깨달았지만. 그래서 이 섬으로 얘기를 돌리자면, 항구에 도착해서 아직 한 시간도 지나지 않았을 때였을걸? 바다 쪽에 남녀 한 쌍이 시끄러운 거야. 더 이상 사람의 얼굴은 보고 싶지 않았는데, 생각하면서 조금 가까이 가보았지. 그랬더니 그 커플, 세상에! 글쎄, 바다에서 출산하려는 거야! 나 깜짝 놀라서 정말로 눈알이 튀어나오는 줄 알았네. 맞아, 맞아, 저기,

정말로 저 근처 해안에서."

선생님은 한 손으로 핸들을 돌리면서 바로 옆에 펼쳐진 하얀 모래사장을 가리켰다. 무심코 백미러를 들여다보니 어느 틈에 잠이 깬 꽉치 씨가 멍한 표정으로 우리 얘기를 듣고 있었다. 선생님은 이야기를 계속했다.

"그래서 반사적으로 달려간 거야. 이 지역에서 서퍼를 하는 아이들인데 아직 어리더라고. 섬에는 아이를 낳을 시설이 없고, 육지 병원에는 가고 싶지 않다고 고집을 부렸대. 그런데 인제 와서 배를 탈 수도 없다고 헬리콥터 불러달라고 소란을 피우는 거야. 난 이 섬에 온 목적 따위 깡그리 잊어버리고 정신없이 출산을 도왔지. 바다에 세균이 얼마나 많은데 산모가 감염이라도 되면 그야말로 큰일이잖아. 하지만 이곳에서 낳고 싶다는 그 아이들의 순수한 마음은 이해했어. 바다와 하늘이 이렇게나 아름다운 곳이니까 말야. 그때는 무사히 태어나서 다행이었지만, 얘기를 듣자 하니 친구들도 예사로 바다에서 낳는다며 태연하게 말하는 거야. 개중에는 무인도까지 보트를 타고 가서 직접 아이를 받기도 한다지 뭐야. 오, 맙소사, 싶었지. 글쎄 내가 편히 쉬려고 생각했던 섬에서 며칠 동안에 비슷한 일이 연속해서 세 건이나 있었어. 이건 틀림없이 우와리카무이의 짓이라고 생각했어."

"우와리카무이?"

"출산의 신. 내가 태어난 고향에서는 우와리카무이라고 불러. 복권에 당첨되게 한 것은 우와리카무이가 나를 이 섬으로 불러들이기 위한 함정이었던 거지. 나 완전히 걸려든 거였어. 일에 지쳐 그만두고 싶었는데, 난 여자 사타구니를 들여다보는 인생에서 절대 벗어날 수 없겠구나, 하는 걸 깨달았지. 뭐, 반은 포기의 경지. 여러 만남과 해프닝이 거듭되다 이 섬에 조산원을 만들어야겠다고 생각하게 됐어. 간호사 말고 조산사 자격증도 갖고 있고, 젊은 시절에는 언젠가 개업 조산사가 되고 싶다고 생각한 적도 있거든. 그래서 낡은 민가를 헐고 새로 지어 지금 안채로 사용하고 있는데, 그거 아주 힘들었다. 하지만 기왕 지을 거라면 세계 제일의 쾌적한 조산원을 짓자 싶었지. 물론 타지 사람이 와서 느닷없이 땅을 사서 조산원을 짓는다고 하니 섬사람들의 반대도 있었고, 텃세도 부렸고……. 사람이 싫어지는 일이 엄청나게 많았어. 그래도 처음 이 섬에서 만난 서퍼 커플의 아기가 탄생했을 때 두 사람의 웃는 얼굴과 반짝거리는 바다가 머리에서 떠나질 않는 거야. 여기서라면 나도 한 번 더 새롭게 살아갈 수 있을지 모른다, 내가 꿈꾸던 조산원을 만들 수 있을지 모른다, 그런 근거도 없는 믿음이 있었어. 나 그때까지는 남들한테 말하지 못할 일들도 많이 해왔고, 슬슬 음지

에서 사는 데도 싫증이 났거든. 믿는다는 건 참 중요하지. 그때
부터는 맹렬하게 돌진, 무아지경으로 전진해서 지금에 이른 거
야. 아직도 한참 멀었지만."

생기 넘치는 목소리로 얘기하는 선생님의 옆얼굴은 바다의
반사를 받아 투명하리만치 빛나 보였다.

"츠루카메 조산원은 아주 편안하고 멋진 곳이라고 생각해
요. 평생 살고 싶을 정도로."

절대 농담이나 빈말이 아니다. 지금의 내 솔직한 기분이었다.
정말로 평생 츠루카메 조산원에서 일하고 싶다고 생각했다.

"그러니까 마리아가 있고 싶은 만큼 있으면 돼. 나가고 싶을
때도 역시 마리아의 자유야."

이제 시작인데 선생님과 헤어질 날을 상상하니 금세 슬퍼졌
다. 이렇게 임산부인 나의 츠루카메 조산원 생활이 시작됐다.

며칠 뒤의 어느 날 아침,

밖에서 들리는 소리에 잠에서 깨어났다. 천천히 눈을 뜨니
아직 어두컴컴했다. 그런데 안채 옆의 샛길로 연신 사람들이
지나가는 것 같았다. 무슨 일이 있나 하고 두리번거리는데, 이
불 위에서 팍치 씨가 아오자이에서 다른 아오자이로 갈아입는
모습이 보였다. 잘 때는 파자마를 입는 줄 알았는데 잘 때도 역

시 조금 넉넉한 사이즈의 아오자이를 입는 모양이다. 아마도 팍치 씨는 파란색, 초록색, 노란색 세 장의 아오자이를 돌려가며 입는 것 같다.

"잘 잤어요?"

졸린 눈을 비비며 내가 말을 걸었다.

"일어났군요."

팍치 씨가 작은 소리로 속삭였다.

"어제는 하도 곤하게 자서 못 일어날 줄 알았어요. 바닷가에서 아침 모임이 있는데 마리아 씨는 어떡할래요?"

긴 머리칼을 빗질하면서 팍치 씨가 부드러운 목소리로 물었다.

"아침 모임?"

"섬사람들이 츠루카메 해변에 모여 적당히 몸을 움직이는 거예요. 그렇지만 몸이 안 좋으면 무리하지 말고 자도 돼요."

"갈래요."

나는 얼른 대답했다. 사실은 더 자고 싶었지만, 이제 손님이 아니니 참가해야 한다고 생각했다. 임신한 탓인지 속이 울렁거렸지만, 무시하고 일어났다. 시계를 보니 벌써 7시가 지나고 있다. 남쪽 섬이어서 동이 늦게 튼다는 것을 그제야 깨달았다.

처음 츠루카메 조산원 문을 들어선 뒤, 오늘로 일주일째인데 아침 모임은 처음이다. 확실히 어제는 바깥에서 나는 소리가 전혀 들리지 않았다. 얼른 옷을 갈아입은 뒤 1층으로 내려가 세면실에서 세수를 하고 밖으로 나갔다. 안채 앞에서 팍치 씨가 몸을 쭉쭉 뻗는 스트레칭을 하면서 내가 나오기를 기다리고 있었다.

둘이 함께 숲속을 걸어 바다로 갔다. 며칠 전, 파파야를 따려고 혼자 바다를 향해 걸어갈 때와 거의 같은 길이었다. 그때는 그렇게 불안했는데 지금은 둘이어서인지 조금도 무섭지 않다. 밤으로 향할 때의 숲과 아침으로 향할 때의 숲은 떠도는 공기부터 달랐다. 거창한 표현이긴 하지만, 밤으로 향하는 숲에는 사람의 눈에 보이지 않는 온갖 잡귀들이 군침을 삼키며 상태를 엿보는 것 같은 기분이 들었다.

밤에 비가 내렸는지 땅이 축축하게 젖어 있었다. 주위는 어두컴컴하고 아직 곳곳에서 벌레 소리가 들려왔다. 걸어가는데 직하형 지진처럼 몸속에서 울렁울렁 멀미 같은 게 올라왔다. 이런 불쾌감은 최근 이따금 찾아오고 있다. 말을 하면 덜해지겠지 싶어 옆에서 걷고 있는 팍치 씨에게 말을 걸었다.

"아침 모임은 스태프 전원이?"

존댓말을 써야 할지 말아야 할지 망설여져서 어미를 흐렸다.

"스태프라기보다는 이 마을에 사는 사람들이라 할까요. 엊 그제 차 타고 오는 길에 선생님이 이곳을 만들 때 여러 가지로 힘들었다고 그러셨잖아요? 나도 그 무렵 일은 잘 모르지만, 신흥종교가 아니냐 하는 의심들이 많았대요. 그래서 선생님은 조산원이란 것을 지역 사람들에게 이해시키기 위해 모임을 시작한 것 같아요. 처음에는 초대해도 사람들이 모이지 않아서 선생님 혼자 체조를 했나 봐요. 그런데 지금은 많이들 와요. 자율적으로 참가하는 거지만 기다리는 사람도 많고요. 지난주에는 다들 훌라댄스를 췄다죠. 할머니도 할아버지도 모두 평소보다 예쁘게 차려입고 와서 귀여웠어요!"

동이 트는 가운데 꽉치 씨의 검은 머리칼이 생물처럼 반짝거렸다.

하늘을 올려다보니 조금씩 잿빛이 되어갔다. 숲 전체가 아직 반쯤은 꾸벅꾸벅 졸고 있다. 나른하고 졸린 듯한 바람이 불어왔다. 바람이 불 때마다 주변에 나뭇잎들이 살랑거리며 바스락바스락 마른 소리를 냈다.

바닷가에 도착하니 이미 사람들이 모여 있었다. 아마도 사미가 사는 동굴이 있는 프라이빗 비치를 츠루카메 해변이라고 부르는 것 같다. 츠루카메 해변 앞에 펼쳐진 동이 트기 전의 바다는 촉촉하고 푸른 막으로 싸여 있었다. 바다를 보는 순간, 속이 후련해졌다. 뭔가 강력한 정장제를 먹은 것처럼 위가 개운

했다.

그건 그렇고 이 마을에 이렇게 많은 사람이 살고 있다니. 노인뿐만이 아니라 아이들 모습도 보인다. 어린아이뿐만 아니라 한창 사춘기일 나이의 참가자까지도. 선생님은 섬사람들과 섞여서 뭐가 그렇게 재미있는지 아침부터 큰 소리로 웃고 있다.

에밀리와 눈이 마주쳐서 가볍게 인사를 했다. 지금까지의 인상보다 얼굴이 훨씬 화사해 보인다. 평소보다 정성 들여 화장했을지도 모른다. 에밀리는 몇 년 전에 남편을 잃고 지금은 섬에 있는 도민 아파트에서 혼자 살고 있다고 했다.

이윽고 음악이 울리고 남녀가 각각 원을 만들어 포크댄스를 추기 시작했다. 모르는 남자의 손을 잡는 건 찜찜했지만, 적당히 얼버무리면서 몸을 움직였다. 점점 등에 땀이 찼다. 춤을 추는 동안 건너편에 있는 무인도에서 해가 얼굴을 내밀었다. 모래사장이 밝은 빛으로 싸여갔다. 오렌지색 빛이 눈부셨다. 밤이 아침에게 배턴을 넘겼다.

나의 마지막 상대는 사미였다. 둘이 나란히 같은 방향을 향해 어깨 위로 손을 잡는 장면에서 사미는 "돌아오길 잘했어요. 나도 기뻐요" 하고 귓속말하듯이 속삭였다. 하지만 나는 마음의 거리를 갑자기 좁히는 것 같아서 반사적으로 뒷걸음질 쳤다.

포크댄스가 끝난 뒤 전원이 모래사장에 서서 왼손을 높이

들고 해를 가렸다.

"광합성이라고 하는 거예요."

눈을 감은 채 뒤에 서 있던 꽉치 씨가 나직한 목소리로 가르쳐주었다. 식물이 광합성을 하듯이 우리도 태양의 에너지를 몸으로 받는다는 것일까. 종교의식 같아서 약간 망설여졌지만, 하다 보니 기분이 좋아졌다. 손바닥 한복판이 따뜻해지며 해와 손을 잡은 것 같은 기분이 들었다. 나는 배 속의 아이에게까지 햇빛이 닿는 모습을 상상했다. 해에서 나오는, 눈에 보이지 않는 작은 입자가 몸속으로 녹아들어 손톱 끝부터 서서히 힘이 차올랐다.

"자, 오늘 하루도 즐겁고 행복하게 삽시다!"

선생님의 한마디로 광합성은 끝났다. 또 다들 뿔뿔이 흩어져 숲을 지나 각자 집으로 돌아갔다. 올 때 들었던 벌레 소리는 완전히 사라졌다.

"꽤 좋은 운동이네요."

꽉치 씨의 등을 발견하고 말을 걸었다.

"그렇죠?"

꽉치 씨의 반듯한 이마에는 구슬 같은 땀이 맺혀 반짝반짝 한낮의 별처럼 빛났다.

"해님과 같이 생활하면 몸이 점점 자연의 리듬을 타게 돼. 그건 모두에게 정말 좋은 일이지."

뒤에서 팍치 씨와 나의 이야기를 들었는지 선생님도 대화에 참여했다. 오늘은 위아래 모두 감색 천으로 만든 승복 같은 차림새다.

"아주 옛날에는 말이야, 여성은 꼭 월초에 생리를 했대. 그래서 14일 뒤인 보름에 섹스하면 임신하기 쉬웠다네. 왜, 보름달이 뜨는 밤엔 음기가 많다고 하잖아? 참 그럴듯한 말이야."

선생님은 아침부터 힘이 넘쳤다. 이번에는 팍치 씨가, "선생님, 저 그러고 보니 여기서 연수를 시작한 뒤로 생리가 순조로워졌어요! 언제나 월초에 생리해요. 게다가 양도 많아진 것 같고" 하며 흥분해선지 빠른 어조로 떠들었다.

"그러니까 일찍 자고 일찍 일어나면 정말로 얻는 게 많다니까. 마리아, 아기를 가진 사람은 특히 더 그래. 출산이란 달이 차고 기우는 데 큰 영향을 받는데, 그런 영향을 받기 쉬운 몸으로 만들지 않으면 자연의 리듬 속에서 출산하지 못해."

"달이 출산에 영향을 끼쳐요?"

나는 놀라서 선생님을 돌아보았다.

"그렇고말고. 달이랄까, 밀물과 썰물이랄까. 아기는 밀물 때 태어나는 일이 많아. 그리고 이건 전에 에밀리에게 들었는데 밀물일 때 태어나면 건강하게 잘 자라고, 반대로 썰물일 때 태어나면 일찍 죽는대. 섬이니까 특히 그런 영향을 받기 쉬운 건지도 모르겠어. 그리고 기본적으로는 동물도 사람도 밤에 태어나잖아. 그런데 그것도 사람에 따라서야. 지금은 낮도 밤도 없는 생활을 하는 사람이 많으니까. 특히 도시 같은 데는 밤중에도 가게를 열어놓기도 하고 말야. 그러니 마리아도 팍치 씨를 본받아. 섬에 오기 전에 어지간히 불규칙하게 산 것 같은데. 그보다 몸은 어때?"

"아침에 일어날 때 머리가 멍하고 속이 울렁거렸어요."

사실은 더 심각한 상태였지만, 사실대로 말하면 오히려 걱정을 끼칠까 봐 증세를 조금 가볍게 보고했다.

"그건 입덧이야. 절대로 무리하면 안 돼. 지금은 중요한 시기니까. 아침 모임 같은 것도 이제 참가하지 않아도 되고. 밥도 먹고 싶지 않을 때는 먹지 않아도 돼. 졸릴 때는 어디서든 자고. 컨디션이 좋을 때만 몸을 움직이면 되니까."

좀 더 참으라고 할 줄 알았더니 어이없을 정도로 부드러운 말이 돌아왔다.

"그렇지만……."

기껏 이곳에 머물게 해주었는데 아무 도움도 되지 못할 뿐만 아니라 되레 부담을 끼치고 있다. 아무것도 하지 않고 밥만 먹다니, 그건 식충이가 아닌가.

선생님은 내 마음을 꿰뚫어 본 듯이 이렇게 말을 이었다.

"마리아는 아기를 가진 사람이니까, 그것만으로 훌륭한 일을 하는 거야. 임신 중에는 멋대로 해도 괜찮아. 아기가 그 자리에 있는 것만으로 모두 행복한 기분이 들게 하잖아? 그 아기를 품고 있는 임산부도 마찬가지야. 거기 있는 것만으로 공기가 둥글둥글 둥그레지지. 아기하고 한 몸으로 있을 수 있는 건 지금밖에 없으니까 소중한 임신 생활을 더욱 즐겨!"

선생님이 쾅 하고 확실한 보증을 해주는 것 같아 불안했던 마음이 낱낱이 흩어졌다. 솔직히 그 자리에 서 있는 것만으로도 힘들었다. 힘들 때 다정한 말을 건네주니 얼음에 따뜻한 물을 붓는 것처럼 마음이 녹아내렸다.

그 후 선생님은 트리 하우스로 돌아가고, 나는 또 꽉치 씨와 둘이 걸었다.

주위는 완전히 붉은 빛으로 감싸였다. 태양이 빛이라는 양팔로 이 츠루카메 조산원을 꼭 안고 있는 것 같다. 그저 걷고만 있을 뿐인데 미치도록 행복한 기분이 들었다.

아침이란 얼마나 근사한지. 태어나서 처음으로 아침 해를 본 기분이었다. 내가 지금까지 오노데라와 살았던 곳에도 아침이라는 시간대가 있었을까. 만약 그랬다면 나는 어마어마하게 손해를 보았다. 20여 년간 아침이 이렇게 아름답다는 걸 모르고 살아왔으니. 지금 자는 모든 사람을 깨워서, 이봐! 이렇게 하늘이 예쁘다고, 안 보면 손해야, 하고 가르쳐주고 싶었다. 만약 매일 아침 이렇게 예쁜 아침 해를 오노데라와 둘이 어깨를 나란히 하고 보았더라면, 오노데라는 자취를 감추지 않았을지도 모른다. 나를 떠나지 않았을지도 모른다.

하지만 그런 식으로 아침 해의 아름다움에 감동할 수 있었던 것은 겨우 며칠뿐이었다. 히비스커스 꽃과 줄기를 모아 절구로 빻아서 조산원에서 사용하는 샴푸를 만들 때의 일이다. 왠지 모르게 생리가 나오는 것 같은 느낌이 들어 화장실에 가서 확인했더니, 속옷에 붉은 피가 묻어 있었다. 처음에는 히비스커스 샴푸를 만들 때 꽃물이 튀었나 생각했다. 같은 빨간색이니까. 그러나 아무리 생각해도 그런 일은 있을 수 없었다.

점점 무서워져서 선생님한테 진찰을 받았더니 절박유산의 우려가 있다고 했다. 무서운 울림의 네 글자에 머릿속이 새하얘졌다. 임신 초기는 태반이 형성되는 과정이어서 혈관이 상처 입고 출혈하는 일이 간혹 있다고 한다. 그럴 때는 무조건 안정을 취하는 것이 최고라고 해서, 섬 진료소에서 진찰받은 뒤, 며칠 동안 화장실에 갈 때 말고는 거의 누워서 보냈다.

그동안 나는 필사적으로 기도만 했다. 부탁이니 아직 배에서 나오지 말아줘. 아침에 일어날 때도, 밤에 잠을 잘 때도 그 생각만 했다.

기도가 통했는지 겨우 출혈도 멎고 절박유산 위험은 사라졌다. 그러나 안심하는 것도 잠시, 이번에는 강력한 입덧이 찾아왔다. 지금까지의 인생에서 경험한 적 없는 최대급 구토와 나란함이었다. 게다가 지금까지 예사로 먹던 것을 전혀 먹을 수 없었다. 특히 갓 지은 밥 냄새는 최악이었다. 멀리서도 냄새만 맡으면 단번에 구토가 밀려왔다. 입을 꼭 막고 있지 않으면 큰일이 날 것 같았다. 조산원 사람들이 교대로 만들어주는 식사를 맛있게 먹던 얼마 전의 내 모습은 이제 상상할 수 없었다. 입덧이라는 점액으로 손발을 친친 얽어맨 것 같다. 어떤 일도 할 수가 없다.

지금 생각해보니 처음 섬에 왔을 때 느꼈던 것은 역시 입덧이 아니라 단순한 뱃멀미였을 것이다. 초산인 나도 입덧이란 이런 것이구나, 라고 확실히 깨달을 수 있을 정도였다. 이 괴로움에 비하면 그때는…….

아침에 눈을 떠도 몸에 콘크리트를 부어놓은 것처럼 움직일 수 없었다. 머리로는 바다와 해를 만나러 가고 싶다고 생각해도 몸이 조금도 말을 듣지 않았다. 억지로 몸을 일으켜도 또 바로 이불에 누워 자고 싶어진다. 잠을 자고 일어나도 항상 바다이 잡아당기는 것처럼 몸이 나른해서 어쩔 수 없었다. 24시간 내내 누군가가 위를 집요하게 주무르는 것 같고, 위장부터 목까지 불쾌감이 올라오는데 거기서 나오지 못하고 줄곧 막혀 있다. 심한 숙취 같은 상태가 매일 계속됐다. 하여간 숨을 쉬는 게 고작이었다. 일을 한다는 건 생각할 수도 없었다.

머리에는 부정적인 생각만 떠올라 내 모든 것을 지배했다. 조산원 일도 아무것도 못 하고 초조함만 가슴에 쌓였다. 이러면 예전의 생활과 아무것도 다르지 않다. 오히려 지금 쪽이 훨씬 심하다. 최악이다. 나의 운명을 저주하고 싶어졌다.

하지만 입덧으로 최악의 날들을 보내는 중에도 마치 텔레비전의 서브리미널 효과[8]처럼 최고라고 생각되는 순간이 아주 잠깐씩 섞여 드는 것도 사실이었다.

조금이라도 걸을 만하면, 나는 자력으로 비틀비틀 츠루카메 해변까지 걸었다. 몽롱한 의식으로 나뭇가지에 매달리면서 쉬엄쉬엄. 그리고 모래사장에 천을 펴놓고 그대로 벌러덩 누웠다. 츠루카메 조산원에서는 점심 식사 후 몇 시간 시에스타라고 부르는 낮잠 시간이 있는데, 선생님도 곧잘 그렇게 쉬어서 흉내 내어 본 것이다.

---

8   미처 의식하지 못하는 사이에 받은 짧은 자극이, 인간의 심리나 행동에 영향을 미치는 효과를 말한다.

해변에 도착하면 신발도 양말도 벗고 무릎까지 모래를 덮는다. 그러고 있으면 울렁거림이라든가 괴로움, 안타까움 같은 감정이 모래 속으로 스르륵 사라진다. 꾸벅꾸벅 졸면서 게슴츠레 눈을 뜨면 구름 일부가 사탕 색으로 부옇게 빛나기도 하고, 두 마리의 나비가 서로 사랑을 나누듯이 춤을 추기도 하고, 반짝반짝 빛나는 해변에 작은 게가 바쁘게 옆으로 걷고 있기도 했다. 마리아라는 이름을 가진 주제에 신앙심은 깊지 않은 나조차 신의 존재를 믿고 싶어지는 광경이다.

푸른 하늘에 뻗은 한 자락 비행기구름에, 바람에 흔들리는 히비스커스 꽃잎에, 비가 그친 뒤의 무지개 실루엣에 그저 혼자 조용히 감동할 따름이었다. 왠지 모르겠지만, 그런 아름다운 광경을 만나면 눈물이 나서 미칠 것 같다. 하루에도 몇 번씩 천국과 지옥을 오가는 것 같았다.

그리고 어느 날 갑자기 안개가 걷히듯이 입덧이 사라졌다. 츠루카메 조산원 문을 들어선 지 약 한 달 만의 일이었다. 야호! 만세! 크게 소리치고 싶은 기분이었다. 드디어 긴 터널에서 벗어났다. 그 괴로움을 극복할 수 있었던 것은 바다와 츠루카메 조산원에서 일하는 모두의 덕분이라고 생각한다. 직접적으로는 선생님과 팍치 씨에게만 말했지만, 에밀리도, 장로도, 사미도 내가 임신한 것을 알고 있는 것처럼 따스하게 대해주었다.

선생님은 틈만 나면 나를 진료실로 불러 발 마사지를 해주었고, 팍치 씨는 내가 못 하는 분량의 일을 대신 해주었다. 에밀리는 지마미 두부라는, 땅콩으로 만든 이 지역 명물 두부를 집에서 만들어 가져다주었다. 진한 푸딩처럼 씹지 않아도 목으로 쏙 넘어가서 유일하게 이것만큼은 입덧 중에도 먹을 수 있었다. 평소 스태프들은 간단히 샤워만 하고 끝내는데, 장로는 일부러 나를 위해 장작으로 목욕물을 끓여주었다. 사미는 내가 힘들어하면 시시한 농담을 해서 웃겨주었다.

내 문제만 고민하기에도 바빠서 제대로 인사도 전하지 못했는데, 누구 한 사람 싫은 얼굴 하지 않고 변변치 못한 나를 부축해주었다.

이제 곧 임신 4개월을 맞이한다.

11월에 들어선 어느 날 오후, 선생님과 함께 섬에 있는 진료소를 방문했다. 얼마 전까지만도 한여름 같은 더위였는데, 이제 아침저녁으로 긴팔을 입지 않으면 쌀쌀했다. 섬에서는 곳곳에 찹쌀이 황금색 열매를 맺고 인사하는 것처럼 깊숙이 머리를 숙이고 있다.

조산원 출산을 선택했다 해도 임신 주수에 맞춰 병원에 다니며 혈액 검사 등을 받아야 한다. 섬사람 중에는 임신 검진을 받기 위해 육지의 산부인과까지 다니는 사람도 있다. 그러나 나는 또 배에 흔들리며 멀미를 하는 게 무서웠고, 되도록 섬을 떠나고 싶지 않아서 섬의 진료소에서 검진받기로 했다.

요전과 마찬가지로 진료소 선생님이 초음파로 자궁 안의 모습을 보여주었다. 츠루카메 조산원에도 초음파 기계가 있어 전에 한 번 어렴풋한 아기의 그림자는 보았다. 그런데 진료소 초음파 쪽이 새것인지 더 선명하고 입체적으로 확인할 수 있었다. 흑백 화면으로 누에콩 같은 실루엣이 비쳤을 때, 나도 모르게 "앗, 있다!" 하고 소리를 지르며 아기 그림자를 뚫어지게 보았다.

"정말이네, 귀엽다. 마리아하고 똑같이 생겼는걸!"

아직 얼굴 같은 건 알 수 없는데, 선생님이 덩달아 맞장구를 쳐주었다.

"보세요, 여기가 탯줄입니다."

진료소 선생님도 화면을 보면서 가르쳐주었다.

"심박도 제대로 뛰고 있네요."

이번에는 선생님이 아기로 보이는 하얀 그림자 속에 있는 한 점을 펜으로 가리켰다.

"좋겠네, 마리아."

선생님은 안도한 표정으로 따뜻하게 나를 바라보았다. 확실히 한층 꼼틀꼼틀 열심히 움직이고 있는 것이 보인다. 며칠 전, 나도 조산원 책장에 있는 임신 관련 책에서 심박이 얼마나 중요한지 읽어서 알고 있다. 아무리 임신 반응이 있어도 아기의 심박을 확인할 때까지는 방심해서 안 되는 것 같다. 심장이 움직인다는 것은 아기가 자궁 속에 살아 있다는 확실한 증거라고 적혀 있었다.

심박은 한밤중에 빛나는 등대 같았다. 아기가 "여기 있어요!" 하고 큰 소리로 알려주는 것 같아서 든든했다. 이 아이를 잃는다면 나는 이제 영원히 오노데라의 아이를 가질 수 없게 된다. 그러니 어떡하든 이 생명을 지키고 싶었다.

아직은 그저 3등신의 꼬치에 낀 경단 같은데, 아기는 이제 슬슬 뇌와 내장, 손발 등 기관의 기초공사가 완성되었다고 한다. 머잖아 태반도 완성된다. 아직 10센티미터도 되지 않는 몸으로 손바닥에 올릴 만큼 작은데, 아기는 착실하게 내 자궁에 자리를 잡고 있다. 그 존재가 기특하고 사랑스러웠다. 가능하다면 그 몸을 두 손으로 안고 착하지, 착하지, 하고 어루만져주고 싶다.

내 몸의 변화라고 하면 배는 아직 나오지 않았지만, 종종 허벅지 윗부분이 잡아당기는 듯이 아플 때가 있고, 유두 색깔도 거무스름해지고 브래지어도 작아졌다.

진료소 선생님 얘기를 듣고 놀랐는데, 원래 자궁이라는 것은 달걀 크기만 해서 원래는 5cc 정도밖에 들어가지 않는다고 한다. 그것이 산달 무렵에는 엄청나게 늘어나고 커진다. 조산원에 오는 임산부들은 걷기조차 힘든 씨름선수 같은 몸을 한 사람도 있다. 나도 몇 달 뒤에는 그런 몸이 될까 상상하면 무섭기도 하고 기대가 되기도 하고 복잡한 기분이었다.

태아 크기로 추측한 출산 예정일은 내년 5월 마지막 주라고 했다. 아직 반년 이상 남았다. 긴 여정이다. 내게는 그동안에 해야 할 일이며, 결정해야 할 일이 산더미 같다.

이윽고 조금씩이긴 하지만, 나는 츠루카메 조산원 스태프로서 본격적으로 일하기 시작했다. 정보에 어두워서 전혀 몰랐는데, 츠루카메 조산원은 그 업계에서는 알아주는 조산원이었다. 섬에 사는 사람들뿐만 아니라, 여기서 낳고 싶어 일부러 육지에서 찾아오는 임산부도 있다고 한다. 아주 드물지만, 해외에서 오는 사람까지 있다. 평판이 좋은 세심한 서비스를 유지하기 위해서라도 일은 산더미처럼 많이 있었다. 나는 빨래 외에도 내가 할 수 있는 범위에서 사미의 밭일을 돕기도 하고, 에밀리가 약초 차 만들 재료를 따러 간다고 하면 같이 따라갔다.

하루는 눈 깜짝할 사이에 지나갔다. 남쪽 섬사람들이 태평스럽다는 건 완전 편견이었다. 모두 정말로 열심히 일하고 많은 땀을 흘린다. 땀 흘려 일한다는 것이 이렇게 기분 좋은 일인 줄은 상상도 하지 못했다. 하루 종일 열심히 일하면 밤에는 푹 잘 수 있었다.

바쁜 날들 가운데 츠루카메 조산원은 항상 느릿한 몸짓으로 움직이는 임산부나 나무 그늘에서 아기 젖을 먹이는 엄마, 아기 목욕통에서 기분 좋은 듯이 목욕하는 신생아 그리고 무방비하게 하품하는 어린아이의 모습이 있다. 그 주변만큼은 평화롭고 부드러운 공기가 흐르며 아스라한 핑크빛이 드리워진 것 같다. 그런 광경을 보면 아무리 일이 바쁠 때여도 힘이 솟구친다.

슬슬 임신 12주 차에 들어설 무렵이었다. 그날은 평소 그냥 지나치기 쉬운 물때를 지우기 위해 그릇을 꺼내 하나하나 소다로 닦는 작업을 했다. 지금까지는 당연하게 세제를 사용했는데 에밀리에게 배운 방법으로 하니 소다만으로도 놀라울 만큼 눌어붙은 때가 잘 지워졌다. 깨끗해지니 신나서 콧노래까지 흥얼거렸다.

츠루카메 조산원 일에 익숙해져 좀 방심한 것일까. 그만 손이 미끄러져 와장창하고 엄청난 소리를 내며 그릇이 깨지고 말았다. 위험하다고 생각했을 때는 이미 그릇이 내 손에서 떠나

파편이 발밑에 흩어져 있었다.

어쩌지? 변상? 같은 물건을 사 와야 하나? 하지만 아주 비싼 물건이라면? 순간 혼란에 빠졌다.

"괜찮아요?"

좀처럼 출산 기미가 보이지 않아 안채 계단을 오르락내리락하고 있던 만삭의 임산부가 들여다보았다. 그릇이 깨지는 소리를 들었는지 진찰실에 있던 선생님도 달려왔다.

"죄송합니다. 그릇이 깨져서……."

'사실은 그릇을 깨트렸습니다'라고 얼굴을 보며 또박또박 사과해야 하는데, 바닥에 구부리고 앉아 파편을 주워 모으며 작은 목소리로 말끝을 흐렸다. 혼이 날까 봐 무서워서 선생님의 얼굴을 똑바로 볼 수가 없었다.

"할 수 없지, 그 그릇은 그럴 운명이었던 거야. 그보다 마리아, 손이나 어디 다친 데 없어?"

선생님은 전혀 화를 내는 기색도 없이 되레 내 걱정을 해주었다.

"그건 괜찮습니다만."

"그럼 됐어. 파편들은 잘 정리해서 무덤에 묻어줘."

"무덤?"

엉겁결에 선생님의 얼굴을 올려다보았다.

"그래, 산양 축사 옆에 수도가 있는 거 알지? 거기서 오십 보 정도 내려간 곳에 무덤이 있어. '그릇'이라고 써놓은 돌이 있을 거야. 거기에 구덩이를 파고 묻어줄래?"

화를 내지 않아서 안도했지만, 머리에서는 '왜?' 하는 의문이 떠나지 않았다. 보통 버리면 끝나는 건데. 그 마음을 꿰뚫어 본 듯이 선생님은 말을 이었다.

"지구에서 온 건 다시 지구로 돌려보내야지. 그릇도 원래는 흙이었잖아? 그러니 흙으로 돌려보내 주면 기뻐할 거야."

아직도 완전히 이해되지는 않았지만 일단 시키는 대로 파편을 들고 밖으로 나갔다. 오늘은 약간 흐리고, 바다도 조금 거칠었다. 곧 비가 올지도 모른다는 것은 섬 생활 초보자인 나도 어렴풋이 알 것 같았다. 커다란 잿빛 비구름이 베레모처럼 섬 전체를 푹 덮고 있다.

산양 축사 옆에 있는 계단을 내려가니 무덤은 바로 찾을 수 있었다. 온통 새하얗다. 그런 일은 있을 리 없지만, 그곳만 눈이 쌓인 것처럼 보였다. 자세히 보니 발밑에 깔린 것은 별 모양의 보드라운 모래였다. 그것이 눈처럼 보였다. 나는 '그릇'이라고 적힌 비석을 발견하고, 근처 흙에 아무렇게나 꽂혀 있는 삽으로 구덩이를 팠다.

그때, 옆에 누가 있는 것 같은 기척이 나서 얼굴을 들었다.

자세히 보니 전방의 수풀 속에 뭔가가 보였다. 처음에는 옷걸이에 걸린 하얀 원피스가 나뭇가지에 걸린 채 바람에 나부끼는 줄 알았다. 사미처럼 누군가가 이곳에서 노숙하고 옷을 걸어둔 걸 잊고 간 건가, 하고. 그런데 자세히 보니 그건 진짜 사람이었다. 처음에는 유령인가 했는데, 하얀 스커트 자락 아래 두 다리가 보였다. 발목은 부러질 듯이 가늘었지만, 틀림없이 사람의 복사뼈였다. 깡마른 여자가 거기에 서 있었다.

섬사람들은 설령 모르는 사람끼리여도 길에서 스쳐 지날 때는 인사를 주고받는다. 그래서 나도 여자에게 "안녕하세요" 하고 말을 걸어야 하나 망설였다. 여자는 줄곧 뒤돌아선 채 나뭇가지며 그루를 어루만지고 있었다.

어떻게 해야 좋을지 모르는 채, 20센티미터 정도 구덩이를 파서 깨진 그릇을 묻고, 다시 흙을 덮었다. 그리고 두 손을 모으고 눈을 감았다. 선생님은 곧잘 그릇이나 옷에도 그것이 소중하게 만들어진 거라면 만든 사람이나 관련된 사람들의 마음이 깃들어 있다고 했다. 그러니 깨져서 못 쓰게 된 것도 애도하고 공양하는 것이리라. 만약 내가 그릇이었더라도 쓰레기통에 버려지는 것보다 흙에 묻히는 편이 기분 좋을 것이다. 이곳에 온 지 얼마 안 됐을 때는 선생님의 사고방식에 일일이 놀랐지만, 섬에서 사는 동안 조금씩 익숙해졌다.

기도를 마치고 얼굴을 들었을 때는 이미 여자의 모습은 보이지 않았다. 역시 그건 유령이었나. 근데 유령이 낮에도 보이나? 그런 생각을 하면서 안채로 돌아오니, "마리아, 미안. 급히 진료실로 좀 와줄래?" 하고 선생님이 다급한 모습으로 불러 세웠다. 선생님 표정이 어두웠다.

좋지 않은 예감이 들었다. 혹시 요전번에 진료소에서 한 임산부 검진 결과가 안 좋게 나온 것일까……?

이런저런 예측을 하면서 무거운 마음으로 진료실 문을 여니 진찰용 소파에 안색이 나쁜 여성이 누워 있었다. 아까 본 흰색 원피스를 입은 깡마른 여자란 걸 금방 알아보았다. 팔다리와 가슴팍, 목덜미와 얼굴이 바싹 야위었다. 그러나 배만은 무척 불룩했다. 나는 여자를 바로 보지도, 그렇다고 눈을 돌리지도 못하고 그 자리에 멈춰 서 있었다.

"마리아, 손길 좀 부탁해도 될까? 마사지 같은 특별한 건 안 해도 좋아. 상대를 기분 좋게 해줘야 한다는 생각도 안 해도 돼. 마음이 가는 대로 어루만져주고 쓰다듬어줘. 사람은 원래 누가 손길을 주는 것만으로 기뻐하니까. 사람의 살은 쓰다듬어주기 위해 존재한다고 할 정도거든."

바빠서인지 빠르게 말했다.

"부탁해도 될까?"

너무 갑작스러운 일이어서 대답도 못하고 멍하니 있었던 모양이다. 선생님이 마리아, 하고 또렷한 목소리로 부르면서 내 눈앞에서 손바닥을 움직였다.

"아, 예."

마치 암시에 걸린 것처럼 무의식중에 대답했다.

"그럼 미안하지만 부탁할게. 츠야코는 곧 임신 후기에 들어가. 그런데 속이 안 좋다고 하니까 좀 어루만져줘. 드물게 입덧이 오래가는 사람이 있어. 나와 팍치는 지금부터 파오에서 아기를 받아야 해. 점심시간 전에 에밀리가 올 테니까, 그때까지만 좀 부탁해."

그리고 소파에 누워 있는 안색이 나쁜 츠야코를 향해, "아기가 지금 거꾸로 있는 것 같아요. 그러니 내일 한 번 더 아침 먹지 말고 와줄래요?" 하고 덧붙였다. 그리고 허둥대는 모습으로 부랴부랴 진료실을 뒤로했다.

남이 나를 만져주는 것도 고역인데 내가 누군가를 만지다니…… 그렇지만 눈앞의 츠야코 씨는 정말로 상태가 나빠 보였다. 입덧이 어지간히 심한 모양이다. 그 불쾌감은 몸소 경험했다. 어떻게든 해주고 싶어서 나는 머뭇머뭇 츠야코 씨한테 인사부터 했다.

"안녕하세요."

그러나 츠야코 씨는 입덧이 너무 심한지 아무 대답도 하지 않았다. 나도 입덧할 때는 아무하고도 얘기하고 싶지 않았던 기억을 떠올렸다. 내가 모두에게 도움을 받았듯이 지금은 내가 도움을 줄 차례다.

"그럼, 실례하겠습니다."

각오를 단단히 하고, 츠야코 씨가 옆으로 누워 있는 소파에 얕게 걸터앉았다. 눈을 감고 심호흡을 한 뒤, 마치 거품을 만지는 기분으로 조심스럽고 부드럽게 그의 등에 손바닥을 댔다.

그 순간, 손바닥이 오싹하고 서늘해졌다. 등뼈의 형태가 또렷하게 느껴질 정도로 도드라져 있었다. 꼬리뼈도 동물의 꼬리처럼 튀어나왔다. 솔직히 이것이 사람의 몸이라고 생각하니 무서웠다. 뼈와 가죽 사이에 살 같은 것은 거의 없고, 미안하지만 과학실에 놓여 있는 해골 모형이 생각날 정도였다.

이렇게 말라도 사람은 임신을 하는구나. 무엇보다 그 사실에 놀랐다.

그다음 일은 자세히 기억나지 않는다. 어쨌든 정신없이 츠야코 씨의 몸을 손바닥으로 어루만졌다. 선생님 말대로 괜한 생각은 하지 않고 되도록 머리를 비웠다.

이윽고, 츠야코 씨는 쿨쿨 잠들어버렸다. 그래도 나는 에밀리가 올 때까지 어루만짐을 멈추지 않았다.

저녁 무렵, 파오에서 출산을 무사히 마치고 돌아온 선생님이 자초지종을 들려주었다.

"고마워, 마리아. 큰 도움이 됐어."

조금이라도 선생님에게 도움이 돼서 다행이었다.

"츠야코 씨 말이야, 불면증으로 줄곧 잠을 못 잤대. 게다가 보다시피 거식증이고. 아까 잠시 전화로 얘기했는데 한결 편안해진 모양이야. 마리아에게 직접 인사를 했는지 어쨌는지 모르겠지만, 무척 기쁘지 않았을까?"

"츠야코 씨가요?"

내게는 기뻐하는 몸짓 같은 것 조금도 보이지 않았다. 그래도 츠야코 씨가 편해졌다니 무척 기뻤다. 게다가 선생님에게 도움까지 됐다니 이중의 기쁨이다. 그런데 "마리아, 좀 더 훈련해서 재능을 갈고닦아 보는 게 어때?" 하는 선생님의 말이 돌아왔을 때는 무슨 뜻인지 몰라 약간 당황했다.

"재능이요?"

"그래, 마사지 재능. 누구에게나 그런 힘은 있지만, 어쩌면 마리아한테는 그 능력이 남들보다 뛰어날지도 몰라."

"그렇지만 그냥 쓰다듬기만 했는걸요?"

재능이라니 말도 안 된다. 그러잖아도 남이 나를 만지거나 내가 남을 만지는 일이 고역인데.

"그런 건 누구나 할 수 있어요."

나는 자신 있게 단언했다.

"그게 말이야, 그렇지 않아. 물론 바로 마법의 손이 되는 건 아냐. 많이 훈련하고 천 명이나 이천 명의 몸을 만져가는 동안 조금씩 능력이 높아지겠지."

"천 명이나……."

"그래, 천 명. 그런데 그걸 해서 경험을 쌓고 재능을 갈고닦으면 마리아의 그 손으로 사람들을 편안하게 해줄 수 있을 거야. 아까 츠야코 씨가 그랬던 것처럼."

문득 오노데라가 떠올랐다. 그는 평소 종일 컴퓨터 다루는 일을 해서 언제나 목과 어깨가 뭉쳐 있었다. 때로는 몸져누울 정도로 통증이 심했다. 그럴 때 조금이라도 내가 마사지를 해주면 편해진다고 했다. 힘을 주어 주무르지 않더라도, 그냥 손을 대주는 것만으로 좋다고 하는 말을 몇 번 들은 적이 있다. 그래도 그것은 상대가 오노데라여서 그럴 거라고 생각했다.

"원래 말이야, 누구나 태어날 때 신으로부터 뭐라도 한 가지는 재능을 받아. 그러니까 노력하면 모두가 천재가 될 수 있는 거야."

선생님은 그런 말로 마무리를 지었다.

나는 여태 나를 아무짝에도 도움이 되지 않는 사람이라고 생각해왔다. 그런데 선생님은 나의 이 손이 누군가에게 도움이 될지도 모른다고 한다. 멀리 환상의 빛을 발견한 듯한, 길고 긴 밤이 밝아오는 듯한 기분에 휩싸였다.

그리고 다시 2주일이 지난 저녁 무렵, 마침 저녁 식사 준비를 하고 있을 때의 일이다. 12월을 코앞에 두고 있으니 해가 지는 시간이 빨라졌다.

그날 밤은 선생님이 특별히 치킨을 만들어주기로 했다. 임신한 뒤에 나는 어째선지 기름진 음식이 자꾸 당겼다. 바나나 튀김이나 튀김 만두, 양파 튀김, 멘치카츠, 감자 크로켓……. 짧으면 며칠, 길어야 몇 주 단위로 먹고 싶은 튀김 종류가 재미있을 정도로 계속 바뀌었다. 그렇지만 뭐든 간단히 손에 넣을 수 있는 도시와는 달라, 이 섬에서는 치킨으로 쓸 닭고기조차 닭을 키우는 사람한테 잡아달라고 부탁하는 데서부터 시작한다.

그런데 츠야코 씨로부터 온 연락에 선생님은 일단 닭고기에 가루 묻히는 작업을 중단했다. 얼굴이 갑자기 심각해졌다.

아무래도 츠야코 씨한테 이슬이 비쳐요, 하는 연락이 온 것 같았다. 츠야코 씨는 지금 츠루카메 조산원에서 출산하기 위해 섬의 방갈로를 빌려 살고 있다. 원래는 나와 같은 육지 출신으로, 꽤 먼 곳에 사는 사람이었다.

30분 뒤, 츠야코 씨는 섬에 딱 한 대밖에 없는 택시를 타고 조산원으로 찾아왔다. 나와 선생님은 차가 최대한 들어올 수 있는 데까지 가서 츠야코 씨를 맞이했다.

차에서 내린 츠야코 씨를 양쪽에서 몸을 부축하며 안으로 데리고 들어갔다. 츠야코 씨의 얼굴이 전보다 창백했다. 걸어가면서 선생님이 어디서 낳고 싶은지 묻자, 그는 다다미방이 좋아요, 하고 거친 숨을 몰아쉬며 희미하게 대답했다. 진료실 옆방이다.

이불을 펴고 그 위에 츠야코 씨를 눕혔다. 괴로운지 이마에 기름땀이 송골송골했다. 힘을 줄 때마다 그 순간만 얼굴이 빨갛게 물들며 혈관이 도드라졌다. 나는 츠야코 씨, 힘내세요, 하고 무언의 메시지를 계속 보냈다. 의식적으로 츠야코 씨의 마른 등에 손바닥을 댔다.

선생님이 츠야코 씨의 발밑에 웅크리고 앉아 눈을 감고 뭔가 주문 같은 것을 외우기 시작했다. 말은 외국어 같아서 전혀 알아들을 수 없었지만, 처음에 "우와리카무이"라고 하는 것과 마지막에 두 번 "츠루카메츠루카메"라고 중얼거리는 것은 들렸다. 우와리카무이란 선생님이 태어난 고향 말로 출산의 신이라고 했다. 분명 아기가 무사히 태어나길 기도하는 것이리라. 그러고서 선생님은 본격적으로 아기 받을 준비를 시작했다.

얼른 팍치 씨와 교대하고 싶었지만, 하필 모자가 세 팀이나 입원 중이었다. 개중에는 증세가 꽤 심한 엄마가 있어서 거의 노이로제에 가까운 상태였다. 팍치 씨한테 물건을 던지며 히스테리를 부리기도 했다. 팍치 씨는 그런 행동 자체는 별로 개의치 않지만, 자신이 눈을 뗀 사이 그 창끝이 아기한테 향하면 안 된다고 되도록 옆에 붙어서 간호하고 있었다.

하필 이럴 때 에밀리는 노래방에 간다고 친구들과 육지에 가버렸다. 원래 츠야코 씨 예정일까지는 한 달 이상 남았기 때문이다.

"츠야코 씨, 안의 상태 좀 볼게요."

선생님은 츠야코 씨의 속옷을 벗기고 산도에 손가락 끝을 넣어 문진했다.

"꽤 내려와 있네요, 아기. 이제 나오고 싶어 하니까 낳아줍시다."

괴로운지 츠야코 씨의 눈은 충혈됐고, 어깨를 심하게 흔들며 숨을 들이마시고 있다. 나는 선생님의 지시에 따라 옆으로 누워 있는 츠야코 씨의 허리 주변을 계속 문질렀다. 츠야코 씨의 긴장이 전염됐는지, 어느새 내 몸도 굳어졌다. 힘내요, 힘내요, 속삭이면서 기도하는 마음으로 츠야코 씨의 몸을 계속 주물렀다.

그런 시간이 얼마나 계속됐을까. 이윽고 츠야코 씨는 반듯하게 천장을 보고 누워 다리를 활짝 벌리고 아이를 낳을 준비를 했다. 나는 츠야코 씨의 상반신을 두 손으로 받쳐주었다.

"곧 나오니까. 츠야코 씨, 힘내요!"

선생님이 평소와 달리 츠야코 씨에게 뜨겁게 말하는 순간, 마침내 선생님의 두 손에 아기가 들렸다.

난산 끝에 드디어 태어난 것이다. 선생님이 주머니에 넣어둔 회중시계로 탄생 시간을 확인했다. 나도 안도가 되어 그 자리에 주저앉았다. 풋내기 주제에, 산모가 이렇게 몸이 말라서 위험한 일도 많겠구나, 하는 생각이 들었다. 츠야코 씨가 얼굴을 빨갛게 하고 지금 막 나온 아기처럼 우는 모습을 보니, 나까지 눈물이 날 것 같았다. 생명이란 대단하다. 그렇게 야윈 츠야코 씨의 몸에서도 스스로 산도를 따라 나오다니.

하지만 그런 감격도 잠깐이었다. 아기가 조금도 움직이지 않는다. 몸 전체가 몹시 굳어 있고, 아무리 기다려도 아기의 첫 울음소리가 들리지 않았다.

맙소사! 자세히 보니 선생님이 츠야코 씨의 다리 사이에서 받아 든 것은 진짜 아기가 아니라 인형이었다. 그 사실을 깨달은 순간 몸의 어딘가에서 큰 소리가 튀어나올 뻔했다. 다른 사람의 귀에까지 들리는 게 아닐까 걱정될 정도로 심장이 쿵쾅쿵

쾅 뛰었다. 어째서 츠야코 씨가 인형을 낳은 건지, 왜 선생님이 그 인형을 진짜 아기처럼 다루는 건지, 생각하려고 하면 할수록 머릿속이 하얘졌다.

나는 미동을 하는 것조차 잊고 얼어붙었다. 그러나 선생님은 그 인형을 재빨리 포대기에 싸더니 아주 자연스러운 동작으로 울고 있는 츠야코 씨 가슴팍에 조심스럽게 안겨주었다.

"츠야코 씨, 귀여운 여자아이네, 축하해요."

출산 때는 철저히 공적인 선생님이 츠야코 씨에게서 등을 돌린 잠깐 사이 눈에 고인 눈물을 닦았다. 사정도 모르는 채 나도 선생님을 따라 울 뻔했다. 그러나 꾹 참았다. 지금은 츠야코 씨의 아기가 탄생한 것을 축하하는 순간이니까.

"무사히 태어나서 다행이네."

선생님은 만면에 미소를 띠며 달콤한 목소리로 츠야코 씨의 앞머리를 쓸어 넘겨주었다.

츠루카메 조산원에서는 태어나자마자 바로 탯줄을 끊지 않는다. 탯줄 안에는 아기 몸에 필요한 영양이 잔뜩 들어 있다. 그것이 전부 아기 쪽으로 건너가 정말로 모든 역할을 마친 뒤에야 잘라낸다.

츠야코 씨 역시 보이지 않는 탯줄로 인형 아기와 연결된 걸까. 선생님은 조용히 투명한 탯줄이 역할을 마치기를 기다리는 모습이었다.

그날 밤은 거의 잠을 이루지 못했다. 뭔지 모르게 누구에게도 얘기해선 안 될 것 같아서 팍치 씨에게도 츠야코 씨 얘기는 하지 않았다.

다음 날, 아침 모임에서 요가를 한 뒤, 혼자 숲속을 걸어오는데 뒤에서 선생님이 쫓아와 말을 걸었다.

"어제 츠야코 씨 일, 놀랐지?"

팍치 씨는 현미죽을 만드느라 아침 모임에 출석하지 않았다. 츠루카메 조산원에서는 출산 후의 산모에게 일주일 동안 현미죽을 내준다. 물론 입원 중인 츠야코 씨를 위한 것이기도 하다.

"예."

어젯밤 일을 떠올리며 조용히 대답했다.

"그럴 만도 하지. 그 야무진 팍치 씨조차 처음 보았을 때는 당황했는걸. 아까 에밀리에게 무사히 출산했다고 말했더니, 에밀리도 아주 기뻐했어. 처음에 나하고 에밀리가 아기를 받았거든."

선생님 표정은 평소와 달리 그늘져 있었다. 그렇게 생각해서일지 모르지만, 전보다 눈가 주름이나 흰머리가 늘어난 것 같다.

"잠깐만, 딴 데 좀 들르고 싶은데 같이 가줄래?"

그렇게 말하더니 그릇 무덤이 있는 곳으로 걸어갔다.

덤불 같은 무성한 풀을 헤치고 걸어가면서 선생님이 천천히 얘기를 시작했다.

"츠야코 씨의 아기는 말이야, 태어나서 울지 못했어. 사산이었던 거지. 츠루카메 조산원에서 낳고 싶다고 일부러 남편과 같이 단기로 이사까지 했는데. 아주 긍정적인 사람이었지. 하루 세 시간쯤 산책하면 좋다고 했더니, 정말로 세 시간이나 섬을 빙빙 돌아다니고. 그렇게 조언을 해도 제대로 실행하는 임산부는 좀처럼 없거든. 그런데 보다시피 점점 마음의 균형을 잃어갔어. 당연하겠지, 열 달 하고 열흘이나 배 속에서 기른 생명을 이제 곧 만나는 줄 알았는데 자신의 몸속에서 죽어버렸으니. 아기가 그렇게 된 것은 그 누구의 탓도 아닌데, 자기의 잘못이라고 생각한 것 같아. 그런 자신이 멀쩡하게 밥을 먹고 산다는 사실을 견디지 못하게 된 거지. 그러다 남편과도 사이가 나빠졌어. 금슬 좋은 부부였는데 남편은 먼저 섬을 떠나버렸지. 일 년 정도 지났을 즈음인가, 츠야코 씨가 통통 튀는 목소리로 '선생님, 또 임신했어요!' 하고 온 거야. 상상임신이란 걸 바로 알았지. 이후, 몇 번이나 여기서 출산하고 또 상상임신을 되풀이하고 있어. 그래도 많이 건강해진 편이야. 그래서 츠야코 씨의 슬픔이 치유될 때까지, 나도 끝까지 받아주려고 마음먹은 거야."

신은 얼마나 잔혹한 짓을 하는 건지. 츠야코 씨한테 아기를 빼앗은 데다 남편까지 빼앗고, 게다가 츠야코 씨 본인의 몸과 마음의 건강조차 벌레 먹게 하고 있다.

나는 츠야코 씨의 아기가 잠들어 있다는 나무그루를 가만히 어루만졌다. 가늘고 울퉁불퉁하고 차가워서, 마치 뼈가 도드라진 츠야코 씨의 몸 같았다.

그 후 츠야코 씨는 츠루카메 조산원에 일주일 동안 입원했다. 선생님도, 팍치 씨도, 에밀리도, 나도 평소처럼 행동했다. 사미와 장로도 사정을 알고 있는지 어떤지는 모르겠다. 어쩐지 여성 스태프가 힘을 모아 두 사람 눈에 띄지 않도록 애를 쓰는 느낌이었다.

퇴원하던 날, 츠야코 씨는 절대 그 이상은 커지지 않을, 절대 울지도 않을, 젖 달라고 조르지도 않을 아기를 요람에 넣어 데리고 돌아갔다. 선생님과 팍치 씨와 함께 나도 츠야코 씨의 뒷모습을 지켜보았다. 이것으로 한동안 츠야코 씨의 가슴에 쌓여 있던 슬픔이 줄기를 기도하면서.

물론 이런 슬픈 출산만 있는 것은 아니다.

대부분 임산부는 죽을 만큼 괴로워하고, 울부짖고, 비명을 지르고, 그대로 동물의 세계에서 돌아오지 않는 게 아닐까 걱정될 정도로 힘든 진통을 경험하지만, 마지막에는 필사적으로 자신의 산도로 새로운 생명을 분만한다. 그러고는 다시 사람의 얼굴로 돌아와 자신의 아기를 안고 젖을 먹인다. 나도 몇 번 출산 현장을 보았지만, 아기를 갓 낳은 엄마는 모두 제각기 내면에서부터 반짝반짝 빛이 나는 것 같다.

나도 그날을 향해 나아가는 과정이 그럭저럭 순조로웠다. 츠루카메 조산원에서 선생님이 아이를 받아줄 수 있도록, 날마다 열심히 일하면서 건강을 챙기고 있다. 물론 불안은 불쑥불쑥 찾아오고, 오노데라는 어떻게 지낼까 걱정도 되지만, 복잡한 생각은 길게 가지 않았다. 그것도 임신으로 인한 특수 호르몬 영향인 것 같다.

그러나 머리가 여유로워진 만큼 마음은 종잡을 수 없어서 한 시간 사이에 갑자기 슬퍼서 우는가 하면, 이번에는 기뻐서 우는 등 감정의 파도를 따라가는 것만으로 녹초가 됐다. 갓 걸음마를 시작한 아이를 쫓아다니는 엄마의 느낌과 비슷할지도 모른다. 감정은 이쪽에 갔다가 저쪽에 갔다가 조금도 쉴 줄 몰랐다.

만약 오노데라가 곁에 있었다면, 하고 츠야코 씨의 그 일 이

후 종종 생각하게 됐다. 내가 조산원에서 일하는 걸 반대했을까? 아니면 찬성했을까? 출산에 함께해주었을까? 아니면 역시 일이 바빠서 못 왔을까?

팍치 씨 얘기로는 본인은 조산원에서 낳고 싶은데 가족들의 반대로 결국 병원을 선택하는 임산부도 적지 않다고 한다.

만약, 만약에, 츠야코 씨가 시설이 갖추어진 병원에서 출산했더라면 아기의 생명을 구할 수 있었을까? 그랬을 거라는 생각도 들고 아니라는 생각도 든다. 만약이니 결국 아무도 모르는 일이다.

다만 아무리 의료기술이 발달해도 무사히 태어나지 못하는 생명도 있다는 것. 그것만큼은 분명하다. 내가 임산부가 되기 전까지는 임신만 하면 모든 아기가 건강하게 태어나는 줄 알았다. 그런데 생명을 낳는 출산이라는 작업은 역시 목숨을 거는 일이다.

12월에 들어서니 바람이 한층 차가워졌다. 남쪽 섬은 흐린 날씨가 계속됐다. 이 섬에 살기 전까지는 몰랐는데, 일 년 내내 여름인 하와이와 달리 남쪽 섬에도 나름대로 사계절이 있었다. 종일 햇볕이 나도 긴팔 옷을 입지 않으면 쌀쌀했다. 츠루카메 조산원 대기실에도 드디어 며칠 전 고타츠[9]가 등장했다.

거친 파도 때문에 결항되는 날도 있어, 이 섬에 남겨진 관광객이 이따금 난감한 얼굴로 터덜터덜 길을 걷는다. 그런 모습을 발견하면 선생님은 반드시 말을 건다. 때에 따라서는 그때의 나처럼 식사와 잠자리를 제공한다. 그렇지만 그때의 나처럼

---

9   좌탁처럼 생긴 일본 전통 난방장치

그대로 조산원에 눌러앉는 사람은 없다.

기온이 15도를 밑돌던 그날은 에밀리가 식사 담당이었다. 나도 같이 도와서 스태프용으로 카마이 경단 전골 요리를 준비했다. 따뜻한 김이 모락모락 나는 음식이 그리운 계절이다.

카마이는 이 섬의 사투리로 멧돼지를 말한다. 전에 선생님에게 신세 졌던 사냥꾼이 일부러 이웃 섬에서 배를 타고 갖다 주었다. 카마이 고기는 신선함이 생명이라고 해서 급히 고기 경단을 만들어 먹게 됐다. 따뜻할 줄로만 알았던 남쪽 섬에서도 뜨거운 전골 요리를 먹는다는 사실이 새삼스러웠다.

에밀리의 지시 아래, 새빨간 고깃덩어리를 식칼로 잘게 다졌다. 거기에 다진 마늘종과 목이버섯을 섞어서 동그랗게 빚었다. 마른 도마에 식칼을 두드리는 소리가 반복적으로 울리니, 마치 악기를 연주하는 것 같아서 즐거워졌다. 마늘종의 강한 향까지 피어오르니 저절로 입맛이 돌았다.

조산원에 막 정착했을 무렵에는 입덧이 심해 요리하는 곳은 되도록 가까이 가지 않았다. 그러나 입덧이 끝나고 음식을 맛있게 느끼게 된 뒤로 요리에 흥미가 무럭무럭 생겨났다.

이 섬사람들은 자기가 먹을 것은 섬에 있는 식재료를 사용하여 직접 만들고 있다. 섬에서는 당연한 일이지만, 지금까지 누가 어떻게 만들었는지도 모르는 것을 예사로 먹으며 살아온 내게는 그 사실이 무척 재미있었다. 직접 만들면 사는 것보다 훨씬 싸고, 게다가 맛도 있다. 간도 취향대로 조절할 수 있다.

어째서 그 사실을 좀 더 일찍 깨닫지 못했을까. 일에 지쳐 돌아온 오노데라에게 따뜻한 밥을 먹게 해주었더라면 그날 하루를 서로 웃는 얼굴로 마칠 수 있었을 텐데.

내게 직접 요리할 계기를 만들어준 사람은 장로였다. 지난 달 말에 장로가 물고기를 한 마리 들고 왔다. 눈이 부리부리한 빨간 물고기로 국을 끓이면 맛있다고 했다. 소금간만 하면 된다고 해서, 그때 마침 배가 고프기도 해 시험 삼아 혼자 힘으로 만들어보았다. 그랬더니 담백한 맛인데도 부족함이 느껴지지 않고, 정말로 엄청나게 맛있었다. 나만 먹는 것이 아까울 정도였다.

그날을 계기로 요리에 대한 경계심이 조금 풀렸다. 만약 그때 실패했더라면 점점 요리에 대한 부담감만 커졌을 텐데, 첫 작품이 맛있었던 것은 아주 큰 행운이었다.

다만 카마이 경단 전골은 요행으로 성공한 생선 수프만큼 간단하지 않은 것 같았다. 일단 다시마와 가다랑어로 육수를 만들어야 했다. 물은 얼마나 넣고, 다시마는 얼마나 넣고, 어느 타이밍에 넣고, 어느 정도의 가다랑어포를 넣어야 좋은지, 요리에 젬병인 나로서는 도무지 알 수 없었다. 질문할 때마다 에밀리는 그냥 적당히 넣으라고 했다. 확실히 에밀리가 하는 걸 옆에서 지켜보면 분량을 정확히 계량하지 않는다. 그가 적당히 넣는다는 건 나도 안다. 그러나 에밀리가 하면 적당히 잘되는데, 내가 하면 자포자기식의 적당히가 된다. 결국 몸으로 분량을 알 때까지 경험을 쌓아갈 수밖에 없다.

순서가 번거롭긴 하지만 그렇게 뽑아낸 육수 향은 아주 행복한 기분이 들게 했다. 육수를 뽑는다는 표현도 이 섬에 와서 처음 들었다. 처음에 에밀리가 그 말을 할 때는 도대체 뭘 뽑는다는 건지 알아듣지 못했지만, 그런 표현도 이제 조금씩 익숙해졌다.

커다란 냄비 가득 맑은 육수가 넉넉하게 완성됐다. 나는 배 속 아기에게까지 닿도록 가다랑어 향이 나는 공기를 마음껏 몸속으로 흘려 넣었다. 전 세계의 공기가 이렇게 향기롭고 맛있다면 시시한 싸움이나 분쟁은 일어나지 않을 텐데.

카마이 고기 경단 외에도 전골 재료로 준비한 것은 기다란 섬파와 섬마늘, 그리고 섬두부다. '섬파'나 '섬마늘'도 처음에는 보통 파나 마늘과 어떻게 다른지 몰랐다. 하지만 실제로 내가 알고 있던 것과는 역시 맛이 조금 다른 것 같았다.

섬파와 섬마늘은 밭에 가서 사미에게 뽑아달라고 했다. 섬두부는 한 주에 몇 차례 섬두부 가게에서 배달해주어 주방 냉장고에 항상 들어 있다. 바다에서 깨끗한 해수를 퍼 와서 만드는 단단한 두부다.

두 손에 막 딴 섬파와 섬마늘을 들고 안채 주방으로 돌아오자, 에밀리가 육수에 두 종류의 된장을 조금씩 넣고 맛을 보는 참이었다. 츠루카메 조산원 주방에는 보리된장, 쌀된장, 적된장, 백된장 등 몇 가지나 되는 된장 종류가 있다. 그것들이 어떻게 맛이 다른지는 아직 잘 모르지만, 이번에 사용한 것은 쌀된장과 하초미소[10] 같다. 에밀리가 맛을 보면서 마음에 드는지 끄덕였다.

"먹어보고 맛있으면 그걸로 된 거야."

에밀리의 말버릇이다.

쉬는 시간을 틈타서 온 선생님과 꽉치 씨와 함께 모두 냄비를 둘러앉았다. 오늘은 입원 중인 사람도 없다.

츠루카메 조산원에서 출산을 갈망하던 프랑스인 나탈리 씨가 예정일이 한참 남았는데 양수가 터지는 바람에, 급히 진료소에서 육지 병원으로 옮겼다. 그래서 오늘 일이 없어진 에밀리는 집에 있어도 심심하다고 예정대로 조산원에 나왔다. 나탈리 씨의 아이는 제왕절개로 무사히 태어났다고 한다. 선생님은 꼭 이곳이 아니어도, 결과적으로 어떤 방법을 쓰든 아기가 무

---

10 아이치현 오카자키시의 특산 된장

사히 태어나는 것이 가장 바람직한 출산이라고 단언했다.

냄새를 맡았는지 도중에 장로까지 합류해, 그날 밤은 왁자지껄 즐거운 식탁이 됐다. 오랜만에 먹는 고기이기도 해서 모두 밝은 모습이었다. 대기 중인 출산도 없어 조산사 팀도 평소보다 편하게 먹었다. 출산이 있을 때는 밥 먹을 정신이 아니어서, 직접 출산에 관여하지 않는 나와 사미조차 어디선가 임산부의 신음이 들리면 아무래도 어깨에 힘이 들어가고 긴장된다.

기다란 섬파를 살짝 익혀 먹는 것이 재미있었다. 섬마늘도 동그란 모양 그대로 들어 있어서 입에 넣으면 뜨끈뜨끈하다.

"감기 예방에 좋아, 많이 먹어둬. 전골 요리는 금방 배가 꺼지거든."

선생님이 큼직한 고기 경단을 입안 가득 넣으면서 내게도 권했다. 먹고 있으니 발끝에서부터 몸이 훈훈해져 왔다. 고기 맛이 점점 우러나 국물은 이루 말할 수 없이 깊어졌다. 너무 많아서 다 먹을 수 있을까 생각했던 고기 경단은 모두의 배로 술술 들어갔다. 치아가 없는 장로는 국물과 두부만 골라서 먹었지만, 그래도 섬에서 만든 술을 마셔서 양쪽 뺨이 장밋빛으로 물들었다. 행복한 모습이다.

나도 무아지경으로 젓가락을 움직였다. 역시 오랜만에 먹는 고기는 최고였다. 씹으면 씹을수록 야성적인 맛이 나고, 기름기도 없이 담백해서 얼마든지 먹을 수 있었다.

마지막에는 국물에 면을 넣어 가볍게 끓였다. 냄비에 뚜껑을 덮고 면이 부드러워지기를 기다리는데, 사미가 불쑥 중얼거렸다.

"그런데 마리아, 최근에 너무 많이 먹는 거 아냐?"

"그렇지만 밥이 너무 맛있어서 미치겠는걸. 이렇게 맛있다고 생각하면서 식사를 하는 건 태어나서 처음이야."

변명처럼 반론하면서 손을 뒤로 짚고 앉으니 정말로 작은 섬처럼 배가 볼록 부풀어 보였다.

"좋은 거야, 아기의 몸은 백 퍼센트 엄마가 먹은 음식물로 만들어지니까."

선생님도 같은 자세가 됐다. 그 자리에 있는 사람들 모두 냄비에 들어 있던 섬파처럼 널브러졌다. 이것이 선생님이 말하는 릴랙스일지도 모른다.

"그럼, 함께 야간 고기잡이하러 갈래? 직접 잡은 고기는 더 맛있어."

잠시 휴식을 취한 장로가 즐거운 듯이 제안했다. 장로는 이 마을에서 1, 2위를 다투는 낚시의 달인이다.

"그렇지만 저는 바다에 들어가는 건 무서운데⋯⋯."

배도 부르고 몸도 구석구석까지 따뜻해진 탓인지, 지금까지 모두에게 하지 못했던 말이 입에서 저절로 나와 나 자신도 깜짝 놀랐다.

"혹시 마리아, 맥주병?"

사미가 놀려서, "그런 게 아니라, 태어나서 아직 한 번도 바다에 들어간 적이 없어요. 수영장에서 수영한 적은 있지만" 하고 모처럼의 권유에 미안한 마음으로 거절했다. 그랬더니, 그 자리에 있던 사람들이 모두 일제히 웃음을 터트렸다.

"마리아, 야간 고기잡이는 사리[11]인 날 밤에 조수가 빠졌을 때 모래톱에서 물고기 같은 걸 잡는 거야. 조개를 줍는 거나 다름없어서 수영할 정도의 바닷물은 없어."

선생님 말에 또 다들 자지러지게 웃었다.

"마리아 씨, 꼭 한번 야간 고기잡이에 가봐요. 사리 때는 출산이 겹치는 일이 많아 우리는 못 갈지도 모르지만. 나도 섬에 막 왔을 때 장로님이 데려가 주어서 한 번 가봤는데 엄청 즐거웠어요!"

그때의 기억이 떠오르는지 팍치 씨 눈이 반짝거렸다. 팍치 씨 눈동자는 언제 봐도 티 하나 없는 샛별 같다.

"요즘 같은 시기의 보물은 문어야, 문어. 섬문어가 또 맛있지."

---

11 그믐과 보름에 밀물이 가장 높은 때

"그렇지만 장로는 자기가 잡은 문어, 못 먹잖아요. 이가 없어서."

사미의 말에 또 모두가 깔깔 웃었다.

그러는 동안 면이 국물을 다 빨아들여 팍치 씨가 얼른 뚜껑을 열었을 때는 완전히 불어 터져 있었다. 그걸 보고 또 다들 자지러졌다. 나도 함께 웃었더니 나중에는 눈물까지 났다. 어쨌든 그 덕분에 카마이 고기와 섬의 다양한 채소 맛이 듬뿍 우러난 국물을 문자 그대로 한 방울도 남김없이 해치울 수 있었다.

하여간 선생님뿐만 아니라 섬사람들은 잘 웃는다. 예를 들면 아이가 콧물 흘리며 울고 있다거나, 누구 양말에 구멍이 났다거나, 그런 사소한 일이라도 발견하면 깔깔 웃는다. 처음에는 그게 뭐 그리 우스운지 의미를 알지 못했다. 그런데 살다 보니 점점 알게 됐다. 섬에는 오락이 적어서 작은 일에도 재미를 발견하고 모두 공유하며 즐거워하는 것이다. 섬사람들이 생각해낸 섬에 사는 지혜일 것이다. 실제로는 하찮은 일이어도 다들 큰 소리로 웃다 보면 정말로 재미있어져서 그때까지 안고 있던 고민과 걱정 같은 게 뭐 어때, 될 대로 되라 그래, 하는 기분이 돼버린다. 식사도 그렇고 웃는 것도 그렇고, 많으면 많을수록 기쁨이 커진다는 것, 지금까지는 모르고 살아왔다.

다들 카마이 경단 전골을 먹고 취한 것 같다. 요리에 술은 사용하지 않았을 텐데. 사람은 엄청나게 맛있는 음식을 먹으면 이렇게 들뜬 기분이 되는 모양이다.

연말이 가까워지고 있었다. 해마다 이 시기가 되면 기분이 가라앉는다. 올해는 임산부이고 남쪽 섬에서 햇볕을 듬뿍 쬐며 살고 있으니 괜찮으려나 생각했지만, 아니었다. 오히려 평소보다 심했다. 생일이 가까워지는 탓이다.

내 생일은 12월 25일. 그래서 '마리아'라는 이름을 지어주었지만, 정말로 12월 25일에 태어났는지 어쨌는지 모른다. 나는 내 진짜 생일을 모른다. 게다가 냉정하게 생각하면 그날은 예수님이 태어난 날이지 마리아가 탄생한 날이 아니다.

28년 전의 크리스마스 날 아침, 나는 교회 문 앞에 버려져 있었다. 아직 탯줄이 달린 상태였다고 한다. 당장 경찰에 통보되어 아동상담소에서 한동안 보호한 뒤, 유아원으로 보내졌다. 내게 '마리아'라는 이름을 지어준 사람은 발견된 교회가 있던 시의 시장님으로, 이름과 함께 성도 지어서 그때 나 혼자뿐인 호적이 만들어졌다.

어째서 그런 걸 알고 있는가 하면 초등학생 때, 시설에 있던 아이들이 모두 자신의 역사를 조사했다. 어차피 슬픈 사실에 도달할 수밖에 없을 테지만, 초등학교 고학년이 되면 아이들은 모두 자신이 어째서 시설에 있는지를 알고 싶어 한다. 혼자 그런 고민을 껴안고 있지 않도록 시설에서 스스로 조사하도록 지도하는 것이다.

나는 두 살까지는 유아원에서 지내고, 세 살부터 아동 보호 시설에서 자랐다. 그리고 초등학교에 올라갈 때까지의 생활은 거의 기억나지 않는다. 다만 한 가지, 시설 책장에 좋아하는 그림책이 있었다는 것은 기억에 남아 있다. 읽고, 또 읽고, 식당 구석에서 질릴 때까지 페이지를 넘긴 것은 나무 위에 조그마한 집을 짓고 사는 할머니와 할아버지 얘기였다. 눈이 잘 보이지 않는 할머니를 위해 할아버지는 매일 아침 나무에 열린 열매를 따서 따뜻한 수프를 끓여주었다. 수프가 맛있어 보여서 나는 그 페이지를 넘길 때마다 침을 삼켰다. 나도 이 집에 살고 싶다고 생각했다. 자상한 할아버지와 할머니가 있는 나무 위의 작은 집에.

양부모인 안자이 부부에게 입양된 것은 초등학교 4학년 때였다. 안자이 부부는 나와 동갑인 딸을 십여 년 전에 바다에서 사고로 잃었다. 가족끼리 해수욕을 갔다가 부모가 잠시 한눈파는 사이 빠져버렸다고 한다. 며칠이나 수색했지만 결국 사체는 인양하지 못했다.

그래서 나는 바다는 위험하니까 절대 가까이 가서는 안 된다는 가르침을 받으며 자랐다. 그런 말을 들으면 들을수록 바다에 대한 동경은 깊어졌다. 그러나 막상 안자이 부부의 가르침을 무시하고 바다에 들어가려고 하니, 실제로 다리가 저렸다. 바다에 안자이 부부의 죽은 딸이 기다리고 있다가 나를 자기처럼 바다로 끌어들이지 않을까 무서웠다. 내게 바다는 동경의 대상인 동시에 안자이 부부의 친딸이 머물고 있는 무서운 곳이기도 했다.

부부가 나보다 소중하게 생각한 것은 죽은 딸의 기일이었다. 그날은 반드시 딸이 좋아하던 요리를 만들고, 딸의 사진이 수없이 담긴 앨범을 보며, 딸에 대한 추억으로 이야기꽃을 피웠다. 나도 거기에 시종 어울려야 했다. 그러나 너무 불편하여 어떤 표정을 하고 있어야 좋을지 모르는 날이었다.

물론 안자이 부부는 크리스마스와 내 생일도 축하해주었다. 양아버지는 판사여서 금전적으로 여유가 있었다. 해마다 호텔 연회장을 빌려서 많은 사람을 초대하여 파티를 열었다. 그러나 그날이 무엇을 축하하는 파티인지 나는 도저히 알 수 없었다. 초대한 사람도 안자이 부부의 지인들뿐이었으니, 그들의 송년회에 덤으로 내 생일이 붙어 있다는 느낌이었다.

연말이 되면 아무래도 그런 일들이 생각난다. 유아원에서의 일은 생각나지 않지만, 시설에서도 안자이 부부의 집에서도 나는 있을 곳이 없었다.

고등학생 때 가정선생님이었던 오노데라와 연애를 했다. 안자이 부부는 맹렬히 반대했지만, 졸업하기를 기다렸다가 가출하듯이 안자이 부부 집을 뛰쳐나와 오노데라와 살기 시작했다. 이윽고 결혼해서 내게도 드디어 남들과 같은 호적이 생기고 내가 있을 곳이 생겼다. 그래서 빨리 아이를 낳아 가족을 늘리고 싶었다. 그런데 아무리 기다려도 아기는 와주지 않았다. 그러다 오노데라가 바빠지고, 같은 집에 살면서도 서로 어긋나는 일이 많아졌다. 마음의 거리가 점점 멀어지다 후반에는 아이가 생길 행위조차 하지 않게 됐다.

결국 마지막에는 언제나 같은 결론에 도달한다.

나는 부모가 원해서 태어난 아이가 아니라는 사실이다. 나는 누구에게도 축복받지 못했다. 애초에 나 자신의 탄생 자체가 잘못이었다. 그 사실을 눈앞에 들이대면 패배를 인정하는 것 이외에 아무것도 할 수 없게 된다. 신에게까지 버림받아 천국에서 툭 내던져진 아기. 그게 바로 나다.

크리스마스가 가까워지자 평소와 마찬가지로 밤중에 신음하다 눈을 뜨는 일이 계속됐다. 그러던 어느 날 밤, 나는 뭔가에 쫓기고 있었다. 쫓아온 사람이 누구였는지는 곽치 씨가 몸을 흔드는 순간 잊어버렸다. 정신을 차리고 보니 옆 침대에 있던 꽉치 씨가 내 손을 꽉 잡고 있었다.

"깜언."

나는 작은 소리로 속삭였다. 아직 심장이 두근거리고 호흡
도 괴롭다. 온몸에 기분 나쁜 땀이 흘렀다.

"혼사오다우."

꽉치 씨는 그런 말을 중얼거리며 내 손을 잡은 채 눈을 감았
다. 그 말의 의미는 알 수 없었지만, 느낌만으로 충분히 마음의
응어리가 풀렸다. 과연 조산사 지망생답구나, 감탄했다. 불안
을 안은 사람 옆에 있어 주는 것이 직업인 사람의 몸짓에는 애
정과 온기가 가득하다.

문득 아까 꿈에서 쫓길 때의 공포를 떠올렸다. 도망치고, 도
망치고, 도망치고, 그래도 쫓아오지 않을까 겁먹고 있었다. 아
하, 그제야 그런 생각이 들었다. 오노데라도 지금 필사적으로
도망치고 있는 거로구나. 아까 꿈속에서의 나와 마찬가지로.
나는 그제야 오노데라의 고통을 이해할 수 있었다.

한쪽 손은 꽉치 씨 손을 잡고, 비어 있는 쪽의 손을 배 위에
올려보았다. 오노데라는 지금 어디 있는 걸까.

지금까지 버려진 나 자신의 고통만 한탄했지만, 도망치는
쪽 역시 괴로울 것이다. 게다가 오노데라를 추격하는 것은 다
른 누구도 아닌 나일지도 모른다.

오노데라, 나는 마음의 소리로 그렇게 불렀다.

부탁이니까 살아 있어줘.

살아, 살아, 살아, 살아, 살아남아.

그저 살아 있어주기만 하면 돼. 노력하지 않아도 돼. 그러니까 인제 그만 도망 다녀. 내게로 돌아오지 않아도, 다른 여자를 좋아해도 상관없어. 그저 살아만 있어준다면…….

오노데라를 잃은 뒤에야 그런 중요한 사실을 깨닫다니 얼마나 한심한가.

그러나 마지막의 마지막에 내가 외톨이가 되지 않도록 아기를 남겨준 오노데라는 역시 내가 아는 자상한 오노데라가 틀림없다.

이 넓은 세상에서 나를 발견해주어 정말 고마워.

그렇게 생각하니 눈물이 쏟아졌다. 내가 울고 있다는 것을 눈치챘는지 팍치 씨가 이번에는 두 팔로 나를 꼭 안아주었다. 손을 잡는 것만으로는 부족하다고 생각했을지도 모른다.

"콤 싸오 마(không sao mà)."

팍치 씨는 또 아까와 같은 울림의 말을 했다. '괜찮아'나 '안심하라'라는 의미일 것이다. 콤 싸오 마, 콤 싸오 마, 나도 마음 속으로 주문처럼 되풀이했다.

"고마워요."

내 목소리가 잠꼬대처럼 희미하게 울렸다. 이윽고 지칠 대로 지친 마음에 부드럽게 담요를 덮어주듯 깊은 졸음이 찾아왔다.

크리스마스가 찾아왔다.

연말인데 아직 히비스커스가 태연히 피어 있는 것은 역시 남쪽 섬에서만 볼 수 있는 광경일 것이다.

점심 식사 후의 시에스타가 끝나고 사미와 팍치 씨와 나는 선생님이 시킨 대로 셋이 나란히 츠루카메 조산원 안채 앞에 서 있었다.

"엄마, 우리를 이렇게 기다리게 해놓고 뭐 하는 거예요? 트리 하우스 문 잠가놓고 엉뚱한 짓이라도 벌이는 거 아닌가요!"

또 사미가 투덜투덜 불평했다. 팍치 씨와 내가 대꾸하지 않고 계속 무시하니, "내일 짐도 꾸려야 하는데, 시간 낭비라고요!"라며 또 입술을 내밀었다.

"사미, 내일 어디 가?"

궁금해서 물어보았다.

"엄마하고 아빠가 항구까지 데리러 와주신대. 작년에는 이 조산원까지 와주셨어."

사미가 아니라 팍치 씨가 다 안다는 얼굴로 가르쳐주었다.

"정말? 사미는 호적에 들어 있는 아들이었구나."

놀라서 그렇게 말한 순간, 드디어 선생님이 나타났다. 크리스마스를 의식해서인지 오늘은 초록색과 빨간색 패션이다. 아프리카 어딘가의 민속 의상일 것이다. 피부색이 짙은 선생님에게 묘하게 잘 어울렸다.

"많이 기다렸지?"

"차가운 하늘 아래 몇 분이나 기다렸는지 아세요?"

"미안, 미안."

선생님은 별로 미안해하지 않는 모습으로 대답하고, 세 사람 각자에게 봉투를 건넸다.

"해마다 여기 오는 산타 할아버지가 너희에게 전해달라더라. 오늘 아침에 내 베갯머리에 한꺼번에 두고 갔어."

"엄마, 잠꼬대하는 거예요? 산타 할아버지가 어디 있어요. 어차피 장로한테 부탁해서 쓰게 했으면서."

사미는 여전히 기분이 언짢은 투로 말했다.

"산타 할아버지가 있는지 없는지는 아무도 몰라."

선생님이 당당한 어조로 받아쳤다.

"어쨌든 그 속에 산타의 메시지가 적혀 있는 것 같으니 잘 읽어봐. 오늘은 크리스마스니까 오후 일은 휴식. 자, 가, 가!"

그러고는 짝짝 힘차게 손뼉을 쳤다.

내 앞으로 온 봉투를 뜯으니 안에 카드가 들어 있었다.

자, 보물을 찾읍시다!
일단은 최고로 예쁘게 입기.
선물 답을 가방도 잊지 않도록.

평소 보던 선생님의 글씨와는 달리 만년필로 쓴 정중한 글씨로 그렇게 적혀 있었다.

얼른 츠루카메 조산원 2층으로 가서 내 옷상자 속에서 옷을 꺼내 보았다. 츠루카메 조산원에서 출산한 선배 임산부들이 물려준 옷 가운데 아직 한 번도 입지 않은 물색 원피스가 있었다. 너무 고급스러워서 일을 할 때는 어울리지 않았기에 예쁘지만 아직 입은 적이 없다.

2층 창으로 보니 사미는 뭘 찾는지 열심히 밭에서 흙을 파고 있다. 팍치 씨 모습은 보이지 않았지만, 아마 마찬가지로 보물을 찾고 있을 것이다.

구두를 신고 다시 밖으로 나가려고 할 때, 안에서 또 카드를 발견했다.

추프를 찾아라!

이번에는 노란색 크레파스로 썼다. 그러나 이건 어렵다. 추프는 항상 넓은 조산원 부지를 자유롭게 뛰어다니다가 선생님이 휘릭 하고 손을 모아 휘파람을 불면 어디에선가 달려온다. 그러나 나는 손으로 휘파람을 불어본 적이 없고, 어차피 해도 소리가 나오지 않을 게 뻔하다. 난감하네, 어쩌지. 하지만 모처럼의 보물찾기인데 도중에 포기해버리는 건 선생님을 슬프게 하는 일이다. 아니, 산타 할아버지를.

반쯤 포기한 마음으로 츠루카메 해변을 향해 걷고 있는데 저 너머에서 추프가 다가왔다.

"추프!"

우연인지 아니면 장치인지 알 수 없지만, 나도 모르게 달려가서 온몸으로 잡았다. 추프의 목에는 새빨간 리본이 묶여 있고, 자세히 보니 리본에는 뭐라고 글씨가 적혀 있었다.

살아 있는 것은 모두 사랑스러워!

그리고, 이런 메시지가 있었다.

좁은 언덕길을 올라가면 집이 있습니다.
그 문을 열어보세요.

겨울에도 당당히 우거진 나무들을 헤치면서 숲속으로 전진했다. 지금까지 한 번도 발을 들인 적 없는 영역이다. 하지만 추프도 함께 와서인지 무섭지는 않았다.

도중에 레몬 나무가 있었다. 마치 크리스마스트리 장식처럼 수많은 노란색 열매가 달려 있었다. 나무들 사이에서 톤 높은 새소리가 울렸다.

얼마나 걸었을까. 별안간 눈앞에 오두막 같은 것이 나타났다. 조심조심 나무 문을 밀자 끼이이이익 하는 소리를 내면서 천천히 열렸다. 제일 먼저 눈에 들어온 것은 많은 과실주와 술병이었다. 어쩌면 이곳이 전에 선생님이 건네준 지도에 있던 아지트 바일지도 모른다.

콘크리트 벽에는 옛날의 섬 풍경과 사람들을 찍은 것 같은 아름다운 흑백 사진이 여러 점 걸려 있었다. 조산원에 이런 장소까지 있다니. 정말로 비밀로 해두고 싶은 멋진 바였다. 카운터에는 종류가 다른 5각 스툴이 나란히 있고 벽 쪽에는 소파도 있었다. 한 바퀴 휘이 둘러보는데 소파 앞 테이블에 작은 상자가 있었다.

"앗!"

엉겁결에 톤 높은 소리가 튀어나왔다. 상자에는 예쁜 파란색 리본이 묶여 있었다. 산타 할아버지의 선물이다. 얼른 다가 가서 소파에 앉아 상자를 들었다. 설레는 기분을 억누르면서 리본을 풀고 포장도 벗겼다. 그런데 뚜껑을 여니 안은 텅 비어 있다. 어? 선물 넣는 걸 잊었나 생각하며 한 번 더 확인하니, 상자 바닥에 조그맣게 글씨가 적혀 있었다.

창밖을 봐!

일어서서 벽에 뚫린 동그란 모양의 창으로 다가갔다. 그리고 잠금쇠를 열고 얼굴을 내민 순간, "해피버스데이 투 유, 해피버스데이 투 유"하고 모두가 소리 모아 노래를 부르는 게 아닌가!

어어어? 오늘은 크리스마스를 축하할 거라고 들었는데. 그런데 들려오는 것은 틀림없이 생일 축하 노래였다. 선생님, 팍치 씨, 사미, 에밀리, 장로 그리고 추프까지. 좀 전까지 나와 함께 있었는데 언제 저기에 간 거지? 추프의 꼬리가 메트로놈처럼 쉼 없이 움직였다.

내 생일이란 걸 어떻게 알았을까? 아무한테도 가르쳐준 기억이 없는데. 하지만 모두의 축하 노래를 듣고 있으니 쑥스러움이 섞인 기쁨이 슬금슬금 몸속에서 끓어올랐다.

"해피버스데이 디어 마리아, 해피버스데이 투 유."

줄곧 크리스마스 축하 행사인 줄만 알고 있어서 정말로 깜짝 놀랐다.

"마리린, 생일 축하해."

노래가 끝나고 여러 개의 목소리가 포개졌다.

"고맙습니다."

그렇게 말하는데 눈 깜짝할 사이에 눈동자 표면이 눈물로 가득해졌다.

그렇다, 정말로 그렇다. 이 섬에서 이 사람들을 만난 것, 그것이 내게는 무엇보다 큰 선물이다.

노래를 마치고 모두 달려와서 저마다 "마리린, 축하해" 하고 말해주었다. 나에게 마리린이라니. 어린 시절부터 애칭으로 불려본 적이 한 번도 없어서 열없고 오그라드는 기분도 들었지만, 솔직히 몹시 기뻤다.

"마리린은 크리스마스에 생일이라니 부럽네. 이중 경사잖아."

제일 먼저 말을 꺼낸 것은 팍치 씨였다.

"근데 내 생일인 걸 어떻게 알았어요?"

신기해하며 물어보자, "후후후후" 하고 이번에는 선생님이 웃으며 말했다.

"마리아에 관해선 뭐든 다 알고 있으니까."

만족스러운 듯이 미소를 지었다.

"그야."

곽치 씨가 뭔가를 말하려고 할 때, 무언가 퍼뜩 떠올라 입을 열었다.

"의료보험증?"

혹시나 하고 확인하니, "정답!" 하고 사미가 뭘 아는 듯한 얼굴로 한 손을 들었다.

곽치 씨는 신중하게 롤케이크를 잘라 골고루 나눠주었다. 이 롤케이크는 최근에 섬으로 이주해서 양과자점을 시작한 청년이 특별히 만들어준 것이라고 한다. 지금까지 섬에는 과자점이 하나도 없어서 때때로 생크림을 사용한 케이크가 미치도록 먹고 싶어도 참아야 했다. 원래 임산부에게 단 음식은 금물이지만, 선생님도 오늘만큼은 눈감아주었다.

전원에게 케이크가 다 돌아가고 난 뒤, 선생님이 선물을 주었다.

"이건 내가 주는 것."

포장도 하지 않은 낡은 책 한 권이었다.

"내 스승이 쓴 마사지 책인데 나도 이걸 보고 공부했어."

페이지를 넘기니 선생님의 역사를 얘기하듯 아로마 오일을 잔뜩 모아둔 듯한 복잡한 향이 났다. 곳곳에 줄을 그은 흔적과

연필로 첨가한 메모, 기름얼룩 등이 있어 이 책을 선생님이 얼마나 소중히 사용했는지 그대로 전해졌다.

"고맙습니다!"

정말로 기뻐서 가슴에 꼭 안고 인사를 했다. 선생님이 마사지에 재능이 있을지도 모른다고 말해주었지만, 그 후 바쁘게 지내다 보니 아직 구체적인 행동은 하지 못했다.

"그러나 가장 공부가 되는 것은 자기가 좋은 마사지를 받는 일이야."

"마사지를 하는 게 아니고요?"

"그래. 받아보지 않으면 실제로 어떻게 해주는 것이 기분 좋은지 모르잖아. 그러니까 앞으로는 내가 임산부 마사지를 해줄 때 손의 움직임을 확실히 느껴봐."

"알겠습니다."

힘차게 대답했다.

"그러면 케이크를 먹을까요."

선생님이 모두에게 말했다. "잘 먹겠습니다!" 그렇게 소리를 모은 뒤, 전원이 묵묵히 먹기 시작했다.

섬에 온 이후 처음 먹는 제대로 된 케이크를 앞에 두니, 나도 모르게 가슴이 쿵쿵 뛰었다. 포크로 잘라 입에 넣자, 은은하게 흑설탕과 초콜릿 맛이 나는 크림은 혀에서 사르르 녹는 것 같왔다. 섬에서 딴 찻잎으로 만든 홍차를 함께 마셨다. 롤케이크와 홍차라니 섬에서는 사치 중의 사치다. 이 맛을 나눠줄 수 없는 다른 사람들에게 미안했다.

꽉치 씨가 산타 할아버지에게 받은 것은 고향 베트남에 가는 왕복 비행기 표였다. 조산원 생활이 바빠서 한참 동안 가보지 못했다고 한다. 비행기 표는 마침 돌아오는 설날에 맞춘 시기였다.

"그렇지만 꼭 돌아와야 해. 꽉치 씨가 없으면 츠루카메 조산원은 운영할 수 없으니까."

선생님이 손에 든 케이크를 먹으면서 말했다.

"이거 너무 불공평해요."

옆에서 사미가 언제나처럼 입을 삐죽거렸다. 사미가 받은 것은 감자였다. 밭의 흙 속에 빨간 리본이 묶인 감자만 달랑 한 개 묻혀 있었다고 한다.

"그러게, 너 산타 할아버지는 없다고 했잖아. 믿는 사람한테만 산타가 오는 거야. 감자라도 받은 걸 고마워해야지. 그거 아주 맛있는 감자야. 잘 심어서 많이 수확하도록 해. 난 이 나이에도 산타가 온다고 믿고 있으니까, 봐, 이렇게 멋진 선물 받았잖아."

선생님은 입고 있는 옷에 가려져 보이지 않던 목걸이를 꺼내 모두에게 자랑했다.

"예뻐요."

"멋져요."

나와 팍치 씨의 소리가 포개졌다. 하얀 조개껍데기와 몇 개의 돌을 조합한 고급스러운 목걸이였다. 선생님이 자신에게 주는 선물로 준비한 게 틀림없다.

나는 얼른 생일을 축하해준 것에 대한 보답으로 그 자리에 있는 모두의 어깨를 차례대로 주물러주었다. 해보고 비로소 깨달았지만, 어깨나 목은 정말로 사람마다 달라서 아프거나 시원하게 느끼는 포인트도 달랐다.

"아직 멀었습니다. 그렇지만 노력하면 가능성이 있겠는걸요."

사미는 장난스럽게 말했지만, 그 말은 사실이었다. 앞으로 큰 노력을 해야겠다고 생각했다. 천 명, 이천 명의 몸을 주물러야지. 그렇게 하면 이 손으로 살아갈 수 있는 수단이 생길지도 모른다. 나는 이 아이를 키워야 하니까. 선생님에게 받은 책은 잃어버리지 않도록 가방에 잘 넣어두었다.

그 후, 추프와 산책하러 가는 장로와 헤어지고, 선생님과 팍치 씨와 사미와 넷이서 츠루카메 해변으로 향했다. 하늘에는 무도회에 가려고 치장이라도 하는 것처럼 화려한 핑크색이 펼

처졌다. 오로라를 휘감듯이 파도가 무지개색으로 빛나면서 물가에서 살랑거렸다.

지금 같으면 모두에게 사실을 얘기할 수 있을지도 모른다. 이렇게까지 나를 받아주고 있다. 더 이상 숨기는 것도 지긋지긋하다. 아무에게도 말하지 못한 비밀을 필사적으로 안고 등을 구부리고 있는 내가 부끄러워졌다.

용기를 내서 뒤에 걷고 있는 꽉치 씨와 사미에게도 들리도록 평소보다 소리를 높였다.

"실은요, 저. 버려진 아이였어요."

또박또박 말을 하는 순간, 지금까지 마음의 상자에 눌러두었던 이런저런 감정이 와르르 밖으로 쏟아져 나와, 갑자기 폭우가 쏟아진 산골짜기의 물처럼 나를 삼키려고 했다. 버려진 아이라는 사실을 도저히 받아들이지 못한 어린 내가 얼굴을 오만상 찡그리고 울부짖고 있다. 나는 굳이 냉정하게 얘기를 시작했다. 마치 내가 아닌 다른 누군가의 인생을 얘기하듯이.

"태어난 지 얼마 안 된 아기를 교회 입구에 버리고 갔대요. 그래서 진짜 생일은 오늘이 아닐지도 몰라요."

거기까지 얘기하니 감정이 마구 날뛰었다. 괴롭고 고통스러워서 숨을 쉴 수 없을 정도였다. 잠시만 참아, 얌전하게 있어 줘, 나는 또 다른 나에게 타일렀다. 오늘은 절대로 울지 않기로 마음먹었다. 여기서 울면 지는 거니까. 내가 내 마음과 싸우는 동안에도 선생님, 꽉치 씨, 사미가 물끄러미 지켜봐 주었다. 이 사람들이라면 귀를 막지 않고 마지막까지 얘기를 들어줄 것이다. 나는 계속했다.

"두 살까지는 유아원에 있었고, 그 후로는 시설에서 자랐어요. 그리고 초등학교 4학년 때 양부모님에게 입양됐어요. 양부모님은 친딸을 바다에서 사고로 잃어서……. 그래서 저도 바다에는 절대 가까이 가지 못하게 했어요. 나중에는 그 아이처럼 발레를 배워야 했는데 그게 어찌나 싫던지요. 그것뿐만 아니라 뭐든 죽은 딸의 복제품 같았어요. 친딸과 다른 행동을 하면 그 아이는 그러지 않았는데, 하고 금방 우세요. 그게 언제나 얼마나 괴로웠는지, 나는 나인데……."

바다를 앞에 두니 신기하게도 얘기가 술술 나왔다. 어쩌면 줄곧 모두에게 이 얘기를 들려주고 싶었을지도 모른다. 세 사람은 그저 묵묵히 내 얘기에 귀를 기울였다. 내 말에 동의도, 부정도 하지 않고.

"열다섯 살 때 겨우 좋아하는 사람이 생겼어요. 그때는 얼마나 기뻤는지 엄한 양부모님 눈을 피해 몰래 영화를 보러 가기도 하고, 외박도 하고, 처음으로 자유란 게 이런 거구나, 싶더군요. 그래서 열여덟 살 때 양부모님 집을 나와서 그와 함께 살기 시작했어요. 둘 다 바로 아기를 원했지만 생기지 않았어요. 그런데 그가 어느 날 갑자기 사라진 거예요. 미칠 뻔했죠. 난 인생에서 두 번이나 버림받은 사람이 됐어요."

마무리를 어떻게 해야 할지 몰라서 마지막에는 일부러 밝은 말투를 했다. 아까까지 시끄럽던 바다는 잠든 듯이 고요했다. 하늘이 부드럽게 바다를 내려다보고 있다. 바다와 하늘은 이렇게 언제나 서로를 바라보고 있는데, 절대 만날 수 없다니 너무 가엾다.

"뭔가 있구나 싶긴 했지만."

묵묵히 내 얘기를 듣고 있던 선생님이 바다 저편을 바라보며 나직한 목소리로 중얼거렸다. 묶었던 머리칼을 풀어서 흰머리가 섞인 긴 머리칼이 살랑살랑 바람에 나부꼈다.

좀 전까지 함께 얘기를 들어준 사미와 곽치 씨는 지금은 우리한테서 조금 떨어진 곳에서 나무막대기를 던지며 놀고 있다. 나와 선생님 둘이서만 얘기할 수 있도록 배려하는 것이리라. 추프도 츠루카메 해변으로 돌아왔는지, 짖는 소리가 바람을 타고 들려왔다.

선생님은 조용히 걷기 시작했다. 그 등을 따라 곶이 있는 쪽까지 가자, 해변에는 신기한 색과 모양을 한 오브제 같은 거대한 돌들이 아무렇게나 뒹굴고 있었다.

"마리아는 이 세상에 태어나서 기뻐?"

선생님은 발밑에서 모양이 특이한 조개껍데기를 주우면서 불쑥 물었다. 그 질문에 나는 바로 대답하지 못했다. 어릴 때는 괴로운 일이 너무 많았다. 내 인생을 돌아보면 모든 것을 긍정할 마음은 도저히 들지 않았다.

"나는 버려진 아이여서 엄마가 없다는 사실이 너무 슬펐어요."

솔직한 감상이었다. 그랬더니 선생님은 내 눈을 힘주어 바라보았다.

"없는 게 아니잖아! 마리아에게도 배꼽이 있지? 그건 누군가가 마리아를 낳았다는 증거야. 열 달 동안 마리아가 어머니 배 속에서 보호받았다는 증거라고. 어머니는 아픈 것도 참고 죽을힘을 다해서 낳으셨을 거야. 아프지 않은 출산은 절대로 없으니까. 게다가 마리아도 스스로 태어났잖아. 어머니의 좁은 골반에 자기 머리를 비틀어 넣고 마리아의 의지로 회전하면서 필사적으로 태어났을 거야."

"하지만 모르잖아요. 제왕절개일지도 모르고, 무통분만일지도 모르고……."

초점이 어긋났다고 생각했지만, 무심결에 반발했다.

"뭐. 하지만 어머니한테도 도저히 키울 수 없는 사정이 있지 않았을까?"

"그래도 저는 갓 태어난 아기를 버리는 부모의 마음 같은 건 절대 이해할 수 없어요. 선생님은 키울 수 없는 사정이 있었을지도 모른다고 하지만, 임신을 알았을 때는 지울 수 없는 상황이어서 할 수 없이 낳아서 버린 건지도 모르잖아요."

얘기를 하는 동안 용암 같은 분노가 치밀어 올라 내 몸을 뚫고 나왔다. 지금까지 이렇게도 거대한 감정을 마음 어디에다 가둬놓고 살아온 것일까. 분노가 점점 팽창했다. 여태 참고 있었는데 닭똥 같은 눈물이 양쪽 뺨을 타고 주르륵 흘러내렸다. 나는 주먹을 꽉 쥐었다.

"그렇지만 마리아는 자전거 바구니 속이나 화장실에 버려진 게 아니지? 교회 지붕 아래 버려졌다면서. 착한 사람들이 있을 것 같은 장소를 생각하다 감기 걸리지 않도록 조금이라도 따뜻해 보이는 장소를 찾은 거지. 그것만으로도 마리아의 어머니는 아주 좋은 사람이었을 것 같아. 전에도 얘기했을지 모르지만, 태어나기 전에 이름도 없는 채 죽는 아이들이 얼마나 많은데."

"하지만."

쏟아지는 눈물이 멎기를 기다렸다.

"엄마를 모른다는 것은 엄마가 없다는 것과 마찬가지잖아요!"

이젠 선생님에게 화를 내는 건지, 나를 버린 얼굴도 모르는 엄마에게 화를 내는 건지 알 수 없었다. 내가 한바탕 울다 그치기를 기다린 뒤 선생님은 말을 이었다.

"그건 그럴지도 모르겠네. 그렇지만 마리아가 어머니 배 속에 있는 동안 혹시 중절했더라면 이렇게 아름다운 노을도 보지 못했을 거야. 맛있는 밥도 먹지 못하고. 게다가 나도 만나지 못했을 거 아냐. 그러니까 나는 마리아를 낳아준 어머니한테 몹시 감사하고 있어. 마리아를 키워주지 못했으니 어머니로서는 실격일지도 모르지만, 그래도 나는 감사해. 추운 날에 무사히 아기인 마리아를 발견해준 사람이 있고, 유아원에서 기저귀를 갈아준 사람이 있고, 학교에 보내준 양부모님이 있었어. 또 사랑하는 사람을 만나 그 사람과 연애하고 가정을 갖고 부부도 되고, 지금 마리아한테는 그 사람과의 아기가 있잖아? 그건 정말로 행운이야. 마리아는 행복한 사람이야. 아주 조금만 타이밍이 어긋났더라도 그렇게 되지 못했을 거야. 아이를 갖는다는 것은 정말로 신비로워서 기적이라고밖에 할 수 없다니까."

"그렇지만 아무리 남이 보기에 행운이라 해도 저는 살아오는 내내 괴롭고 슬펐어요. 누구한테도 따뜻하게 안겨보지 못했다고요!"

"남편한테도?"

147

"그건 아니지만 의미가 달라요. 제가 하는 말은 엄마, 그리고 양부모예요······."

거기까지 말하고는 더 이상 참을 수 없어서 아이처럼 울음을 터트렸다. 사실은 안자이 부부의 양딸이 됐을 때 기뻤다. 드디어 누군가에게 안길 수 있겠다고 생각했다. 많은 사람 중 한 명이 아니라, 나만을 안아줄 수 있는 내 편이라고 생각했다. 그러나 양부모님은 언제나 죽은 딸의 대용품으로밖에 나를 보지 않았다. 아무리 힘들 때도 나를 안아주려고 하지 않았다.

"자식은 어찌 됐든 부모를 선택하지 못하는걸요. 좋은 부모를 만나면 행운이지만 나쁜 부모를 만나면 평생 고생하죠. 너무 불공평해요. 전 무슨 나쁜 짓을 했을까요. 벌을 받아서 이런 일을 당하고 있는 거겠죠?"

수습이 안 되는 감정 때문에 서 있는 것조차 힘이 들어서 그 자리에 주저앉았다. 마침 큰 파도가 밀려와서 내 발밑을 적시고 갔다. 문득 옆구리가 뒤틀리는 듯한 느낌이 들었다.

보다 못했는지 선생님도 내 옆에 주저앉았다. 개의치 않고 얼굴을 가린 채 엉엉 울었다.

"어차피 선생님은 제 괴로움 따위 모르실 거예요. 선생님은 사랑받으며 자라서 하고 싶은 일도 다 이루셨잖아요. 저도 선생님처럼 강하게 살고 싶어요. 꽉치 씨처럼 야무지고 긍정적인 사람이 되고 싶어요. 언제나 마이페이스인 사미도 부러워요. 제일 불행한 사람은 나뿐이에요!"

반쯤 자포자기였다. 이런 나를 선생님이 미워한다면 차라리 실컷 미움이라도 받고 싶었다. 그래도 선생님은 내 등을 계속 쓰다듬어주었다.

"마리아, 내가 그렇게 강해 보이니? 게다가 꽉치도? 있지, 꽉치가 왜 언제나 아오자이를 입고 있는지 알아?"

선생님은 느닷없이 질문을 던졌다. 한 번도 깊이 생각해본 적이 없었다. 선뜻 베트남 사람이니까, 라는 대답은 하지 못했다.

"사미도 저렇게 자유롭게 자신을 드러낼 때까지 많은 시간이 걸렸어."

문득 고개를 드니 꽉치 씨와 사미가 이번에는 술래잡기하며 놀고 있었다. 추프도 가세해서 서로 장난을 쳤다. 꺄악꺄악 하고 신난 꽉치 씨의 아름다운 아오자이 자락이 노을에 녹는 것 같았다. 그 모습을 멀리서 보고 있으니 조금쯤 흥분이 가라앉았다.

"나도 걸핏하면 끙끙거리며 고민하고, 성질 급하고, 겁도 많아."

"전혀 그렇게 보이지 않는데요. 선생님은 언제나 긍정적인 분이고, 뭐든 할 수 있는 완벽한 분이잖아요."

언제나 느끼고 있던 것을 말했다. 그러자 선생님은 갑자기 깔깔깔 웃어댔다.

"마리아는 나를 너무 과대평가한다니까. 내가 뭐든 잘하는 것처럼 보인다면 그건 너희보다 오래 살았기 때문이야. 실패한 경험이 무진장 많거든. 게다가 그렇게 느낀 것은 내가 누군가와 함께 있어서가 아닐까? 사람은 혼자 있을 때보다 누군가와 함께일 때 더 나은 사람이 되거든. 그 사람이 좋으면 점점 호감을 사고 싶다고 생각하니까. 그래서 아마 나도 너희들과 있을 때는 평소의 나보다 수준을 높이는 걸 거야."

"그렇게 단순한 게 아니라……."

그러나 확실히 나도 오노데라와 살던 시절에는 쓰레기 분리수거 같은 건 제대로 한 것 같다. 너무 수준 차이가 나서 부끄럽지만.

"뭐, 살다 보면 여러 가지 일이 있겠지만."

선생님은 소녀처럼 발딱 일어났다. 나 때문에 선생님 슬리퍼가 완전히 흙투성이가 됐다.

"지금 이렇게 모두가 살아 있다는 것이 멋진 게 아닐까? 마리아도 그렇고. 지금 여기 있다는 자체가 말이야."

우는 데도 지쳐서 나도 그만 일어섰다. 한동안 둘이 철썩거리는 파도 소리를 듣고 있다가, 선생님은 천천히 실을 잣는 듯 부드러운 목소리로 말했다.

"마리아, 앞으로 아주 많이 행복해야지."

"이런 저도요?"

"이런이라니?"

"그러니까, 저는 쓰레기였으니까요. 버려진 아이라는 건 쓰레기라는……."

그렇게 말하려 했을 때 선생님의 손이 번쩍 올라왔다. 순간 따귀를 때리는 줄 알았다. 반사적으로 피하려고 하는 순간, 바로 귓가에서 선생님의 목소리가 들렸다.

"마리아, 태어나주어서 정말 고마워."

정신을 차리고 보니 내 몸이 선생님 품에 안겨 있었다.

태어나주어서 고맙다니, 처음 들었다. 또 눈물이 쏟아졌다. 그러나 지금의 것은 기쁨의 눈물이다.

선생님의 품속은 부드럽고 따뜻했다. 오노데라에게 안겼을 때와는 뭔가가 다르다. 말랑말랑한 젤리에 감싸여 있는 것 같았다. 아주, 아주 편안했다.

"저도 선생님한테 엄마라고 불러도 돼요?"

안긴 채 울먹이는 소리로 선생님에게 물었다.

"당연하지. 마음대로 불러."

"고맙습니다."

그렇게 말했을 때, 또 옆구리에서 밸밸 뒤틀리는 듯한 감각이 있었다. 아까보다 또렷하게. 엉겁결에 앗 하고 소리쳤다.

"왜 그래?"

선생님이 깜짝 놀란 얼굴로 나를 보았다.

"지금 배 속의 아기가 움직였어요!"

큰 소리로 말하자 저쪽에서 꽉치 씨와 사미도 달려왔다. 놀라움과 기쁨으로 어떻게 돼버릴 것 같았다. 중력을 잊고 몸이 허공에 붕 떠 있는 것 같은 신기한 느낌이었다. 무슨 일이 일어났는가 하고 추프도 흥미진진한 표정으로 달려왔다. 내 배는 눈 깜짝할 사이에 모두의 손바닥으로 가득해졌다.

"정말이네, 움직이고 있어!"

"나 임산부 배 처음 만져봤어!"

"마리아가 외톨이다, 외톨이다, 하니까 여기에 아들도 있어요, 하고 엄마 배를 찼구나."

"예? 아들?"

"아니, 그냥 말하자면 그렇다고."

선생님이 당황해하며 아들 발언을 취소했다. 츠루카메 조산원에서는 아기가 태어나는 순간까지 아이의 성별은 가르쳐주지 않게 되어 있다. 그래서 나도 아이의 성별은 모른다. 선생님 말에 혹시, 했지만, 지금은 무사히 태어나주기만 한다면 어느 쪽이든 좋다.

"아, 언젠가 나도 바다에서 수영해보고 싶다!"

두 팔을 높이 올려 기지개를 켜면서 저 너머 수평선을 향해 소리쳤다. 어쩌면 나는 죽어서도 안자이 부부의 절대적인 사랑을 받았던 딸을 질투할지도 모른다. 내가 있는데 어째서 두 사람은 친딸 얘기만 하는지, 사는 내내 그 아이를 질투했었다.

하늘에는 벌써 해가 지고 있다. 선생님의 오른쪽 어깨 위로 하얀 달이 보였다. 오늘 달은 웃고 있다. 빙그레. 해먹처럼 입을 양옆으로 크게 벌리고. 양쪽 뺨에 선명하게 생긴 보조개까지 보이는 것 같았다.

그러나 생일 사건은 계속됐다.

안채로 돌아가는 길을 걷고 있을 때, 부모님과 설을 보내야 해서 짐을 꾸려야 한다는 사미에게 무심코 말했다.

"좋겠네, 집이 있는 사람은. 속상한 일이 있어도 결국 돌아갈 곳이 있어서."

정말로 아무 뜻 없이 한 말이었다. 내 속내를 털어놓은 뒤여서 갑자기 마음이 편해진 까닭일지도 모르겠다. 그런데 사미는 민감하게 반응했다.

"뭐야, 그 말? 그 살짝 빈정거리는 말투."

평소 실실거리고 다니는 사미가 전에 없이 진지한 얼굴로 시비를 걸었다.

"빈정거린 거 아냐, 진심이야. 버려진 아이인 나한테는 이 몸 밖에 돌아갈 곳이 없거든."

더 이상 사미의 기분을 거스르지 않기를 기도하면서 나는 내 입장을 조심스럽게 얘기했다. 그러나 그것이 오히려 역효과였다.

"버려진 아이, 버려진 아이, 그런 것 자랑하지 마."

"자랑이라니?"

"아니, 자랑이야. 마리린은 그 사실에 매달려 살아간다고나 할까, 마치 그걸 정체성으로 내세우는 것처럼 보여."

그러자 팍치 씨가 끼어들었다.

"사미, 그런 말이 아니잖아."

선생님도 우리 대화를 들었을 텐데 아무 말도 하지 않고 추프와 놀고 있다. 추프와 선생님은 서로 마주 보며 마치 둘밖에 모르는 말로 수다를 떠는 것 같았다. 그런 한가로운 모습과는 반대로 우리의 말싸움은 점점 격렬해져만 갔다.

"언제나 혼자만 힘든 것 같은 얼굴을 하고 다니는 게 열받는다고."

"그렇게 생각한 적 없었는데."

"없어도 마리린은 그게 태도로 나온단 말이야."

"얼굴이 어두운 건 선천적인 거니까 어쩔 수 없잖아. 어째서 그런 걸로 화를 내는 거야? 사미는 좋은 집 자식이고, 부모님도 다 계시고, 부모님과 사이가 좋아서 부럽다고 말하는 게 뭐가 나빠? 게다가 실제로 사미는 부모님에게 특별한 사랑을 받고 있잖아."

그렇지 않다면 이제 곧 30대가 되는 아들을 굳이 멀리서부터 데리러 오지 않을 것이다. 하지만 사미의 목소리는 점점 거칠어졌다.

"선천적인 얼굴로 뭐라고 하는 게 아니야. 그리고 돌아가고 싶어서 돌아가는 것도 아니고."

"그럼 돌아가지 않으면 되잖아."

"그럴 수가 없단 말이야!"

그러는 동안 사미는 뭐가 그렇게 분한지 얼굴이 시뻘개져서 울음을 터트렸다.

"바보 아냐, 남자가 징징 짜고. 도데티엔!"

이번에는 꽉치 씨가 받아쳤다. 마지막에 뱉은 베트남어는 의미를 알 수 없었지만, 좋은 말이 아닌 것은 꽉치 씨의 서슬로 충분히 전해졌다. 꽉치 씨는 마음이 진정되지 않는지 계속 퍼부었다.

"너야말로 여행자라면 빨리 세계 일주 여행이나 떠나면 될 거 아냐? 여권도 없는 주제에. 그냥 자칭 여행자일 뿐이잖아."

"어머, 정말 여권이 없어?"

내가 놀라서 큰 소리로 말했다.

"시끄러워!"

사미가 비명을 지르듯이 고함쳤다.

"뭐야, 언제나 나만 빼놓고! 츠야코 씨 일도 그래."

거기까지 말하다 사미는 흘러내리는 콧물을 힘껏 들이켰다. 코밑이 아직 반짝거렸다. 그래도 사미는 계속했다.

"츠야코 씨 일, 내가 아무것도 눈치채지 못한 줄 알았어?"

갑자기 츠야코 씨가 화제에 올라 나도 팍치 씨도 아무 말도 못 하고 있는데, 선생님이 그제야 개입했다.

"사미, 그건 오해야. 내가 설명하지 않아서 그래."

"엄마는 가만히 있어요!"

사미가 얼굴이 시뻘개져서 소리쳤다. 그리고 이번에는 팍치 씨의 요리에까지 불평하기 시작했다.

"뭐든지 고수를 많이 넣는다고 맛있는 게 아니라고!"

사미가 강한 어조로 따지자, "나는 다들 좋아하는 줄 알고……"라며 팍치 씨까지 울상이 됐다. 나도 울고 싶어졌다. 이제 도저히 수습되지 않는다.

지치기도 했고 귀찮기도 해서 어쩔 줄 모르고 있는데, "어이, 다들. 미안하지만 난 추워서 그만 갈란다. 너희들 모처럼 기회니까 끝까지 한번 싸워보지? 가끔은 화끈하게 의견을 주고받는 것도 좋아" 하더니 선생님은 태평스럽게 추프를 데리고 바로 트리 하우스로 돌아가 버렸다.

믿을 수 없게도 우리 셋의 대화랄까 언쟁은 결국 새벽까지 계속됐다. 도중에 사미의 거주지인 동굴 안으로 이동해서 배가 고파 컵라면까지 먹으면서.

그래도 사미의 분노는 사그라질 줄 몰랐고, 남녀로 나뉜 말싸움은 결국 평행선인 채였다. 마지막에는 세 사람 다 녹초가 되어 새해 복 많이 받아, 하는 형식적인 인사를 나누고 나와 팍치 씨는 사미의 동굴을 뒤로했다.

다음 날, 사미와는 얼굴을 마주치지 않았다. 사미는 누구와도 말을 섞지 않은 채 그대로 배를 타고 본가로 돌아가고, 나와 팍치 씨만 츠루카메 조산원에 남았다. 잘 생각해보면 그 나이의 아들을 굳이 데리러 오다니, 뭔가 사정이 있는 게 분명하다. 사미도 매우 괴로울지 모른다. 뭐라고 표현할 수 없는 답답한 마음이 언제까지고 내 가슴을 지배했다.

연말은 마침 사리에 해당한다. 막달에 들어선 30대 임산부 오카 씨를 위해 언제든 대처할 수 있도록 조금의 준비를 하는 것 외에는, 입원 중인 모자도 없어서 조산원은 정말로 조용했다. 아마 그 고요함에는 사미가 없다는 것이 큰 몫을 차지한 듯하다. 속이 후련하기도 하고, 허전하기도 했다.

설날 아침에는 선생님이 떡국을 끓여주었다.

"너무 간단해서 미안하다."

선생님의 말은 진짜였다. 겉으로 보기에도 간단하기 그지없는 떡국이 나왔다. 구운 떡 아래로 사방 2센티미터의 다시마가 깔려 있고, 떡 위에 가다랑어포가 뿌려져 있다. 아마 육수를 낸게 아니라 그냥 뜨거운 물을 부은 것이리라. 닭고기도 파드득나물도 어묵도 없다. 그런데 은근히 맛있다. 평소에는 그릇장 구석에 모셔두는 칠기 그릇에다 먹어서인지 설날 기분이 고조됐다.

"우리 집은 찢어지게 가난해서 설날에도 이런 것밖에 못 먹었어. 그런데 지금까지도 설날 떡국은 이런 게 아니면 마음이 개운치 않아."

선생님은 행복한 듯이 국물을 들이마셨다.

"그러고 보니 선생님은 어디 출신이세요?"

남쪽 섬에 완전히 익숙해 보여서 섬사람이라는 착각이 들지만, 사실은 그렇지 않았다.

"한참 북쪽이야. 어릴 때 춥고 가난하게 살아서, 늘 더 따뜻한 곳으로 가겠다고 생각하다 보니 이런 남쪽 섬까지 와버렸네."

마치 먼 고향의 경치를 바라보는 듯한 표정이다. 그리고 여전히 온화한 미소를 지은 채로, "우리 부모님은 둘 다 자살했어"라는 말을 태연히 했다. 꽉치 씨가 그 사실을 알고 있었는지 어쩐지는 모르겠다. 우리 둘 다 아무 말도 하지 못하고 몇 초간 침묵이 흘렀다. 선생님은 말을 이었다.

"그래서 나는 꼭 생명에 관련된 일을 하고 싶었어. 나를 두고 가버린 부모에게 복수를 하고 싶었던 걸까. 그런데 의사가 되는 건 여러 가지 이유로 무리여서 간호사가 됐지. 자식을 두고 죽다니 진짜 최악 아냐? 츠루카메 조산원을 세계 최고로 쾌적한 곳으로 만들고 싶은 이유도 엄마들을 위해서라기보다는 그 아이들의 미래를 위해서야. 엄마가 기분 좋은 출산을 해서 '아, 이 아이를 낳아서 행복해' 하고 느껴준다면 그것만으로 아이의 장래는 행복할 테니까. 세상에는 부모의 스트레스 배설구로 폭력을 당하는 아이가 많아. 그런데 아이러니한 것은 말이야, 만약 내게 부모가 있었더라면 나는 조산사가 되지 않았을 테고, 츠루카메 조산원도 탄생하지 않았을 거야. 그래서 난 그런 부모에게도 지금은 감사하고 있어."

"죄송해요."

나는 갑자기 부끄러워졌다.

모두 그렇게 아픈 줄은 몰랐다. 나만 힘들다고 믿고 응석을 부렸다. 그때 사미가 말한 대로다. 사미에게도 심한 말을 해버렸다. 팍치 씨는 테이블에 얼굴을 묻은 채 어깨를 떨고 있다.

"사미처럼 부모가 살아 있어도 고생하고, 마리아처럼 부모를 몰라도 고생하고, 팍치처럼 부모를 사고로 잃어도 고생하고, 나처럼 부모가 사라져도 고생해. 대체 뭘까, 가족이란 거. 가족은 끈이기도 하지만, 속박이기도 하지. 그러나 우리는 피는 흐르지 않지만, 마음의 형제나 자매를 만날 수 있었잖아. 그러니 신은 공평하게 준 게 아닐까. 게다가 그 덕분에 우리는 지금 여기서 아기의 탄생에 관련된 신성한 일을 할 수 있잖아!"

선생님은 그릇에 남은 국물을 단숨에 비웠다.

"정월 초하루부터 우울한 얘기를 해서 미안하네. 좋아, 기분 전환 삼아 온천에 가자. 오카 씨네 아기는 아직 태어날 것 같지 않으니."

"바닷가 노천온천이요?"

줄곧 고개를 숙이고 있던 팍치 씨가 벌떡 일어나더니 눈을 반짝거렸다. 양쪽 뺨에 눈물 자국이 선으로 남아 있다.

"바닷가 노천온천?"

"그렇구나. 마리아는 아직 가본 적이 없지. 눈앞에 바다가 펼쳐져 있어서 아주 기분 좋아! 그런데 또 우리만 간 걸 알면 사미가 왕따시켰다고 난리 칠지도 모르겠네. 비밀로 해야 해."

선생님이 혀를 날름 내밀었다. 이런 식으로 씩씩하게 분위기를 전환하는 선생님은 정말 대단하다.

"세 명분의 수건 갖고 오겠습니다!"

팍치 씨는 타다다닥 닌자처럼 빠른 걸음으로 2층까지 뛰어 올라갔다.

즉시 선생님이 운전하는 차로 바닷가 노천온천으로 향했다.

"남쪽 섬사람들은 오히려 추위를 많이 타서 겨울에는 노천 온천 같은 데 들어가지 않아. 이럴 때 노천온천에 들어가는 건 육지 출신뿐이지."

주차장에 차를 세우면서 선생님이 가르쳐주었다. 어느 섬에서나 그렇겠지만, 원래 섬에서 태어난 사람들과 타지에서 이주해온 사람 사이에는 확실한 선이 있다. 설령 그 섬에 30년, 40년 살았다 해도 역시 육지 사람은 육지 사람이라고 언젠가 선생님이 얘기했었다. 그런데 내 이 아이는 어떻게 되는 걸까? 육지 출신의 엄마여도 섬에서 태어나면 섬사람으로 인정받는 걸까?

그런 생각을 하면서 탈의실에서 옷을 벗어 옷장에 넣었다. 열쇠를 잠근 뒤 문득 궁금해져서 전신 거울 앞에 서 보았다. 지금의 나는 마치 역사 교과서에 실린 토우 같다. 이제 곧 6개월이 되는 배는 누가 봐도 알 만큼 확실히 부풀었다. 새삼스럽게 보니 체모도 짙어지고 배 아랫부분에는 키위처럼 까슬까슬한 털이 났다. 이것은 임신하면 여성호르몬뿐만 아니라 남성호르몬의 분비도 늘어나기 때문이다. 출산이 끝나면 아무 일도 없었던 것처럼 원래대로 돌아간다고 한다. 그리고 태운 것처럼 새까만 두 개의 유두. 아기에게 젖 먹는 곳을 알기 쉽게 하도록 색이 짙어진다고는 들었지만, 설마 이렇게 까매질 줄이야. 츠루카메 조산원에 있는 목욕탕은 어두컴컴해서 지금까지 깨닫지 못했는데 새삼 놀랐다.

내 몸인데도 보고 있는 것이 무서워서 서둘러 욕조 쪽으로 이동했다. 먼저 온 손님이 없어서 우리끼리 통째로 대여한 것이나 다름없었다.

높은 지대에 있는 노천탕이어서 멀리 바다가 한눈에 보였다. 츠루카메 해변에서 바라보는 바다와는 또 달랐다. 새까만 공단 같은 바다가 한없이 이어졌다. 파도가 거친데도 서핑하는 사람들이 있었다.

제일 먼저 탕에 들어가 몸을 담그고 있으니, "추워, 추워" 하고 덜덜 떠는 목소리로 호들갑을 떨며 선생님이 총총걸음으로 들어왔다. 몸에 뜨거운 물을 끼얹어 가볍게 씻고 곧장 욕조로 뛰어들었다. 수면이 흔들리며 파도가 일어나고 내 몸도 함께 흔들렸다. 그 바람에 입속으로 뜨거운 물이 들어갔다. 남쪽 섬의 온천은 은은한 소금 맛으로 마치 다시마 육수 같은 맛이 났다.

선생님이란 사람은……. 사미에게 물총으로 비터멜론 주스를 쏘기도 하고, 지금처럼 욕탕에 첨벙 뛰어들기도 하고, 가끔 개구쟁이 같은 짓을 예사로 한다. 그것도 엄청나게 진지하게. 내게는 아이답게 천진난만하게 놀았던 기억이 거의 없다. 시설의 정원에서 그네 타기나 모래놀이할 때도 머리 한쪽 구석에는 오늘 제대로 식사를 할 수 있을까, 용돈은 부족하지 않을까 등을 어른처럼 생각해야 했다. 하지만 선생님을 보고 있으면 아직 늦지 않았다는 용기가 생긴다.

"정말로 여기가 남쪽 섬이에요? 꼭 동해 같아요."

팍치 씨도 추운 듯이 몸을 움츠리면서 욕탕으로 들어왔다. 그때 그의 왼쪽 손목에 할퀸 자국 같은 무수한 선을 발견했다. 무심결에 시선을 피했다. 봐서는 안 될 것을 본 것 같았다. 나는 물론 지금까지 힘든 일이 많았지만, 자해를 한 적은 한 번도 없다. 그러나 팍치 씨는 아니었다. 그가 어떤 마음으로 자해했을지를 감히 상상해보니, 마치 내 손목에 차가운 칼날이 닿는 것처럼 소름이 끼쳤다. 나만 특별한 게 아니다. 누구나 마음속 어딘가에 상처를 안고 살고 있다.

바다에서 불어오는 차가운 바람에 몸이 움츠러들었다. 올려다보니 묵직해 보이는 구름이 하늘을 가득 덮고 있다. 남쪽 섬에 기분 좋은 바람이 부는 것은 이런 흐린 날이 있기 때문이다. 화창한 푸른 하늘은, 이전에 많은 비가 내렸다는 증거다.

오른쪽에서부터 나, 선생님, 팍치 씨 순서로 바다 쪽을 향해 욕탕 가장자리에 양손을 포개고 몸을 쭉 뻗었다. 뒤에서 보면 완벽한 내 천(川) 자다. 둥실둥실 각각의 엉덩이가 복숭아처럼 떠 있다. 바람이 차서 물속에 몸을 푹 담그지 않으면 금세 추워진다.

한참 동안 셋이 바다를 보고 있는데 옆에서 선생님 목소리가 들렸다.

"난 왠지 기분이 구질구질하다 싶을 때는 여기 혼자 와서 노래를 불러."

"어떤 노래요?"

내가 물었더니, "그건 비밀이야. 그때그때 즉흥이지, 뭐. 그렇지만 후렴 부분은 정해져 있어" 하고 말하고는 느닷없이 "카메코는 귀여워, 카메코는 훌륭해" 하고 큰 소리로 노래를 불렀다.

비밀이라고 하더니 선생님은 노래 일부를 공개했다. 엉터리 멜로디인데 전혀 개의치 않고 당당하게 불렀다. 그리고 이번에는 '카메코'를 '마리아'와 '팍치'로 바꿔서, 똑같이 노래를 불러주었다. 도중부터 나도 팍치 씨도 함께 흥얼거렸다.

가벼운 장난인데 소리 내어 노래를 부르고 있으니 오리지

널 응원가 같아서 서서히 감정의 꽃이 피어올랐다. 마지막까지 다 불렀을 무렵에는 마음속에 색색의 아름다운 꽃다발이 완성됐다.

"선생님."

잠시 후, 파도치는 바다를 바라보며 말했다.

"저, 정말로 엄마가 될 수 있을까요? 엄마란 어떤 느낌인지 전혀 모르는걸요. 이따금 이 아이가 불쌍할 때가 있어요. 사람은 사랑받는 기쁨을 알기에 누군가를 사랑할 수 있는 거잖아요? 저는 사랑받은 경험이 있는지 없는지 잘 모르겠어요. 이런 제가 엄마인데 과연 아이가 행복할 수 있을까요?"

거짓 없는 솔직한 기분이었다. 브이 자를 그리며, '까짓거 좋아, 낳자! 키우자!' 하고 백퍼센트 긍정적인 마음이 될 때도 있는가 하면, 엄마의 사랑을 모르고 자란 내가 혼자 아이를 키우다니 절대로 무리야, 하고 풀이 죽을 때도 있다. 올라갔다 내려갔다 하는 시소 게임처럼 시시각각으로 마음이 흔들린다. 그러나 내가 아무리 당혹스러워하며 보류 버튼을 누르고 있는 기분일지라도, 내 마음과 관계없이 배는 하루하루 불러갔다. 단 하루 동안에도 아침보다 밤에 더 커진 것을 확실히 알 수 있었다. 꼭 시한폭탄을 장치해둔 것 같아서 때때로 몹시 무서워지고, 도망치고 싶어진다. 그래도 배 속의 아이는 내 몸에 붙어 있으니 어쩔 도리가 없을 것이다.

"아기도 그렇게 간단히 엄마가 되게 해주진 않아."

선생님은 멀리 수평선을 바라보고 있었다.

"지금 마리아는 배 속 아기에게 테스트받는 중이지 않을까? 흔히 여성은 출산함과 동시에 몸이 제로 상태로 되돌아간다고들 하는데, 그렇지 않아. 출산까지 이르는 과정에서 조금씩 쓸데없는 것을 깨닫기도 하면서 제로 상태로 돌아가는 거야. 낳는 것이 중요한 게 아니라 낳기까지의 과정이 중요해."

선생님의 말이 가슴에 저릿저릿하게 울려왔다.

그 옆에 있던 꽉치 씨도 마찬가지로 수평선을 바라보고 있다가, 문득 선생님의 머리 너머로 내 쪽을 돌아보았다. 어딘가 멀리서 갈매기가 안타까운 소리를 내고 있었다.

"어떤 엄마든 불안과 고민은 있을 테지."

꽉치 씨가 갈매기 울음소리가 멎기를 기다렸다가 말했다. 그의 목소리가 평소보다 부드러웠다.

"마리린이 무서워하는 것은 어떤 의미에선 당연해. 나도 경험이 없어서 잘 모르겠지만."

"맞아, 맞아. 출산이란 건 아무도 모르는 거야. 산부인과 의사 선생님도, 나 같은 조산사도, 그리고 임산부 본인도. 출산을 백퍼센트 알고 있는 사람은 없어. 신비로운 미지의 세계, 그것이 출산이거든. 그래서 누구나가 다 고민하고 헤매고 고생하는 거야. 단 한 가지, 모든 사람에게 똑같이 할 수 있는 말은, 모두 엄마 배 속에서 산도를 타고 세상에 나왔다는 거지. 유감스럽게도 그 사실을 기억하는 사람은 좀처럼 없지만."

선생님도 조용한 목소리로 속삭였다.

두 사람의 얘기를 들으면서 욕탕 가장자리에 머리를 올린 채 천장을 보고 누웠다. 아기가 추워하지 않도록 배까지 물에 담갔다. 지난 연말 생일 이후로 종종 태동을 느낀다. 가끔 느닷없이 휘릭 움직여서 그때마다 깜짝 놀란다. 하지만 지금은 자는지 얌전하다.

'결국 이 아이를 낳을 수 있는 것은 나밖에 없다는 걸까.'

밸런스볼처럼 탄탄하게 부푼 배를 보고 있으니 이제 도망칠 수 없구나, 하는 생각이 들었다. 그러나 부정적인 방향이 아니라 긍정적인 쪽이었다. 선생님이 언젠가 자기는 여자의 사타구니를 들여다보는 인생에서 벗어날 수 없다고 말했듯이, 나는 이 아이의 엄마라는 운명에서 벗어날 수 없다. 도망치는 것도 쫓아가는 것도 이제 지긋지긋하다. 그러니까 이 현실을 두 손으로 꽉 잡을 것이다. 그리고 이 아이에게는 오노데라에게 해주지 못한 것을 실컷 해주고 싶다. 이렇게 나를 엄마로 선택해서 와주었으니.

하늘을 올려다보며 이런저런 생각을 하고 있는데, 그러고 보니, 하고 곽치 씨가 무슨 생각을 떠올렸는지 쿡쿡 웃었다.

"지금 섬사람들 사이에, 마리린 소문났어."

"엉? 내가 왜?"

이따금 길을 걷다가 마을 사람들과 스쳐 지나도 인사 외에는 말을 걸어오는 일이 없었다. 아침 모임에서 매일 얼굴을 마주치는 사람은 있어도 아직 그렇게 지인이라 할 만한 사람도 없다. 내 이름을 아는 사람도 극히 소수에 지나지 않을 것이다. 어떤 이야기인지 궁금해하며 다음 말을 기다렸다.

"배가 눈에 띄게 불렀잖아. 애 아빠는 역시 사미가 아닐까, 아냐, 장로일지도 몰라, 하고 정말로 떠들고 싶은 대로 떠들더라, 그 사람들."

"그런……."

"이 섬에는 말이야, 누군가 임신을 하면 그게 정말로 빅뉴스야. 기뻐서 어쩔 줄 모르는 거지. 아이는 섬의 보물이거든. 나도 몇 년 전까지는 '선생님, 아기 안 낳아요?' 하는 말을 지겹게 들었어. 앞치마를 하고 있으면 '생겼어요?' 하면서 느닷없이 배를 만지기도 하고, 상대가 없으면 소개하겠다며 진짜로 맞선 사진도 가져오고 난리였다니까."

선생님이 성대모사까지 하며 진지하게 말했다.

"마리린도 이제 곧 아줌마들한테 몹시 시달리게 될 거야. 나도 밥을 많이 먹고 배가 좀 나오기만 해도 바로 '몇 개월?' 하고 묻는다니까. 아오자이는 몸매가 선명하게 드러나서……. 그 사람들, 정말로 오지랖이라니까요."

팍치 씨는 진심으로 짜증난다는 듯이 투덜거렸다. 어미에 감정이 담겨 있다. 언제나 다정한 팍치 씨의 독설이 재미있었다.

"아, 나른해라. 나 먼저 나가서 머리 말리고 있을게."

선생님은 또 호탕하게 소리를 내며 일어나 욕탕을 나갔다. 물이 뜨거웠는지 엉덩이가 자두처럼 빨개졌다.

그날 밤, 나는 안자이 부부 앞으로 연하장을 썼다.

올해는 쓰지 말까 했지만, 노천탕에서 넓고 깊은 바다를 보고 있으니 역시 예년처럼 보내야겠다는 생각이 들었다. 나와 오노데라가 결혼한 이후로는 직접 만나진 않고, 한 해에 한 번 연하장만 주고받는다. 그래서 연하장이 나와 안자이 부부를 이어주는 유일한 실이었다.

임신 이야기를 쓰다 보니 마음이 점점 격앙되어 결국 편지지 다섯 장이나 쓰게 됐다. 발레를 배우기 싫었던 것, 사실은 엄마, 아빠라고 부르고 싶었던 것, 있을 곳이 없어서 외로웠던 것, 죽은 딸의 대용품 취급으로 고통스러웠던 것…….

지금까지 말하고 싶어도 하지 못하고 꾹꾹 참아왔던 것을 전부 써 내려가니, 당시의 감정이 생생하게 떠올라 숨쉬기조차 괴로워졌다. 그러나 전부 다 쓰고 나니 속은 후련했다.

분명 안자이 부부는 이 편지를 읽으면 화를 낼 것이다. 그러나 이 편지를 계기로 나와의 관계를 완전히 끊는다면 그건 그것대로 좋다고 생각했다. 결국 나와는 인연이 없었던 사람들이라고 생각하면 된다.

다음 날, 츠루카메 조산원 근처의 우체통에 가서 편지를 넣고 왔다. 이 섬은 모든 행사를 거의 음력 날짜로 해서 설날 분위기는 어디에도 없다. 츠루카메 조산원에서도 설날 장식은 음력 설에만 한다. 그래서인지 평소의 섬 분위기와 별반 다르지 않았다.

톡, 우체통 바닥에 편지가 떨어지는 희미한 소리가 들린 순간, 뭔가가 끝난 것처럼 느껴졌다. 기쁘지도 않고 외롭지도 않았다.

편지는 배를 타고 육지로 가서 그곳에서 또 북쪽으로 올라갈 것이다. 며칠 뒤에 도착할지 모르겠지만, 이것으로 나는 안자이 부부와의 끈도 놓은 게 된다.

사미가 본가에서 돌아온 것은 1월 5일이었다. 혹시 사미는 이제 돌아오지 않는 게 아닐까. 나도, 그리고 아마 팍치 씨도 반쯤 각오하고 있었다. 그래서 전처럼 머리에 두건을 두르고 밭에 있는 사미를 발견했을 때, 실은 몹시 기뻤다. 하지만 어딘지 모르게 어색해서 말은 걸지 못했다.

1월 최대의 사리를 맞은 날 저녁, 장로에게서 연락이 왔다. 오늘 밤, 야간 고기잡이를 나간다고 했다. 조산사 팀은 드디어 닥친 오카 씨의 출산에 대비해, 언제 진통이 와도 대응할 수 있도록 대기해야 한다. 벌써 예정일이 꽤 지났다. 둘째 아이라 순산할 줄 알았는데 가진통뿐이고 진짜 진통이 좀처럼 오지 않았다. 출산은 실제로 뚜껑을 열어보지 않으면 모른다. 정말로 예측이 어려운 생리현상이다.

장로와 둘이서만 고기잡이하러 가는 것이 조금 망설여지던 참에, 사미가 자기도 가고 싶다고 말을 꺼냈다. 나는 아직 조금 어색했지만, 사미는 그렇게까지 나를 거부하는 건 아닌 듯했다. 그렇다면 나도, 하는 마음으로 나와 사미와 장로 셋이 야간 고기잡이를 나가게 됐다.

밤 11시가 지나 장로가 데리러 와주었다. 차로 15분 정도 가면 야간 고기잡이를 하기에 최적인 해안이 있다고 한다. 목적지에 도착한 뒤 고무 재질의 오버올 같은 것을 입고 머리에는 헤드램프를 장착했다. 준비를 마치고 차의 라이트를 끄니 정말로 캄캄했다. 내가 지금 눈을 감고 있는지 뜨고 있는지조차 알 수 없었다. 몸을 차게 하면 안 된다며 선생님이 빌려준 오리털 재킷은 폭신하고 따뜻했다. 선생님이 계속 곁에 있어주는 것 같아서 마음이 든든했다.

제방을 넘어 계단을 이용하여 바다로 내려갔다. 썰물이어서 물도 거의 없고 어두운 탓에, 지금 내가 바다에 있다는 느낌이 들지 않았다. 두려움은 조금도 없었고 오히려 비현실적인 세계에 뛰어든 것 같아서 조금 흥분되었다. 비가 갠 뒤의 물웅덩이를 걷는 것처럼 한 걸음 걸을 때마다 찰박찰박 소리가 울렸다. 전원이 헤드램프 빛을 끄자 발밑이 금가루를 뿌린 듯 반짝거렸다. 장로가 발을 텀벙 내딛자 그 빛이 사방으로 흩어졌다. 마치 꿈을 꾸는 것 같은 기분이었다.

"야광충이야."

장로가 가르쳐주었다. 바다에서의 장로는 평소보다 열 살은 젊고 생기가 있어 보였다.

고개를 드니 하늘에는 보석 상자를 뒤집어놓은 것처럼 별이 잔뜩 쏟아져 있었다. 나는 배 속의 아이에게도 이 밤하늘을 보여주고 싶었다. 할 수만 있다면 바다 위에 누워 하늘과 마주 보고 싶었다. 그러면 얼마나 기분 좋을까.

자세히 보니 산호초 웅덩이에는 색색의 물고기가 헤엄치고 있었다. 파란 고기, 빨간 고기, 노란 고기, 제각기 귀엽다. 그중에는 가시복도 있었다. 아이가 토라져서 뺨이 불룩해진 것 같은 표정으로, 잠들어 있는지 거의 움직이지 않고 있다. 눈이 동그랗고 머리는 큰데 몸통에서 꼬리까지는 날씬하다. 그 몹쓸 비율이 한층 더 귀엽다. 두 다리를 벌려 중심을 잡으면서 몸을 앞으로 구부리고 가시복을 보고 있었더니, "이 녀석, 화나게 하면 가시를 드러내는 놈이야"라며 뒤에서 사미가 들고 있던 망의 손잡이로 느닷없이 가시복을 공격했다.

가시복은 점점 부풀어서 온몸이 가시투성이가 됐다. 하지만 졸려서인지 이내 가시를 거두고 온화한 모습으로 돌아갔다.

"쳇, 시시하네."

사미가 그렇게 투덜거리며 또 가시복을 화나게 하려고 그물 손잡이를 들었다.

"불쌍하니까 그만둬!"

황급히 제지했더니 이번에는 뜬금없이, "나 마리린 배 속의 아이 아빠가 될까나" 하고 말했다. 순간, 무슨 말인지 몰라 가만히 있다가 몇 초 뒤, 사미의 말뜻을 겨우 알아차리고, "나, 남편 있어!" 하고 엉겁결에 큰 소리로 퉁명스럽게 말했다.

사미의 말이 농담인 줄은 알았지만, 뭔가 무시당한 것 같아서 분했다.

"적당히 좀 하라고!"

여전히 마음이 진정되지 않아 퍼붓자, "그렇지만 첫눈에 반했는걸. 처음 만났을 때부터"라고 사미가 초연하게 받아쳤다.

"내 알 바 아냐."

이렇게 얼굴을 마주하고 예상 밖의 사람에게 고백을 듣는 것은 처음이었다. 마음의 동요를 사미가 눈치채지 못하도록 태연함을 가장했지만, 얼굴이 점점 달아올랐다. 위기를 벗어난 가시복은 사미의 발밑에 퍼진 산호초 풀에서 천천히 노닐고 있었다.

우리가 한동안 입을 다물고 있을 때 장로의 목소리가 들렸다. 어느새 장로는 우리한테서 한참 떨어진 곳에 있었다.

"어이, 문어야. 엄청나게 큰 걸 발견했어!"

헤드램프로 장로를 비추니 이쪽으로 오라고 손짓하는 것이 보였다.

"지금 갑니다!"

나도 큰 소리로 밝게 대답했다. 그리고 일부러 찰박찰박 발소리를 내며 장로가 있는 모래톱 쪽으로 향했다.

"방금 한 말, 안 들은 걸로 할게. 그리고 아무리 농담이라도 임산부한테 그런 말하는 건 실례야."

걸으면서 뒤에 있는 사미에게 제법 강하게 항의했다.

"미안."

돌아보니 사미가 멈춰 서서 머리를 숙였다. 어떻게 대답해야 할지 몰라 망설이는데 바로 얼굴을 들었다.

"화났어?"

너무 밝게 물어서 더 화가 났다.

"그럼 이걸로 쌤쌤이야."

한 호흡을 둔 뒤, 사미는 묘한 말을 했다.

"쌤쌤?"

"그래, 연말의 싸움. 마리린 얘기 듣고 엄청나게 충격받았단 말이야. 그래서 나도 사실을 말해서 곤란하게 만들어주고 싶었어."

"뭐?"

그 의도를 제대로 파악할 수가 없었다.

"그러니까 이제……."

사미가 우물거렸다. 혹시, 하고 생각했다. 혹시 사미는 나와 화해하려고 이렇게 번거롭게 에둘러서 이상한 방법을 선택했는지도 모른다. 그렇다면 나도 제대로 사과하고 싶었다.

"미안해, 사미. 그때는 심술궂은 말을 해서."

얼굴을 보고 사과한 순간, 줄곧 가슴에 막혀 있던 정체 모를 진흙 같은 것이 깨끗이 흘러 내려갔다.

"아냐, 그건 사실이니까."

사미는 단호히 말했다. 사미가 내뱉은 말의 진의는 모르지만, 나는 첫 이성 친구가 생긴 것 같아서 기뻤다. 처음에는 사미가 그렇게 불편했는데, 앞으로 사미와 더 친해지고 싶다, 그렇게 생각했다.

이윽고 장로에게로 가니 테이블 모양의 산호초 앞에서 무릎을 꿇고 앉아 몸을 앞으로 구부린 자세로 거대한 문어와 싸우고 있었다.

"장로님, 도와드릴까요?"

말은 했지만 어떻게 손을 대야 좋을지 도무지 알 수 없었다. 장로는 철사 같은 것을 산호초 틈으로 넣어서 문어를 공격했다. 그러나 문어는 복잡하게 얽힌 산호초 아래 숨어 장로가 찌르는 막대기를 여러 개의 발로 잡고 놓으려 하지 않았다. 장로는 완전히 땀에 범벅이 되어 숨을 헐떡거리며 같은 행동을 반복했다. 문어는 먹물까지 쏘며 필사적으로 대응했다. 이거야말로 일대일 줄다리기다. 언제 결말이 날지 지켜보고 있었지만, 문어가 더 깊은 곳으로 자취를 감추며 싱겁게 끝나버렸다.

시계가 없어서 실제로는 어느 정도 시간이 걸렸는지 모르겠지만, 꽤 오랫동안 장로와 문어가 격투를 벌인 것 같았다. 사미와 둘이 숨을 죽이고 지켜본 탓인지 오늘의 라운드가 종료된 순간, 그제야 호흡이 편해졌다.

문어의 모습이 보이지 않게 된 뒤로도 장로는 진정이 되지 않는지 산호초에 뚫린 구멍을 쿡쿡 찔렀다.

"밀물이 차고 있으니 그만 돌아가요."

사미가 바다 쪽을 보면서 장로를 재촉했다. 확실히 아까보다 바다가 가까워졌다. 그래도 장로는 도저히 받아들일 수 없다는 표정으로 말했다.

"분하네. 조금만 더 했으면 잡을 수 있었는데. 이 원수 놈을 꼭 잡아주겠어. 마리린에게 이 장로가 잡은 문어를 먹이지 않으면 분이 풀리지 않을 거야."

장로는 수건으로 얼굴을 박박 닦으면서 거칠게 콧김을 내뿜었다.

"그래요, 장로님, 꼭 약속이에요. 배 속의 아이도 장로님 문어 먹고 싶대요."

두 손을 대니 정말로 배 속의 아이가 재촉하듯이 꿀렁꿀렁 움직였다.

"마리린은 말이야, 맛있는 생선 많이 먹고 건강한 아기를 낳아야 해. 아기 한둘 정도는 여차하면 내가 같이 키워줄 테니까 걱정하지 말고."

어떤 사정을 안고 있는지 직접 말하지 않아도 다 안다. 장로가 내 어깨에 손을 올렸다. 전에는 다른 사람이 가볍게 닿기만 해도 몸이 뻣뻣하게 굳어졌는데, 지금은 장로 손의 온기와 무게가 든든하게 느껴졌다. 남들한테 "건강한 아기를 낳아"라는 말을 들으면 아무래도 부담스러운 격려인데, 장로라면 순수하게 "좋아요, 노력할게요!" 하는 용기를 얻게 되어 마음이 밝아진다. 장로와 이런 신뢰 관계를 구축하다니 나로서는 크나큰 발전이다.

"장로님, 정말로 이 아이를 함께 키워줄 거예요?"

"당연하지, 섬에서는 모두 같이 키워. 그런데 마리린, 혹시 아직 남편을 사랑하고 있나?"

어떻게 대답해야 할지 몰라 잠자코 있었다.

"그렇다면 이 장로가 마리린의 남편을 찾아서 옆에 데려다 줄게."

그 자리에서만의 농담이란 걸 알지만, 이 섬에서 거의 나간 적 없는 장로가 그렇게 생각해주는 것만으로 마음속을 밝은 손전등으로 비추는 것 같은 기분이 됐다.

우리가 고기잡이하고 있을 무렵, 츠루카메 조산원에서는 오카 씨가 난산 끝에 여자아이를 출산했다.

다음 날 아침, 선생님도 퐉치 씨도 에밀리도 나도 졸린 눈을 비비며 일찍부터 준비를 시작했다. 오늘은 올해 첫 런치파티도 있고, 오카 씨의 출산 축하도 겸해서 평소보다 참가자가 늘었다. 재료는 거의 백퍼센트 장로가 낚시한 고기들로, 조산원 냉장고에는 신선한 어패류가 다 모여서 요리되기를 기다리고 있었다.

새우는 튀김으로, 생선은 수프로, 조개는 조림으로. 이 눈으로 잡는 현장을 봐서인지 더 애착이 생겼다. 맛있게 요리해서 그 생명을 헛되게 하고 싶지 않았다. 그래서 재료가 신선하면 할수록 되도록 요리하지 않고 간단하게 완성했다. 듣고 보면 '앗, 그러네' 싶은데, 그 사실을 깨닫기까지 시간이 걸렸다. 물론 머리로 이해가 돼도 아직 몸이 따라오지 못하니 내 칼질은 여전히 어설펐지만.

"마리아, 그렇게 무서운 얼굴로 요리하는 거 아냐."

식칼로 당근을 썰고 있는데 바로 선생님의 매서운 지적이 날아왔다.

"요리가 맛없어져. 밥을 지을 때는 항상 웃는 얼굴과 밝은 마음으로 지어야 해. 요리라는 것은 그걸 만드는 사람의 자식 같은 것이야. 슬픈 마음으로 만들면 먹는 사람도 슬퍼진다고."

선생님의 말은 일일이 수긍이 갔다. 그래서 나는 애써 웃어보았다. 하지만 이내 간파하고, "거짓 웃음은 금방 들통나. 진심으로 웃지 않으면 요리에 전해지지 않는다고. 요리할 때는 휘파람이라도 불면서 편하게 하는 게 최고야"라고 지적했다. 그런 선생님은 맨손으로 경쾌하게 볼의 내용물을 섞고 있었다.

선생님이 만드는 것은 봄나물 무침이다. 재료인 토끼풀 새싹도, 지금부터 요리에 넣을 엉겅퀴도, 곽치 씨와 에밀리가 만드는 주먹밥에 들어간 무도, 전부 오늘 아침 모임이 끝난 뒤 잠깐 샛길로 새서 따온 것이다. 지구는 우리에게 다양한 먹을 것을 베풀어준다.

이 섬에서 살면 돈을 쓰지 않고도 살아갈 수 있다는 말을 이제는 이해한다. 기본적으로 식재료는 돈을 주고 사는 것이 아니라 스스로 따 먹거나 물물교환이다. 선생님은 곧잘 이 섬사람들은 수렵민족이라니까, 하고 농담하곤 하는데 정말로 그렇다. 이렇게 주방에 있는 동안에도 점심에 초대받은 손님들이 하나둘씩 자기 밭에서 딴 채소며 과일을 갖다주었다. 그중에는 오는 도중에 길에서 주웠다는 파란 파파야 선물도 있었다. 파란 파파야는 땅콩과 마른 새우와 함께 먹으면 입맛 돋우는 데 최고의 요리가 된다고 했다.

그런데 아무리 만들어도 마을 사람들이 들어오고 나가고 쉼없이 찾아와서 끝이 없었다. 사람이 한 명 더 올 때마다 몇 번이나 기운찬 건배 소리가 들린다. 신이 난 아이들 소리, 엄마들의 수다, 남자들의 굵은 목소리. 다들 얘기를 나누면서도 부지

런히 먹는다.

　가다랑어 회, 새우 부침개, 감자 크로켓, 장명초 샐러드, 파초 일엽 초절임, 오징어먹물 야키소바, 기누라 땅콩 버무림…….

　보물 상자에서 차례차례 뭔가가 튀어나오는 것처럼 주방에서 다양한 요리가 태어나 여행을 떠난다. 그러나 커다란 접시에 산더미처럼 요리를 담아 나가도 바로 사방팔방에서 젓가락이 날아와서 접시는 순식간에 비었다. 요리를 먹는 아주 잠깐은 조용해지지만, 다 먹으면 또 이야기 소리가 기세를 더한다. 낮부터 술이 들어가 흥분한 건지 다들 점점 목소리가 커졌다.

　이거야 그냥 식당이 아닌가. 그래도 선생님, 팍치 씨, 에밀리, 나, 이렇게 네 명이 같이 주방에 머무는 것은 드문 일이어서 오늘은 이 인원이 주방에 있는 것만으로 왠지 즐거웠다.

　내가 당근을 써는 동안 선생님은 봄나물 무침을 완성하고, 이어서 엉겅퀴 볶음을 시작했다. 엉겅퀴는 가시가 있는 커다란 잎을 뿌리에서부터 잘라 중앙의 잎맥을 따라 좌우 잎을 잘라낸다. 조화처럼 멋진 보라색 꽃을 피우는 엉겅퀴 잎이 식용이 될 줄은 생각지도 못했다.

　오늘은 손님 한 분이 평소엔 좀처럼 먹기 힘든 신선한 돼지고기를 갖고 와주어서 그것과 함께 볶음 요리를 했다. 아까부터 맛있는 돼지고기 냄새가 주방 안에 가득하다. 센 불로 단번에 볶아서 도중에 술을 넣는 순간 프라이팬에서 불길이 치솟았다. 그래도 선생님은 탁탁탁 하고 쇠 국자로 화려한 소리를 내면서 요리를 완성해나갔다. 마지막으로 넘 플라[12]를 넣는다. 돼지고기 냄새 위로 독특한 생선 냄새가 포개졌다.

"냄새만 맡아도 밥 한 그릇 다 먹을 수 있을 것 같아요."

저쪽에서 손을 빨갛게 물들인 채 주먹밥을 만들던 꽉치 씨가 말했다. 그러고 보니 꽉치 씨가 요리에 곧잘 사용하는 넘 플라와 일본 간장은 향이 전혀 다르다는 것도, 츠루카메 조산원에서 일하게 된 뒤에 처음 알았다.

꽉치 씨가 흰밥에 섞고 있는 것은 해안 무다. 해변에 자생하는 것을 뽑아서 바닷물에 씻어 잘게 다진다. 쌀 한 되로 밥을 지어 꽉치 씨와 에밀리 둘이 만들고 있는데, 바닥에서 밥이 자꾸 솟아나는 것 같다.

나는 당근을 계속 썰고 있었는데, "자, 마리아, 간 좀 봐" 하며 선생님이 옆에서 갑자기 젓가락을 내밀었다. 먹어보니 볶은 엉겅퀴는 사각사각한 게 씹는 맛이 독특했다. 오랜만에 먹는 돼지고기도 단번에 식욕을 자극하여, 더 달라고 조르고 싶었다. 꽉치 씨 말처럼 지금 당장 흰밥을 뚝딱 해치울 수 있을 것 같았다. 입덧 때는 갓 지은 밥 냄새를 맡지도 못했는데.

---

12 잔물고기를 소금에 절여서 발효시킨 생선 간장

"모두 적당히 자기도 챙겨 먹으면서 해. 뭔가 오늘은 길어질 것 같으니까!"

선생님이 팔을 걷어붙이면서 독려했다. 나도 배가 고파서 에너지가 슬슬 떨어져갔다. 이대로는 쓰러져버릴 것 같아서, 주방으로 돌아온 큰 접시에 남아 있던 감자 크로켓을 손으로 집어 입에 넣었다. 누군가가 먹다 남긴 거지만, 뭐 어때. 감자는 끈끈하고 은은한 단맛이 난다. 속에 든 다진 고기 맛이 몸에 스며드는 것 같았다. 시간이 지났는데도 튀김옷이 바삭하다.

다른 음식들도 허겁지겁 입에 넣고 또 바로 일로 돌아갔다. 이제 겨우 배가 차 요리에 집중할 수 있을 것 같았다. 당근 채썰기가 끝나고 이번에는 다시마 채썰기를 했다. 다시마는 육수를 낸 뒤의 것을 사용하기 때문에 미끈미끈해서 당근 이상으로 썰기 힘들다. 정신을 차리고 보니 나도 모르게 표정이 도깨비처럼 험악해져서 되도록 생글거리려고 애쓰며 다시마를 썰었다. 유부도 썰었다. 유부를 썰 때는 콧노래 정도는 부를 수 있을 것 같았다.

다 썬 뒤에는 비어 있는 가스레인지에서 당근과 다시마와 유부 조림을 만들기 시작했다.

"괜찮을까."

내 요리 실력이 스스로 불안해져서 다음 요리 준비를 시작하던 선생님에게 도움을 요청했다. 사실은 여기서부터는 다른 사람한테 맡기고 싶었다. 그러나 선생님은, "됐으니까 투덜거리지 말고 얼른 만들어!" 하고 도와줄 것 같은 기색이 전혀 보이지 않았다.

할 수 없이 다시마를 냄비에 넣었다. 잘박잘박하게 육수를 붓고 다시마가 부드러워질 때까지 끓였다. 도중에 청주와 맛술을 넣고 계속해서 당근, 유부도 더해 맛이 나게 했다. 젓가락으로 섞으면서 볶았더니, 점점 당근색이 진하고 선명해졌다. 간을 보고 마지막에 소금을 조금 넣었다.

"다 된 것 같네."

조산원에 온 이후 최초로 처음부터 끝까지 누구의 손도 빌리지 않고 요리를 완성했다. 큰일을 하나 성공시킨 기분이었다. 혼자 안도하며 그릇장에서 이 요리에 가장 잘 어울릴 것 같은 그릇을 나름대로 골라서 담았다.

"아주 맛있어 보이는걸? 마리아, 하면 잘한다니까!"

선생님의 칭찬에, "그렇지만 맛은 어떨지 모르겠어요" 하고 둥둥 떠다닐 것 같은 마음에 확실하게 추를 달았다. 다 만든 요리는 사미를 불러 손님들에게 나르게 했다. 몇 초 뒤, "이 다시마 맛있다!" 하고 저쪽에서 누군가의 소리가 들려왔을 때, 나는 로켓처럼 슝 하고 하늘 끝까지 날아가 버릴 것 같았다.

겨우 한숨 돌렸을 때는 오후 2시가 지나고 있었다. 손님들도 이제 슬슬 배가 찬 것 같았다. 마지막에 디저트로 검은 꿀 한천이 나오자 적당히 조용해졌다. 이미 취해서 바닥에서 자는 사람도 있었다. 아이들은 안에 있는 것이 지겨웠는지 환성을 지르며 밖에 널린 세탁물 사이를 뛰어다녔다. 추프도 덩달아 뛰었다. 주방 창 너머로 살짝 바다까지 보여, 그야말로 '행복'을 사진으로 찍어놓은 듯한 광경이었다. 산들바람이 은은하고 달콤한 공기를 실어다 주었다.

식재료가 거의 다 떨어져서 주방에 있는 우리도 좀 앉아서 쉬기로 했다. 선생님이 스태프용으로 재빨리 호비간주 국수를 끓여주었다. 호비간주란 이 시기에 따는 섬의 식재료로, 싹이 안쪽으로 말린 산나물의 일종이다. 삶아서 까면 낫토처럼 끈적끈적한 점액이 생긴다.

"모두 피곤할 것 같아서 소금을 살짝 더 넣었어. 자, 퍼지기 전에 먹어!"

국수는 차갑게 식혀서 찬물에 말았다. 땀을 흘리며 일한 탓에 그 차가움이 고마웠다. 호비간주는 국수와 함께 위로 술술 잘 들어갔다. 육수에 섞인 참기름과 마늘이 식욕을 자극했다. 아까 남은 음식들을 그렇게 집어 먹었는데 또 공복이 됐다. 최근에는 자궁이 위를 밀어 올리고 있는 탓에 조금씩밖에 먹지 못했는데, 오늘은 1인분을 거뜬하게 먹어 치웠다. 그랬더니 배가 힘들어졌다. 후유 하고 크게 한숨을 쉬는 바로 그때, "선생님! 카메코 선생님!" 하고 바깥에서 요란스럽게 누군가가 달려왔다.

"선생님, 이번에는 말이 출산한다고 부르는 거 아닐까요?"

팍치 씨가 마지막 한 숟가락을 입으로 가져가며 말했다.

"말이 아니라면 산양이나 개."

에밀리도 함께 억측했다. 그러나 그건 농담이 아니라, 정말로 선생님은 동물 출산에도 달려간다. 물론 수의사가 아니어서 실제로 돕는 건 아니지만, 출산의 신으로서 선생님이 그 자리에 있는 것만으로도 무사히 태어난다는 소문이 섬사람들 사이에 도는 것 같다. 그래서 선생님도 시간이 있을 때는 자원봉사로 동물들 출산에 입회한다. 며칠 전에도 이웃의 소 출산에 불려갔었다.

하지만 들려오는 것은 그런 한가한 소리가 아니었다.

"장로님이, 장로님이……."

아까 막 돌아간 남성이 거기까지 말하고 신발을 신은 채로 들어오더니, "바다에 빠져서……"라는 말만 하고 괴로운 듯이 호흡을 헐떡거렸다.

"지금 어디 있어!"

선생님은 튕기듯이 안채에서 뛰쳐 나가 부르러 온 남성과 그 대로 달려갔다.

그러고 보니 오늘 런치파티를 기대하고 있었을 장로의 모습이 온종일 보이지 않았다. 오늘따라 주방 쪽이 바빠서 미처 신경 쓰지 못했다. 어젯밤 고기잡이를 함께했는데 그 장로가 바다에 빠지다니…… 사정을 모르니 아무것도 할 수가 없다.

어쨌든 괜찮을 것이다, 발이 미끄러져서 지금쯤 진료소에서 쓴웃음을 지으며 있을 것이다. 머리로는 그렇게 생각하려고 하는데, 한편으로는 아까 선생님을 부르러 온 남성의 절박한 표정이 떠올라 점점 무서워졌다. 심각하게 생각하지 않으려고 하면 할수록 최악의 일이 자꾸만 머릿속을 메웠다. 숨을 제대로 쉴 수 없을 정도로 심장이 괴로웠다. 장로님의 목숨을 구해주세요, 목숨만 구해준다면 뭐든 하겠어요, 하고 세상 모든 신에게 엎드려 빌고 싶었다.

예사롭지 않은 공기를 살폈는지 마지막까지 식당에 남아 있던 몇 명의 취객들도 어느새 모두 돌아갔다. 에밀리가 주방에 있는 불의 신에게 손을 모으고 있기에 나와 팍치 씨도 나란히 따라 했다. 팍치 씨는 베트남어로 중얼중얼 기도했다.

"장로님은 섬에서 유일한 바닷사람이니까 분명 괜찮을 거야, 괜찮아."

에밀리가 그렇게 말하면서 우리 어깨를 가볍게 토닥거렸다. 사실은 모두 불안해서 미칠 지경이었다. 평소 좀처럼 짖지 않는 추프까지 아까부터 현관 앞에서 컹컹하고 큰 소리로 짖고 있다. 1초, 1초가 마치 영원처럼 길게 느껴졌다.

선생님이 돌아온 것은 저녁 무렵이었다. 나와 팍치 씨와 사미는 동시에 일어서서 현관으로 달려갔다. 에밀리는 집에서 대기하겠다며, 일단 도민 아파트로 돌아갔다.

어땠어요? 장로님, 살았어요?

선생님이 돌아오면 제일 먼저 물어보려고 했는데 무서워서 누구도 묻지 못했다. 그렇게 무표정한 선생님 얼굴은 지금껏 본 적이 없다. 설마 장로가⋯⋯.

"어부들이 발견했을 때는 이미 숨을 쉬지 않고 있었대."

선생님은 어깨를 떨어뜨리고 그렇게 중얼거리더니, "피곤하니까 나 좀 쉴게" 하고 등을 구부리고 터벅터벅 트리 하우스로 향했다.

몇 초 뒤, "뭐야!" 하고 사미가 별안간 소리를 지르며 벽을 힘껏 걷어찼다. 그래도 진정이 되지 않는지 이번에는 주먹으로 기둥을 쳤다.

"어제까지 멀쩡하게 살아 있었는데!"

나도 완전히 같은 마음이었다. 야간 고기잡이를 간 것은 꿈이 아니다. 정확히 현실이다.

나와 곽치 씨는 어깨를 껴안고 서로에게 기대어 울었다. 두 사람 다 폭포처럼 쏟아지는 눈물이 언제까지고 멈추지 않았다. 내가 입덧으로 괴로워할 때 수중출산용 욕조에 장작을 피워 뜨거운 물을 끓여준 장로였다. 그때 나눈 대화는 사소한 것이었지만, 생각해보면 장로는 낯가림하는 나를 자상하게 지켜봐 주고 있었다. 언제나 싱글벙글 웃고 있기만 할 뿐, 장로가 언짢은 얼굴을 하는 것은 한 번도 본 적이 없다. 겨우 몇 시간 전에도 그렇게 건강하게 문어와 격투를 하지 않았는가. 오노데라를 찾아 내 옆에 데려다놓겠다고 약속했으면서…….

지금 당장 장로를 보고 싶다. 그 웃는 얼굴을 보고 싶다.

온몸의 피가 모두 눈물이 되어 몸 밖으로 나가버린 것 같았다. 그날 밤은 너무 울어서 조금도 잠을 이루지 못했다. 옆 침대에 누운 곽치 씨도 밤새 뒤척거렸다. 곽치 씨는 조산원에서 일한 기간이 길어서 나와 사미보다 더 많은 추억이 있을 것이다.

다음 날 아침, 선생님이 퉁퉁 부은 얼굴로 나타나 사정을 설명해주었다.

장로는 모래톱 끝부분까지 혼자 걸어갔다가, 발밑의 모래톱이 무너지며 바다에 추락한 것 같다고 했다. 베테랑 어부들도 그런 위험한 곳에는 혼자 가지 않는다고 한다.

"장로는 자기 아버지도 바다에서 죽었기 때문에 바다가 얼마나 무서운지 누구보다 잘 알고 있어. 그래서 평소에 그렇게 신중했는데. 어째서 그런 위험을 무릅쓰고까지 간 걸까."

선생님은 이상하다는 표정을 지었다. 문득 내 속에 어떤 예감이 스쳤다. 그리고 사실을 깨달은 순간, 온몸의 피가 빠져나가는 것 같았다. 서 있는 것도 괴로워져서 그 자리에 털썩 주저앉고 말았다. 눈물이 쏟아지는 걸 막을 수 없었다.

"죄송해요……."

나는 간신히 한마디 중얼거렸다.

"마리린이 사과할 일이 아니야."

사정을 모르는 곽치 씨가 흐느끼는 내 등을 천천히 어루만져주었다. 하지만 위로의 말을 들으면 들을수록 점점 죄책감이 밀려왔다.

"정말 미안해요……."

사과로 끝날 문제는 아니지만, 그 이외의 말은 생각나지 않았다.

저녁 무렵, 미칠 것 같은 마음을 안고 진찰실로 갔다. 선생님은 츠루카메 조산원에서 쓸 천 기저귀에 '츠루카메'라고 빨간 실로 수를 놓고 있었다.

"무슨 일이야?"

완전히 지친 표정으로 안경 너머 나를 보았다. 아무 말도 하지 못하고 그저 그 자리에 우뚝 서 있으니 또 바늘을 움직이면서, "무슨 일 있으면 얘기해봐" 하며 울 듯 웃을 듯한 표정으로 나를 재촉했다. 온몸을 밧줄로 꽁꽁 묶어놓은 듯한 무거운 기분에서 해방되고 싶어서 나는 그제 일을 선생님에게 얘기했다.

"제 탓이에요. 제가 장로님이 잡은 문어를 꼭 먹고 싶다고 해서. 그래서 장로님은 무리해서 그런 위험한 곳까지 갔을 거예요. 저 때문에……."

내가 간접적으로 장로를 바다로 떠민 것이다.

선생님은 순간 표정이 일그러졌다. 울음이 터질 것 같은데 애써 참고 다시 빙그레 웃으려고 했다. 떨리는 입술을 억지로 움직이며 얘기를 시작했다. 손가락 끝으로 바늘을 움직이면서. 바깥이 고요한 탓에 바늘이 천을 지나갈 때의 소리까지 들렸다.

"장로는 마리아를 아주 많이 칭찬했어. 착한 아이야, 착한 아이야, 하고. 아무리 작은 일이어도 고맙습니다, 하고 말해준다고. 혼자서 아기를 낳으려 한다고 기특하다고. 만약 내가 마리아 처지였다면 절대 혼자 낳아서 키울 생각을 못 했을 거라고. 용기 있고 강한 아이라고 자주 말했어."

선생님은 온화한 목소리로 얘기를 해주었다. 묵묵히 선생님 말에 귀를 기울였다. 그만큼 울었는데 장로를 생각하니 또 눈물이 쏟아졌다.

"최근에도 곧잘 장로님 어깨를 주물러드렸다며? 장로님, 정말 기뻐했어. 혼자 사니까 누가 어깨를 주물러준 적도 없고, 결혼도 하지 않아서 자식도 손자도 없잖아? 장로는 언젠가 손자가 어깨를 주물러주는 게 꿈이었대. 그래서 마리아에게 진심으로 고맙고 기뻤던 모양이야. 그래서 그 답례로 문어를 잡아주고 싶었던 게 아닐까? 바다에서 사람이 죽는 일은 이 섬에서는 흔히 있는 일이야. 누구의 잘못도 아냐. 게다가 장로는 자기가 사랑하는 바다에서 죽었으니 원은 없을 거야."

"그렇지만 너무 죄송해서……."

장로가 생명을 잃었는데 나는 태평스럽게 아이를 낳아도 되는 걸까. 어제부터 줄곧 그 생각을 하고 있었다.

"마리아의 마음은 알아. 그런데 장로는 마리아의 아기가 태어나는 걸 아주 기대하고 있었어. 농담으로 흘렸지만, 출산할 때 입회하고 싶다고도 했다니까."

선생님의 그 말에 잠시 멎었던 눈물이 다시 쏟아졌다.

"그렇지만 저는……."

거기까지 말하고 오열이 터져 말을 잇지 못했다. 선생님은 아무 말도 하지 않고 내 다음 말을 가만히 기다려주었다. 선생님의 눈이 너무 자상해서, 그 눈길에 더 눈물이 그치지 않았다.

"오랜 세월 이 일을 하다 보니 느끼는 게 있어. 하느님의 눈으로 보면 태어나는 것도 죽는 것도 별로 다르지 않다는 것. 태어나는 현장과 죽는 현장은 신기하게도 공기의 톤이 같아. 엄숙하다고 할까, 신성하다고 할까. 어쨌든 사람의 힘으로는 어떻게도 할 수 없는 신의 영역이란 느낌이 들어. 아무리 애써도 죽을 때는 죽고, 태어날 때는 태어나. 그런데 역시 나는 신처럼은 될 수 없으니 사람의 죽음도 동물의 죽음도 일일이 슬퍼하고 연연하고 있지만."

배에 두 손을 올리고 선생님의 얘기를 들었다. 나는 태어나는 것과 죽는 것은 정반대라고 여태 생각했다. 그런데 선생님은 그렇지 않다고 한다. 그렇다면 장로의 영혼이 바로 천국에서 돌아와서 배 속의 아이에게 머물면 좋겠다고 생각했다. 너무 뻔뻔한지도 모르지만, 그렇게 하면 다시 장로와 재회할 수 있지 않을까. 아마도 장로처럼 웃는 얼굴이 잘 어울리는 착한 어른이 되어주겠지. 친한 사람과의 이별이 이렇게도 고통스럽다면 이제 누구와도 친해지고 싶지 않다. 누군가를 좋아하면 할수록 그 슬픔은 커질 테니까.

아, 그런 거였구나. 이제야 겨우 깨달았다. 안자이 부부의 깊고 깊은 슬픔을. 그래도 나를 맞아들이려고 해준 따뜻함을. 안아주길 바랐으면서 왜 나는 내 두 팔을 먼저 내밀지 않았을까.

슬픔에 잠긴 두 사람을 내가 꼭 안아주었더라면 다른 관계를 만들 수 있었을지도 모르는데, 겨우 몇 개월 함께 지낸 장로를 잃은 것만으로도 이렇게 고통스럽다. 배 아파서 낳아 길러온 딸을 잃은 안자이 부부의 절망은 얼마나 컸을까. 나는 내 외로움만 보느라 안자이 부부의 마음은 생각해보려고도 하지 않았다.

얼마 뒤, 장로의 유해는 배를 타고 육지로 옮겨졌다. 장로는 누구보다 섬을 사랑해서 섬을 떠나는 걸 극단적으로 싫어했다고 한다. 그런 장로가 결국 섬을 떠나게 되었으니 얼마나 섭섭할까. 이제 섬에서 세상을 떠나는 노인이 거의 없어 예전에는 예사로 행해졌던 풍장[13] 관습도 사라졌다. 지금은 몸 상태가 나빠지면 섬 밖으로 나가서 그대로 숨을 거두는 경우가 대부분이라고 했다.

애초에는 헬리콥터로 옮길 예정이었지만, 그건 너무 가엾다고 선생님을 비롯해 장로와 친했던 사람들이 반대해서, 고기잡이용 얼음으로 시신이 부패하지 않도록 식히면서 육지 화장터까지 배로 운반했다. 선생님도 조산원 일 때문에 섬을 떠날 수 없어서 츠루카메 조산원에서는 아무도 장로의 장례식에 참석하지 못했다. 친척도 거의 없었던 장로의 장례식은 정말로 조

---

13 시체를 태우고 남은 뼈를 추려 가루로 만든 것을 바람에 날리는 장례

출했다고 한다. 화장을 마치고 다시 섬으로 돌아온 장로는 너무나도 작아져 있었다.

그래서 그 음악회는 정말로 큰 의미가 있었다.

츠루카메 조산원은 해마다 츠루카메 해변에서 공연을 한다. 음력 섣달그믐에 열리는데, 장로는 그 공연의 실행위원으로서 '섬 홍백전'을 늘 기다리곤 했다.

장로는 츠루카메 조산원에서도 특별한 분이었으니 올해는 자숙하며 애도해야 하지 않을까 하고 선생님은 마지막까지 고민했다. 그런데 예년처럼 해달라는 의견이 많이 들어왔다. 장로도 그 편을 더 기뻐할 거라고. 모두 입을 모아 선생님을 설득했다.

올해 설은 마침 밸런타인데이와 겹쳤다. 육지의 2월은 아직 춥지만, 이 섬의 2월은 최고 기온이 30도 가까이 되어 초여름 분위기가 느껴지는 날도 있다. 내 배는 7개월을 맞았다. 드디어 복부 둘레가 80센티미터를 넘어 한 걸음 걷는 데도 몸이 흔들리는 걸 실감한다.

꽉치 씨는 작년 크리스마스에 받은 항공권을 이용하여 몇 년 만에 고향 베트남으로 돌아갔다. 함께 섬 홍백전을 보지 못하는 것은 쓸쓸했지만, 꽉치 씨는 지나칠 정도로 일을 많이 하니까 가끔은 일을 잊고 편히 쉬는 게 좋을 것 같다.

이날은 일요일이기도 해서 회장이 될 츠루카메 해변에는 초저녁부터 사람들이 모여들기 시작했다. 각각 손에 도시락과 돗자리를 들고 있다. 섬을 떠나서 사는 사람들도 설에는 섬으로 돌아오기 때문에, 낯선 사람들도 많이 찾아와서 흥청거렸다.

모래사장 중앙에는 섬의 장로들이 협력해서 만든 특설무대가 설치되었고, 횃불도 켜져 있었다. 또 모래밭 곳곳에는 촛불을 켜놓아서 뭔가 호화 여객선 갑판 위에 있는 것 같았다. 수줍은 듯 붉게 물든 노을진 하늘에는 샛별이 한층 아름답게 빛났다. 선생님이 울리는 징 소리로 섬 홍백전은 조용히 막을 열었다.

이윽고 숲 쪽에서 천천히 첫 번째 출연자가 등장했다. 어둑어둑해져서 또렷하게는 보이지 않지만, 위아래 검은 연미복을 입은 남성으로 안에는 하얀 와이셔츠를 입고 있었다. 목에는 나비넥타이를 매고, 연미복 가슴 주머니에는 새빨간 히비스커스 한 송이가 어린 연인처럼 바싹 붙어 있었다.

'혹시?' 하고 생각하는 순간, 남성은 중앙 무대에 놓인 의자에 가볍게 걸터앉았다. 가슴에 안고 있는 것은 아코디언이었다. 첫 음을 연주하자, 그때까지 바스락바스락 주변 나무를 흔들던 바닷바람이 귀를 기울이듯이 뚝 멈추었다.

아코디언을 연주하는 사람은 사미였다. 틀림없다. 그런데 마치 딴사람 같았다. 이렇게 진지한 시선을 보내는 사미를 지금까지 한 번도 본 적이 없다. 사미가 연주하는 아코디언의 음색은 마치 기도 같았다.

별도, 꽃도, 바람도, 파도도, 모래도, 사람도, 이곳에서 함께하는 모든 것들이 사미가 연주하는 소리의 물방울과 하나가 됐다. 어느 곡에서는 갑자기 슬픔의 바닥으로 떨어져 세상에 혼자 남은 기분이 들었다. 아아, 사미는 지금 장로를 위해 연주하고 있구나, 하는 게 아프리만치 잘 느껴졌다. 아마 다른 사람들도 그랬을 것이다. 모두 눈을 감거나 밤하늘을 바라보며 장로를 위해 기도하고 있다. 나도 눈을 감았다. 뇌리에는 장로와 보낸 시간이 한 장씩 되살아났다.

다시 눈을 뜨고 무대를 보니 사미는 마치 발밑을 불길로 태우기라도 하는 것처럼 오싹할 정도로 무서운 표정을 짓고 있었다. 자신 속에 있는 풍경과 감정을 끌어올려 필사적으로 아코디언 소리로 바꿔놓고 있는 것이리라.

이윽고 연주는 클라이맥스에 들어갔다.

"헤이! 컴온! 렛츠 댄스!"

사미가 신나는 멜로디를 연주하면서 청중에게 연호했다. 관객들은 일어서서 춤을 추기 시작했다. 머리에 풀꽃으로 관을 만들어 쓴 아줌마도 있다. 그는 스커트 자락을 나풀거리며 남성들을 도발하듯이 춤을 추며 돌아다녔다. 거기서 촌극 같은 것이 시작되어 곳곳에서 웃음소리가 터졌다. 나도 끄응 하고 일어나 손뼉으로 박자를 맞춰주었다. 몸이 리듬을 타고 자연스럽게 움직였다. 어쩐지 배 속의 아이도 함께 춤을 추는 것 같다. 사미가 현기증이 나도록 손가락을 움직이니 모두에게서 박수갈채가 터지고 배 속에서도 톡톡 가볍게 킥했다.

마지막에는 촉촉한 발라드였다. 나는 사미의 노래를 처음 들었다. 평소 얘기하는 목소리와 전혀 다른 다양한 감정의 색이 섞인 복잡한 음색으로 조용히 노래 불렀다. 그것은 사미가 사는 동굴 속에서 울려오는 진혼가 같았다.

노래와 연주가 끝나고 사미가 무대를 떠난 순간, 다시 바닷바람이 불기 시작했다. 신기했다. 그 자리의 공기가 리본 매듭을 푼 것처럼 부드럽고 평온해졌다.

문득 울창한 나무 사이에 장로가 있는 것 같은 느낌이 들어 돌아보았다. 그렇게 섬 홍백전을 기다렸으니 달려오지 않았을 리 없다. 유감스럽게 내 눈으로는 볼 수 없지만, 투명한 몸이 되어 지금 우리를 보고 있을 것이다.

부인회에서 다음 공연을 시작했다. 똑같이 맞춰 입은 티셔츠에 그려진 것은 장로 얼굴일까? 불과 조금 전까지의 광경이 환상이었던 것처럼 다시 일상의 시간이 흘렀다. 그래도 내 심장은 여전히 두근거렸다. 숫자에 한계가 있는 건반 속에서 저토록 아름답게 인생의 희로애락을 표현할 줄 아는 사미는 천재라고 생각했다.

"저녁 아직 안 먹은 사람? 여기 먹을 것 많아요!"

멀리서 선생님의 목소리가 났다. 가보니 펼쳐진 천 위에 음식이 잔뜩 차려져 있었다. 섬 홍백전을 개최해준 사례로 섬사람들이 선생님에게 선물로 가져온 것들이다. 바나나 잎이 접시 대신이다. 아무도 그러자고 말하지 않았지만, 이번 섬 홍백전은 장로를 추모하는 모임이기도 했다. 그렇게 생각해서인지 치아가 없어도 먹을 수 있는 부드러운 반찬들이 두드러졌다.

찹쌀을 나뭇잎으로 싸서 찐 요리를 먹고 있는데, 어느 틈에 옷을 갈아입은 사미가 다가왔다. 부인회에서 받았는지 사미도 색깔이 다른 장로 얼굴 티셔츠를 입고 있었다. 그 자리에 있던 전원이 박수로 맞이해주었다. 사미가 내 옆자리에 앉길래, "아까 연주 정말 멋있었어!" 하고 흥분해서 엉겁결에 말을 걸었다. 그러나 당사자는 여간 쑥스러운지, "아냐, 아냐, 뭐 별로야"라며 언제나처럼 흐물거리는 사미로 돌아왔다.

"손님들 전부 무척 좋아했어. 배 속 아기까지도 마지막에는 같이 춤췄다니까."

계속 칭찬해도, "아냐, 이 정도밖에 못하는 놈이라서……"라며 별로 달가워하지 않았다. 누군가가 사미에게 맥주를 건네 또다시 건배했다.

공복이었는지 사미는 한동안 묵묵히 식사했다. 나는 그동안 대각선 건너편에 앉아 있는 사요리와 임산부 얘기를 나누었다. 사요리는 작년 봄에 섬에서 중학교를 졸업한, 갓 열여섯 살이 된 임산부다. 어떻게 해야 좋을지 몰라 병원이나 진료소도 가 보지 못한 채 8개월째를 맞이하자 불안해졌는지 며칠 전에야 츠루카메 조산원에 찾아왔다. 선생님은 사요리를 실컷 나무란 뒤, 그래도 그의 출산을 맡기로 했다. 지금은 츠루카메 조산원 동기생이 됐다.

사요리 왈, 인생 첫 섹스에서 배가 불렀다고 한다. 사요리가 그렇게 말한다면 나는 인생 마지막 그것에서 임신한 게 된다. 오노데라 이외의 사람과 그런 관계를 한다는 건 상상할 수 없다.

문득 사미 쪽을 보니 캔 맥주를 든 채 멍하니 하늘을 보고 있었다.

"사미, 왜 그래?"

"아니, 아까 연주. 장로한테 잘 들렸을까 해서."

내가 말을 걸자 평소와 달리 진지한 어조였다.

"잘 들었을 거야."

장로의 죽음으로 지겨울 정도로 실컷 울었다. 그런데 생각하니 또 슬퍼져서 눈물이 쏟아졌다. 생각해보면 내게는 가까운 사람과의 첫 번째 사별이었다.

"그런데 장로는 왜 그렇게 될 때까지 충치를 내버려 뒀을까."

사미의 마음속에서 스위치가 켜졌는지 이번에는 평소처럼 무례한 말투를 썼다. 굳이 그렇게라도 하지 않으면 견딜 수 없었을지도 모른다. 그 기분은 누구보다 이해가 갔다.

"치과의사 선생님이 싫었던 게 아닐까요?"

사요리가 천연덕스럽게 말했다. 사요리는 어린 시절 장로의 옆집에 살아서 곧잘 놀아주었다고 한다.

"장로는 배 타는 걸 싫어했어."

모래 위에서 가부좌를 틀고 앉아 자기 발바닥의 급소를 누르던 선생님이 말했다.

"장로님, 섬을 떠나고 싶지 않았던 거예요. 그런데 섬에서 줄곧 독신으로 지낸 것도 참 이상해요. 인기도 많았는데."

사요리가 말했다. 그러자, "정혼자를 계속 좋아해서가 아니려나" 하고 지금까지 잠자코 있던 에밀리가 말을 거들었다.

"예? 장로한테 정혼자가 있었어요? 그런 얘기 한 번도 들어본 적이 없는데."

제일 먼저 반응한 것은 사미였다.

"나도 그런 얘기는 들은 적이 없는걸."

선생님도 고개를 갸웃거렸다.

"아주 옛날얘기지."

자기가 만든 지마미 두부를 먹던 에밀리는 과거를 회상하더니 어째선지 귀여운 표정이 됐다. 에밀리가 만든 지마미 두부는 나뿐만이 아니라 장로도 아주 좋아했다. 냉장고에 딱 한 모가 남았을 때 진지하게 가위바위보를 해서 서로 먹으려고 했던 기억이 부옇게 떠올랐다.

"에밀리, 얘기해줘요."

사요리의 말에 에밀리는 아무도 몰랐던 장로의 첫사랑 얘기를 해주었다. 그것은 상상했던 것처럼 달콤한 연애가 아니라 아주 슬픈 결말이었다.

"그러면 장로의 짝사랑으로 끝난 건가요?"

사미가 이의를 제기하듯 강하게 말하자 선생님도 "그런 사람을 줄곧 가슴에 두고 있었다니, 장로는 보기보다 낭만주의자였네" 하고 그리운 듯이 말했다.

지금쯤 장로는 천국에서 재채기를 하고 있을지도 모르겠다. 선생님한테 보기보다 낭만주의자라는 말을 듣고, "그런 실례의 말을!" 하고 웃으면서 화내고 있지 않을까. 장로가 화내도 전혀 무섭지 않겠지만.

장로에 얽힌 추억 이야기는 끝이 없어서 이런 일이 있었지, 저런 일도 있었지 하고 저마다 마음껏 떠들었다. 장로는 누구를 대할 때든 태도가 달라지지 않았다. 그런 모습이 쉬울 것 같지만 의외로 어렵다. 그래서 장로는 존경할 만한 사람이라는 데 모두가 동의했다.

나는 다른 사람이 이야기하는 장로와의 추억을 들으면서 마음속으로 장로와 손가락을 걸고 약속했다.

절대 도중에 포기하는 일 없이 아이를 낳겠노라고.

섬 홍백전이 열린 지 일주일이 지나 섬은 겨우 설의 들뜬 분위기가 가라앉고 평소처럼 조용한 얼굴로 돌아왔다. 여전히 좋은 날씨가 계속되어 빨래가 잘 말랐다. 하지만 사실 2월 이 시기에는 비 오는 날이 많아야 한다. 화창한 것은 좋지만 섬 생활이 길어진 탓인지 물 부족을 걱정하게 됐다.

그날, 내 앞으로 소포가 날아왔다. 내가 이 섬에 있다는 것을 아는 사람도 거의 없고, 지금까지 내 앞으로 소포가 온 적은 한 번도 없다. 뭔가 착오이지 않을까 생각했다. 하지만 선생님에게 상자를 받아들고 보니 분명히 내 이름이 있었다. 세상에! 그것은 안자이 부부가 보낸 것이었다.

열어야 할지 말아야 할지 잠시 생각했다. 그러나 배 속의 아

203

이가 열어도 된다고 가르쳐주는 것 같았다. 최근에는 아기가 센서처럼 제일 먼저 반응하여 엄마인 내게 여러 가지를 가르쳐준다.

남들 눈에 띄지 않는 수중출산용 욕실에 들어가 조심스럽게 꾸러미를 풀었다. 상자 뚜껑을 여니 나온 것은 지퍼백에 든 천이었다. 그래, 양어머니는 식품 이외의 물건도 보관할 때는 언제나 이 지퍼백을 이용했지. 편지도 함께 들어 있었다. 긴장하면서 지퍼를 열자 안자이 가의 냄새가 은은히 풍겨 나와 왠지 마음이 아팠다. 안에 들어 있는 것은 작고 작은 배냇저고리였다.

나는 프린트가 된 한 장의 편지를 읽기 시작했다.

마리아, 잘 지내니?
임신 이야기를 우리에게 알려주어서 고맙구나.
남편하고 의논해서 이 배냇저고리를 너한테 돌려주기로 했단다.
이것은 네가 처음 발견됐을 때, 입고 있었던 거라고 해.
친어머니의 내음이 배어 있는 탓일까? 나도 직접 들은 건 아니지만, 유아원 쪽 얘기로, 너는 이 옷을 입고 있을 때는 울음을 뚝 그쳤다고 하더구나. 몸이 커져도 너는 이걸 손에서 놓으려 하지 않았대. 잠이 들 때는 언제나 이 옷자락을 빨고, 자는 동안에도 절대 손에서 놓으려 하지 않았다고 해.

유아원에서 아동 보호 시설로 옮길 때는 이 배냇저고리가 필요 없어져서 처분하게 될 뻔했대. 그런데 너를 담당했던 분이 이건 마리아와 친어머니를 연결해주는 유일한 물건이니까 소중히 보관해달라고 말해서 시설에서도 버리지 않고 보관하고 있었던 것 같아.

알다시피 네가 초등학교 4학년 때 우리 집으로 입양을 왔지. 우리 마음이 제대로 전해지지 않은 것은 유감스럽지만, 사실 우리는 정말 기뻤다. 네가 너무나 귀여워서 정말 죽은 딸이 천국에서 돌아와준 것 같았어. 너는 불행한 과거가 있었는데도 천진난만해서, 우리는 둘 다 너한테 흠뻑 빠졌지. 사랑스러워서 어쩔 줄 몰랐어. 네가 집에 있는 게 기뻐서 밤중에 자는 얼굴을 보러 방에 몰래 간 것도 한두 번이 아니야. 그런데 한편으로 딸에 대한 미안한 마음이 들었던 것도 사실이란다. 딸은 고통스럽게 이 세상을 떠났는데 그 생명을 구하지 못한 우리가 이렇게 행복해도 될까, 하고. 그래서 언제나 딸을 잊지 않으려고 생각한 나머지, 네게 아픈 생각을 하게 했을지도 모르겠다.

네가 그런 심정으로 지내는 줄은 이번에 네 편지를 받고 처음 알았단다. 모든 게 변명이 될지도 모르겠지만, 부디 우리를 용서해주렴. 딸에게 해주지 못한 것을 네게 해주려고 한 것이 네 마음에 오히려 상처를 주었구나. 두 번 다시 딸을 잃고 싶지 않은 나머지 너를 바다에서 멀어지게 한 것, 나도 남편도 진심으로 미안하게 생각한단다.

만약 우리의 잘못을 용서해준다면 한 번이라도 좋으니 우리한테도 아기를 보여주지 않겠니? 손자를 안아보게 된다면 얼마나 행복할지…….

마리아, 부디 행복해라.

오노데라 군과 밝은 가정 꾸리기를 바란다.

끝에는 양아버지와 양어머니의 이름이 적혀 있었다.

배냇저고리에는 동물 그림이 수 놓여 있었다. 갓 태어난 나는 귀여운 배냇저고리를 입고 있었구나. 그걸 안 것만으로 충분했다. 나는 엄마에게 단순한 쓰레기가 아니었다. 쓰레기한테 굳이 예쁜 옷을 입히는 사람은 없을 것이다. 나는 절대 누구한테도 사랑받지 못하고 지금까지 살아온 게 아니다. 안자이 부부도 나를 싫어했던 게 아니다.

아기가 태어나면 이 옷을 입혀주어야지 생각했다. 이 옷을 고른 분은 배 속 아이의 할머니가 되는 사람이다. 그 사람도 이 배냇저고리를 고를 때 행복했을 것이다. 어떤 아이가 태어날지 상상하면서 어느 것이 잘 어울릴지 열심히 골랐을 것이다.

배냇저고리는 조심스럽게 빨아서 츠루카메 조산원 세탁물과 함께 햇볕에 말렸다. 태어났을 때, 나는 이렇게 작았구나. 그리고 이렇게 어른이 됐고, 이제 엄마가 되려 하고 있구나.

나는 처음으로 안자이 부부에게 감사했다. 이 아이가 태어나면 꼭 만나러 가야지. 많이 안아달라 하고, 할머니, 할아버지라고 가르쳐주어야지. 그때, 어수선한 틈을 타서 나도 안자이 부부에게 안겨봐야지.

이윽고 3월이 되어 드디어 임신 8개월째를 맞이했다. 배가 나온 탓에 발밑을 보는 것도 예삿일이 아니었다. 발톱을 깎는 것도 고생이었다. 목욕하고 난 뒤에는 오일을 발라 회음이나 유방 마사지를 하기도 하고, 임산부로 사는 생활도 한층 바빠졌다.

유두에서 조금씩 모유가 나오기 시작하는 시기라고 해서 시험 삼아 샤워할 때 짜보니 오렌지색 액체가 쭉 튀어나와 깜짝 놀랐다. 게다가 모유는 유두 한가운데서만 나오는 건 줄 알았는데, 그 주위의 작은 구멍에서 물 조리개처럼 많이 나왔다. 손가락 끝으로 찍어 맛을 보니 달콤하고 맛있었다. 꽉치 씨 말로는 이 모유도 언제나 같은 성분이 아니라 아기의 성장에 따라 포함되는 영양분이 달라진다고 한다. 내 몸인데 놀라운 일의 연속이다.

아기도 슬슬 자궁 속이 비좁다고 느끼는 것 같다. 가끔 아기의 발뿐만이 아니라 팔꿈치도 함께 움직이는 걸 느낀다. 아기가 몸을 움직일 때 배의 표면이 파도칠 때도 있다. 지금 딸꾹질을 하는구나, 하는 것도 제대로 전해진다. 머리가 어디에 있는지도 점점 알게 됐다. 손바닥을 가만히 대고 있으면 머리 부분이 따뜻하게 느껴지기 때문이다.

나는 배에 손을 대면서 실황중계를 하게 됐다. 지금 말이야, 예쁜 새가 하늘을 날아갔어. 어머나, 저기 빨간 꽃이 피었어. 그렇게 말을 걸고 있으면 아기가 지금 어떤 기분으로 있는지 알 것 같았다. 기뻐한다든가, 웃고 있다든가, 졸려 한다든가, 꿈을 꾸고 있다든가. 이런 식으로 내 아이와 24시간 함께 있을 수 있다니 얼마나 사치스러운 일인가.

남풍이 부드럽게 부는 오후, 사요리에게 연락이 왔다.

드디어 태어날 것 같다고 한다. 선생님은 사요리의 목소리 상태로 보아 정말로 그때가 온 것 같다고 했다.

"어쨌든 꾹 참아."

외출 준비를 하면서도 선생님은 사요리에게 지시를 내렸다.

공교롭게 곽치 씨는 한 달 전 츠루카메 조산원에서 출산한 산모의 모유 케어와 아기 목욕을 도와주기 위해 출장을 나갔다. 곽치 씨가 합류할 때까지 내가 선생님과 함께 가게 됐다.

사요리와 남자친구인 코지는 바다에서 비교적 가까운 오두막 같은 허름한 집에 살고 있었다. 선생님 얘기로는 사요리의 아버지가 반대해서 두 사람은 아직 결혼하지 않았다고 한다. 차 소리를 알아듣고 그가 집에서 뛰어나왔다. 마을에 흔히 있다는 표현은 실례일지도 모르지만, 이른바 서퍼였다. 사요리의 출산이 가까워져서 어지간히 초조했는지 신발도 짝짝이로 신고 나왔다.

나는 선생님이 준비한 수건 등을 들고 집 안으로 들어갔다. 방 한가운데 놓인 세미 더블 침대 위에 큰 배를 안고 사요리가 옆으로 누워 있었다. 고통스러운 표정을 짓고 한 번씩 단말마 같은 비명을 질렀다.

선생님은 수첩을 펴고 지금부터의 밀물 시간을 확인했다. 다음에 만조를 맞이하는 것은 이튿날 새벽 5시 17분. 아직 12시간 가까이 남았다.

"아까 만조여서 진통이 시작된 거야. 사요리, 또 파도가 멀어져갈 테니 그사이에 밥 먹고 영양을 챙겨."

선생님이 말하자, "아, 정말이네. 배가 점점 덜 아파요"라며 좀 전까지 아프다고 난리를 치던 사요리가 태연한 모습으로 말했다.

그리고 "코지, 배고파" 하고 테이블 위를 치우는 코지의 눈을 빤히 보았다.

"뭐 먹고 싶어?"

"음, 스팸 주먹밥."

사요리가 대답했다.

"너 그런 정크푸드 먹으면 어떡해. 그렇죠, 선생님?"

코지가 선생님 쪽을 돌아보며 매달리듯이 묻자, 요즘 출산이 이어져서 밤샘을 계속했던 선생님은 미리 지참한 침낭에서 잘 준비를 하며 말했다.

"그 정도는 괜찮아. 이제 아기도 곧 나올 거고. 사요리가 좋아하는 걸 해줘."

"그러면 스팸 주먹밥으로 결정. 지금부터 만들 테니 좀 기다려."

그러자 잠이 든 줄 알았던 선생님이 이번에는 내게 말을 걸었다.

"마리아, 사요리가 식사하기 전에 족욕을 좀 시켜줘. 저기 가방 안에 정유(精油) 가져왔으니까, 라벤더 같은 것 조금 넣어주면 안정이 돼서 편해질 거야. 그리고 식사가 끝나고 시간이 좀 지난 뒤에 할 수 있는 범위 내에서 마사지라도 해주면 좋겠어. 천천히 어루만지듯이. 에센셜 오일이나 재스민 같은 게 좋으려나. 진통을 촉진하는 향이니까. 삼음교[14]를 꼼꼼히 해줘. 미안, 나는 체력 보존을 위해 잠깐 쉴게. 무슨 일 있으면 깨워. 마리아도 아이를 가진 사람이니 피곤하면 쉬고. 그리고 코지, 스팸 주먹밥 한 개 남겨줘."

"알겠습니다!"

코지는 싱크대에서 쌀을 씻으면서 대답했다.

코지의 도움으로 츠루카메 조산원에서 갖고 온 족욕용 양철 양동이에 물을 받아 데웠다. 정유를 넣고 바로 사요리의 두 발을 복사뼈까지 담갔다.

코지가 만들어준 스팸 주먹밥은 소금 간이 적당해서 정말로 맛있었다. 조그만 전기밥솥으로 지은 밥도 윤기가 났고, 스팸도 바깥쪽이 바삭하고 향기롭게 구워졌다. 스팸과 함께 삶아서 간을 한 시금치와 달걀말이도 들어 있었다. 그것을 밥으로 싸서 마지막에 김으로 둘러쌌는데, 그 김이 또 바다 향이 나는 게 절묘했다.

"요리를 잘하네요."

내가 칭찬하자 코지는 쑥스러워하며 말했다.

---

14 三陰交, 발 안쪽 복사뼈의 중심에서 위로 세 치 올라간 곳에 있는 혈

"뭘요, 어릴 때부터 혼자 집을 보던 아이라서요. 엄마가 일찍 세상을 떠나서 초등학교 때부터 아빠 식사를 만들었거든요. 이 스팸 주먹밥은 어부인 아빠가 배 위에서도 바로 먹을 수 있도록 제가 연구한 거죠."

코지는 금발에다 피어싱도 많이 하고 있어서 얼핏 불량스러워 보이지만, 실제로는 아주 착실한 사람이었다.

식사를 마치고 사요리의 배가 조금 진정된 뒤 족욕통을 치우고 마사지를 시작했다. 마사지라고 해봐야 내 배가 불러서 전신은 하지 못한다. 그래서 손바닥을 중심으로 마사지했다.

코지는 부엌에서 담담하게 설거지를 했다. 도중에 사요리가 음악을 듣고 싶다고 하니 코지가 평소 둘이 듣던 노래를 틀어주었다. 밥 말리. 오노데라도 곧잘 밤중에 담배를 피우면서 그 걸걸한 노랫소리에 귀를 기울이곤 했었다.

사요리는 눈을 감고 가볍게 멜로디를 흥얼거렸다. 종종 선생님이 코를 크게 골았다. 뭐라고 말할 수 없는 행복한 시간이었다. 창으로 들어오는 달빛이 임산부인 사요리의 실루엣을 아름답게 떠오르게 했다.

손 마사지를 끝내자, "아, 편해졌어요" 하고 사요리가 두 팔을 쭉 뻗었다. 그리고 코지, 하고 그를 불렀다. 부엌에서 설거지를 마친 코지는 창가 소파에 앉아 잡지를 뒤적이다가, 사요리의 부름에 그의 옆으로 다가왔다. 그리고 아주 자연스러운 동작으로 사요리의 몸을 포옹했다. 조각품처럼 엉켜 있는 두 사람의 아름다운 모습에 나는 순간 마음을 빼앗길 것 같았다.

하지만 조용하고 달콤한 시간이 한없이 계속되지는 않았다. 또 사요리에게 진통이 왔다. 때로 아악 하고 얼굴을 찡그리며 찢어질 것 같은 소리를 질렀다. 소리가 점점 커지자 선생님이 눈을 떴다.

"사요리, 좋은 느낌인걸. 그런 느낌, 그런 느낌."

선생님은 허물을 벗듯이 침낭에서 몸을 비틀었다.

나는 사요리의 몸을 계속 주물러주었다. 선생님은 시계를 보면서 진통 간격을 쟀다. 그래도 아직 10분 간격은 되지 않았다.

"분만이 진행되지 않을 때는 욕조에 20분 정도 들어가 있어도 좋아. 배를 따뜻하게 하면 그다음은 수월히 진행될 거야."

선생님의 말에 코지가 서둘러 욕조 준비를 했다. 선생님과 코지 둘이서 진통으로 괴로워하는 사요리를 욕조까지 데려갔다. 코지는 자기도 함께 들어가고 싶다며, 바로 옷을 벗고 사요리와 함께 욕조에 들어갔다. 욕조 속에서 코지가 뒤에서 부축해주자, 사요리는 후유 하고 긴장이 풀렸는지 그제야 표정이 부드러워졌다. 사요리의 배는 나보다 더 부르고 가슴도 많이 부풀어서 옆에서 보면 알파벳 'B' 그 자체였다.

"이제 곧 태어나겠구나."

눈을 감은 채 반쯤 헛소리처럼 중얼거렸다. 눈앞의 사요리는 점점 사람에서 짐승이 되어가는 것 같았다. "우우", "아아" 하고 말이 되지 않는 소리를 질렀다.

20분 정도 지나 욕조에서 나오자 정말로 진통이 진행됐다. 선생님이 사요리의 산도에 손을 넣어 내진했다. 그리고 창으로 보이는 달님을 향해 정좌를 하고 눈을 감고 중얼거렸다. 역시 최초의 '우와리카무이'와 마지막의 '츠루카메츠루카메'밖에 알아듣지 못했지만, 어쨌든 선생님은 출산의 신에게 기도했다. 나도 아는 부분만 조그맣게 소리 내어 함께 중얼거렸다.

사요리의 출산이 진행됨에 따라 코지는 당황하기 시작했다. 선생님이 사요리의 몸을 부축하라고 하자, 코지는 상반신을 일으킨 사요리의 등과 등을 마주 대는 자세가 되어, 그의 호흡에 자신의 호흡을 맞추었다. 나는 사요리가 내민 손을 잡고 목과 이마에 맺힌 땀을 닦았다.

입욕이 효과가 있었는지 사요리의 출산은 순조롭게 진행됐다. 양수가 터지고, 내 쪽에서는 보이지 않지만, 이미 아기의 머리가 보일락 말락 하는 것 같았다. 적당한 때를 봐서 선생님이 코지의 손을 끌고 가 아기의 머리를 만지게 해주었다.

"우와⋯⋯."

코지의 목소리가 엄청나게 크게 방에 울렸다.

진통의 파도가 찾아올 때마다 욱하고 사요리가 무시무시한 소리로 절규했다. "아얏!" "죽을 것 같아!" 그런 단어도 이따금 섞였지만, 대부분은 비명과 신음이다. 내가 전에 오노데라와 살던 맨션에서 이런 소리를 냈더라면 틀림없이 누군가가 경찰에 신고해서 순찰차가 왔을 것이다.

도중에 사요리가 화장실에 가고 싶다고 하자, 선생님은 바로, "똥이든 오줌이든 지금 당장 여기서 전부 싸. 엄마가 몸도 마음도 다 비우지 않으면 아기가 나오지 못하니까!" 하고 빠른 말로 대답했다. 그 말을 듣고 사요리가 바로 힘을 주었다. 계속 참고 있었을지도 모른다. 선생님이 재빨리 사요리의 엉덩이 아래로 종이를 밀어 넣었다. 그리고 얼른 배설물을 싸서 벌떡 일어나 화장실로 갔다. 이런 일은 출산 현장에서 일상다반사일 것이다. 넋을 잃을 정도로 재빠른 손놀림이었다. 그리고 또 사요리는 얼굴이 빨갛게 되어 힘을 썼다.

도중부터 코지는 계속 울었다. 조심스럽게 조용히 눈물을 흘리는 게 아니라 정말로 엉엉 소리 내어 울었다.

"이래서 남자는 여차할 때 도움이 안 된다니까."

선생님이 어이없어하는데도 코지는 필사적으로 사요리를 부축하려고 애썼다. 무슨 일이 있었는지 예정보다 몇 시간 늦게 팍치 씨도 겨우 합류하여 선생님, 팍치 씨, 나, 코지 네 명이서 사요리의 출산을 응원했다.

아기가 탄생한 것은 새벽 4시 가까이였다. 온 세상의 살아 있는 모든 생물이 잠든 듯한 고요한 새벽에 아기의 산성이 울려 퍼졌다.

갓 태어난 아기는 탯줄로 이어진 채 누워 있는 사요리의 가슴에 동그마니 올려졌다. 피도 거의 묻지 않아 도자기처럼 매끈했다. 사요리와 코지 둘 다 닮아 이목구비가 반듯하고 예쁜 여자아이였다.

"귀여워라."

상기된 얼굴로 사요리가 아이의 얼굴을 손가락 끝으로 만져보았다. 신기하게 그때까지 어리고 조금 철없어 보였던 사요리가 완전히 엄마의 얼굴이 됐다. 그 옆에는 감격에 겨운 코지가 눈물 콧물 흘리면서 잘했어, 잘했어, 하고 사요리의 머리를 쓰다듬었다.

"아주 순산이었어."

선생님도 수도에서 손을 씻으며 두 사람을 칭찬했다. 뭐라 표현해야 좋을지 모르겠지만, 방 안이 부드러운 공기로 가득 차 있음을 느꼈다. 그대로 집 전체가 땅을 떠나 풍선처럼 허공에 떠버릴 것 같았다. 밖에서는 아기 탄생의 축전이라도 띄우는 것처럼 부엉이 소리가 울렸다. 날이 새려면 아직 조금 시간이 남았다.

아기의 모습을 멍하니 보고 있는데, "마리아도 얼마 안 남았으니 그 탯줄 한번 만져보지?" 하고 선생님이 느닷없이 제안했다.

"그래도 돼요?"

작은 소리로 사요리에게 묻자, 그는 소리로 대답하는 대신에 아기의 등에 손바닥을 댄 채 빙그레 미소 지어주었다. 사요리는 출산 전에도 물론 귀여웠지만, 그때보다 훨씬 여성스럽고 예뻐졌다.

나는 손을 씻고 수건에 물기를 깨끗이 닦은 뒤 조심스럽게 손을 내밀었다. 태어나서 처음 만져보는 탯줄은 상상했던 것보다 훨씬 강하고 탄력이 있었다. 좀 더 제대로 만져보니 꿈틀꿈틀 맥이 뛰는 것이 전해졌다.

"움직여."

감동해서 혼잣말처럼 중얼거리자, "난 출산 중에도 특히 이 시간이 정말 좋아. 아기와 엄마가 탯줄 하나로 연결되어 있거든" 하고 말하면서 꽉치 씨가 내 어깨에 가만히 손을 올렸다.

츠루카메 조산원에서는 탯줄을 아기 배에서 엄마의 태반에 가까운 부분까지 길게 남겨둔다. 그리고 바싹 마를 때까지 건조한 뒤에 엄마에게 돌려준다. 이것을 마디마디 아이에게 끓여서 먹이면 면역력이 강해진다고 한다. 탯줄은 사람에 따라 길이도 굵기도 가지각색으로, 그야말로 아기와 엄마를 연결하는 유일무이한 생명의 끈이다. 나는 사요리의 탯줄을 만지며 필사적으로 입술을 깨물었다. 선생님이 내 생일 때 해준 말의 의미를 그제야 알았다.

"네게도 탯줄이 있을 거야."

선생님은 그렇게 말했다.

그렇다. 나도 엄마와 이런 식으로 탯줄로 연결되어 있었다. 탯줄이라는, 보기보다 훨씬 듬직하고 형태가 있는 따뜻한 것과. 그리고 아득히 멀리에 있는 사람들과도 줄곧 탯줄을 통해 연결되어 있었다. 나는 신이 툭 내버린 아이가 아니다. 그 사실을 알고 나니, 지금 여기서 사요리의 탯줄을 만지고 있다는 것이 너무나 멋진 일이라는 게 느껴졌다.

"고마워요."

살그머니 사요리의 탯줄에서 손을 뗐다. 그래도 손바닥에는 쿵쿵쿵 하는 심장박동의 감촉이 생생하게 남았다.

탯줄을 통해 엄마에게서 영양분이 흘러 들어갈수록 금방 태어났을 때는 하얗게 보이던 아기가 점점 붉은빛을 띤 핑크색이 되어갔다. 그리고 처음에는 몸부림치듯 괴로운 호흡이었지만, 자력으로 폐 등에 남아 있던 액체를 토해낸 뒤로는 부드럽게 숨을 쉬기 시작했다.

대단하다. 그런 단순한 말밖에 생각나지 않는 게 안타깝지만, 사람이 탄생한다는 것은 정말로 대단한 일이다. 시작은 아주 작은 난자와 그보다 더 작고 작은 정자의 만남이었어도, 작고 작은 수정란이 세포분열을 거듭해서 이 세상에 단 하나밖에 없는 인간이 탄생하니 말이다.

나도 이렇게 엄마의 태내에서 나왔다. 엄마의 몸을 다치지 않도록 몸을 조그맣게 웅크리기도 하고 비틀기도 하면서 천천히 시간을 들여. 물론 실제로는 제왕절개였을지도 모르고, 사실 아는 것은 하나도 없지만.

마치 내 자신이 지금 막 사요리의 몸에서 나온 아기이기라도 한 것 같은 기분이었다. 선생님이 이 자리에 불러준 의미를 알 수 있었다.

선생님 얘기에 따르면 탯줄 혈액이 아기에게 흘러드는 시간에는 개인차가 있어 대개 15분에서 2시간 정도 걸린다고 한다. 사요리의 경우 출산에서 30분 지나니 박동이 진정됐다.

그걸 확인한 선생님이 탯줄 두 군데를 클립 같은 것으로 집었다. 그 사이를 코지가 가위로 자르는 것이다.

"와, 뭔가 반건조 오징어 같아."

코지의 표현이 너무 실감 나서 당황스러웠지만, 어쨌든 아기와 사요리의 탯줄이 싹둑 잘린 순간, 두 사람의 몸은 떨어지고 지금까지 공동운명체였던 두 사람은 각자 다른 길을 걷게 됐다.

"이것으로 몸이 두 개가 됐네."

"축하해요."

"쭉믕."

우리는 또다시 저마다 축복의 말을 건네면서 손뼉을 쳤다. "고맙습니다" 하고 사요리는 말했지만, 고맙다고 말하고 싶은 것은 내 쪽이었다. 사요리에게 그리고 사요리의 아기에게 중요한 것을 배웠다.

이윽고 사요리에게 한 번 더 가벼운 진통이 오며 태반이 나왔다. 후산이라고 한다. 나는 태어나서 처음으로 진짜 태반을 보았다. 새빨간 해파리 같았다.

"태반은 정말로 착해. 자기 역할을 다하면 스스로 떨어져 나오잖아. 게다가 피가 밖으로 쏟아지지 않도록 주머니를 뒤집듯이 해서. 나도 태반처럼 일생을 마치고 싶다는 생각을 언제나 하지."

선생님이 사랑스러운 눈으로 사요리의 태반을 바라보았다. 태반은 본인이 희망하면 먹기도 한다. 자기 태반을 먹는 사람이 있다는 말을 듣고 처음에는 깜짝 놀랐지만, 아마도 옛날부터의 풍습 같다.

돌아올 무렵, 나는 사요리에게 출산 소감을 물어보았다. 이미 아기는 사요리의 까만 유두를 빨고 있었다.

"아유, 아픈 정도가 아니에요. 배 속에 다이너마이트를 장치해놓은 것 같아요. 왜 흔히 우스갯소리로 콧구멍으로 수박을 꺼내는 것 같다고 하잖아요. 그런데요, 그게 엄청 기분 좋았어요. 지금은 포유류로 태어나길 잘했다는 느낌이에요. 마리린도 낳아보면 분명 이해할 거예요. 그러니까 파이팅! 그리고요, 그게 효과가 있었는지도."

"그거라니?"

의미를 몰라 되묻자, "왜 있잖아요, 그거. 아기 맞이 뭐였더라?"라며 자기가 말을 꺼내놓고 얼굴이 발갛게 물들었다. 아기맞이 행위를 말한다는 걸 바로 알아듣고, "그럴 상대가 있어서 부러워요"라고 농담처럼 대답했다.

섬 홍백전 하던 날 식사를 하며, 선생님과 에밀리가 가르쳐 준 것이다. 정자에는 진통촉진제와 같은 성분이 들어 있어, 산도를 부드럽게 해서 출산 직전 사랑을 나누면 아기가 나오는 데 도움을 준다고. 사랑을 나눈다는 표현은 그때 실제로 에밀리가 사용한 것이다.

황홀한 표정으로 아이에게 젖을 먹이는 사요리는 몸 전체가 부드러운 꿀 같고, 무지개처럼 빛나 보였다. 포유류로 태어나길 잘했다니, 실제로 아이를 낳지 않으면 모르는 느낌이리라.

돌아갈 준비를 마치고 밖으로 나오자 아침노을이 훌륭할 정도로 곱게 져 있었다.

분홍색, 가지색, 물색, 개암나무색. 다양한 색이 포개져 아름다운 그러데이션을 만들었다. 각각의 색이 내가, 내가, 하고 자기주장을 하는 게 아니라 서로에게 자리를 양보하면서 그곳을 공유하는 듯 겸허한 느낌이 드는 아침노을이었다. 밤을 새워 머리가 조금 무거웠는데, 그런 것이 싹 가셨다.

왼손으로 해를 가리고 광합성을 해보았다.

이 섬에 처음 왔을 때보다 해와 악수하는 것이 훨씬 능숙해졌다. 이내 빛이 손에 닿는 것을 느낀다. 나는 눈을 감은 채 기도했다.

부디 앞으로 두 달 남짓한 시간 동안 순조롭기를. 무사히 아기와 만날 수 있기를.

사요리가 엄마가 된 것과 때를 같이해서 나는 섬에 있는 '데이 서비스'에 다니기 시작했다. 섬에는 노인이 많다. 혼자 사는 사람도 많은데, 그런 사람들은 낮에 마을의 데이 서비스 시설에 모여 친구들과 함께 시간을 보낸다. 그곳으로 마사지를 하러 가는 것이다.

내 가슴에는 장로의 말이 깊이 새겨져 있었다. 가볍게 어깨를 주물러준 것을 그렇게 기뻐했다니, 아무리 그만하라고 해도 더 해줄걸 그랬다. 이제 장로의 어깨를 주물러줄 수는 없지만, 그 대신 섬에 사는 노인들에게 해주고 싶다. 장로는 이 섬사람들은 모두 형제라고 입버릇처럼 말하지 않았던가.

요즘 몸 상태도 좋고 뭔가 내가 할 수 있는 일을 적극적으로 해보고 싶었다. 선생님에게 의논했더니 흔쾌히 승낙해주어서 일은 순조롭게 척척 진행됐다.

처음에는 노인들의 사투리를 잘 알아듣지도 못하고 좀 서먹하기도 했다. 하지만 몇 번 데이 서비스에 다니는 동안 조금씩 익숙해져서 어느샌가 데이 서비스에 가는 날이 기다려졌다. 할머니들은 내가 임산부라는 사실을 알자, 모두 자기 일처럼 기뻐하며 배를 쓰다듬어주었다. 마치 나를 손녀나 증손녀처럼 귀여워해 주었다.

마사지라고는 하지만, 역시 나의 기본은 선생님에게 배운 어루만짐이다.

처음에는 어깨에 힘이 잔뜩 들어간 데다 내가 아픈 곳을 고쳐준다는 거만한 생각을 가진 탓인지 잘되지 않았다. 내가 그들보다 위에 있다고 생각하는 것이니 아무래도 교만한 마음이 싹트게 된다. 중요한 것은 마음을 비우는 것이었다. 오로지 상대의 호흡에만 맞춰야 한다.

하다 보니 정말로 조금씩이지만, 그 사람 몸의 소리가 들리게 됐다. 상태가 좋은 사람의 몸은 손을 대기만 해도 안다. 손바닥이 기뻐한다. 반대로 몸 상태가 좋지 않은 사람의 몸은 손을 대는 순간 나쁜 느낌이 든다. 차갑고, 찌릿찌릿 저릴 때도 있다. 때로는 손바닥이 멋대로 상태가 안 좋은 곳으로 움직여갈 때도 있다. 그리고 그 부분에 가만히 손바닥을 대고 있으면 찌릿찌릿하고 서늘한 느낌이 들던 곳이 점점 따뜻해져 간다. 횟수를 거듭하면 할수록 점점 어루만짐의 세계로 빠져들었다. 다른 사람에게 무언가 해줄 수 있는 일이 생겼다는 자신감을 얻게 된 것은, 마치 살아가기 위한 '지팡이'를 손에 넣는 것과 같았다.

마사지가 끝나면 노인들은 저마다 고맙다고 인사를 한다. 고맙다니 나야말로 고맙다. 내 손을 어루만지면서 한쪽 손으로 주머니를 뒤져 감사의 표시로 사탕을 한 개 주기도 한다. 사탕이 없으면 옛날부터 섬에 전해오는 민화를 들려주기도 하고, 배 속의 아기에게 옛날 자장가를 불러주기도 한다. 판다누스라는 식물의 잎으로 바람개비를 만들어준 것은 언제나 귀여운 옷을 입고 다니는 하루코 할머니였다.

하루코 할머니는 두 손으로 재주 좋게 잎을 접으며 섬에서 아기를 낳았을 때의 얘기를 들려주었다. 밭일하던 중에 진통이 와서 집에 채 돌아가기도 전에 길바닥에서 출산했다고 한다. 마사지가 끝난 후, 그런 얘기를 듣는 것이 정말로 즐거웠다.

　하마우리도 데이 서비스 노인들에게 배운 것 중 하나다. 하마우리란 음력 3월 3일에 여성들이 서로 친구를 불러 바다로 나가는 행사라고 한다. 할머니들도 모두 그날을 기다리고 있었다. 해초와 조개를 줍기도 하고, 해변에 둘러앉아 맛있는 것을 먹기도 하며, 개중에는 바다에 들어가 몸을 깨끗이 씻는 사람도 있다고 한다. 올해는 4월 16일이 그날에 해당한다.

　하마우리를 며칠 앞둔 어느 날, 나는 선생님에게 9개월째 임산부 검진을 받았다. 출산까지 이제 두 달 남았다.

　하마우리 얘기를 꺼냈더니, "츠루카메 팀도 물론 갈 거야" 하며 선생님이 신나는 목소리로 말했다.

　"바다에도 들어가요?"

　반쯤 기대하고 반쯤 불안해하면서 물었다.

　"그날 날씨에 따라서. 만약 화창하고 물이 차갑지 않으면 마리아도 들어가 볼래?"

　내 배에 젤리 같은 것을 발라, 프로브라고 불리는 흙손 같은 기구를 대면서, 선생님은 자연스럽게 물었다. 초음파 검사 모니터에는 아기 귀 같은 물체가 크게 나타났다.

나는 대답을 보류했다. 이제는 바다를 보며 아름답다고는 생각하지만, 실제로 내가 바닷물에 풍덩 들어가는 것을 상상하면 역시 아직 조금 겁이 난다. 게다가 안자이 부부가 귀에 못이 박히도록 들려준 바다의 무서움은 장로의 죽음으로 현실이 됐다. 그들의 말은 속임수나 협박이 아니라 사실이었다. 마음속에는 어릴 때 생긴 상처 딱지가 아직 남아 있다. 억지로 떼어내면 피가 날 것 같다.

최근 아기가 잘 움직이지 않아서 걱정이라고 선생님에게 상담했더니, 아기는 이제 슬슬 자궁이 비좁은 시기여서, 머리를 아래로 한 자세로 조용하게 있는 것이니 괜찮다고 말해주었다.

얼마 전까지는 뭐가 어찌 되든 츠루카메 조산원에서 출산해서 선생님이 아기를 받아주길 바랐다. 지금도 물론 그렇게 되면 기쁘겠다고 생각한다. 그렇지만 임신과 출산에는 항상 예기치 못한 사태가 발생한다. 나 역시 섬의 진료소에 실려 가 그곳에서 출산할지도 모르고, 더 응급한 사태가 되면 헬리콥터로 육지 병원에 긴급 수송될지도 모른다. 물론 상황이 그렇게 된다면 그것대로 나와 아기에게 최고의 출산일 것이다. 선생님이 사람들과 카마이 경단 전골을 먹을 때 한 말처럼, 출산에는 좋은 것도 나쁜 것도 없다. 무사히 태어나주면 그걸로 좋은 거고,

제왕절개로 태어나더라도 그건 그 아이의 운명이라고 생각한다. 그리고 만약 산모가 위험한 출산이 된다면, 나는 이 아이를 우선해주길 바란다. 내 생명과 맞바꾸어 아기의 생명을 구할 수 있다면 나는 기꺼이 내 생명을 내놓을 각오가 돼 있다.

임신한 지 겨우 몇 개월이지만, 지금까지와는 다른 마음으로 세계를 보게 됐다. 그것만으로 이미 너무 충만할 정도로 행복하다.

하마우리 당일은 훌륭하리만치 쾌청했다. 마침 출산 징후가 보이는 임산부도, 입원 중인 모자도 없어서 선생님도 안심하고 나갈 수 있을 것 같았다. 그런데 선생님 말이, 신기하게 해마다 하마우리 날은 시간이 빈다고 한다. 이날만큼은 조산사들 모두 쉬세요, 하는 우와리카무이의 순수한 배려일지도 모른다.

선생님과 꽉치 씨와 나 셋이 아침부터 준비했다. 일단 사미도 불렀지만, 여자들 행사이니 여자들끼리 다녀오세요, 하고 냉담하게 거절했다. 최근 사미는 달라졌다. 과묵한 농부처럼 날마다 밭일에만 열심이다. 빈 시간에는 동굴에 틀어박혀서 뭘 하는지 묵묵히 작업을 하고 있었다.

"억, 또 태웠어."

뒤집개로 얼른 달걀을 뒤집으니 노른자 일부가 검게 탔다.

"괜찮아, 괜찮아. 마리린, 점점 탄 부분이 적어질 거야. 몇 번이고 하다보면 익숙해진다니까."

곽치 씨가 어깨를 톡톡 치며 격려해주었다.

"고마워. 그런데 벌써 여섯 번째야."

"여섯 번이라니 아직 멀었어. 달걀말이는 아이가 제일 처음 접하는 엄마의 맛이야. 그러니까 잘할 수 있을 때까지 하는 거야!"

이번에는 선생님에게서 충고가 날아왔다.

"예? 달걀말이가 그렇게 중요한 거예요?"

놀라서 되묻자, "그럼, 중요하고말고" 하고 선생님은 당연하다는 표정을 지었다.

"달걀말이 하나로 그 사람의 성격까지 알 수 있다니까. 난 할머니가 만드는 달걀말이를 제일 좋아했어. 전혀 달지 않고 소금 맛이 나는 짭짤한 달걀말이."

"소금 맛이 나는 달걀말이는 상상이 안 가요."

달걀말이라는 단어를 듣고 제일 먼저 떠올린 것은 양어머니가 만든 달걀말이였다. 달콤하고 폭신폭신하고 부드러워서 어릴 때 나는 갓 만든 달걀말이 양쪽의 꼬투리 부분을 미치도록 좋아했다. 식어도 촉촉하고 맛있었지만, 갓 구워서 뜨거울 때 입안 가득 넣는 것은 최고의 행복이었다. 입안에서 새하얀 김을 내며 입에서뿐만 아니라 온몸에 부드러운 맛이 퍼졌다. 그때까지 있던 시설에서의 식생활에서는 절대 맛보지 못한 손맛이었다. 지금까지 양어머니의 달걀말이 같은 건 떠올려본 적도 없었는데. 역시 그동안 나는 꽤 많은 것을 보지 못하고 놓쳤을지도 모른다.

"내게도 이상적인 달걀말이가 있어요. 거기에 가까워지도록 연습해야지."

선생님과 곽치 씨에게도 들리는 목소리로 분명히 선언했다.

준비를 마치고 커다란 찬합에 방금 만든 음식을 담아서 바다로 출발했다. 츠루카메 해변에서 해도 물론 좋지만, 선생님이 운전하는 차를 타고 더 걷기 쉬운 모래사장이 있는 해안으로 가게 됐다. 편도로 약 한 시간 걸리는 드라이브였다.

얼마나 상쾌한 날씨인지! 몸속의 세포가 두 팔을 펴고 만세를 했다. 모든 경치가 반짝거렸다. 온 섬의 초록색이라는 초록색은 다 환성을 지르는 것 같았다. 섬의 모든 것들은 이 세상에 존재하는 온갖 멋진 일을 얘기하듯이 수다에 빠져 있다. 빛이 톡톡 터지고 시원한 바람이 지나갔다. 이런 날에는 내가 살아 있다는 것을 무조건 기뻐하고 싶다.

동물밖에 지나다니지 않는 좁은 길을 빠져나가 초록색으로 덮인 방갈로 마을에 들렀다.

"오늘은 말이야, 한 사람을 더 불렀어."

선생님이 클랙슨을 울리고 잠시 간판 앞에 서서 기다리고 있자, 안에서 나타난 사람은 츠야코 씨였다. 눈가 깊숙이 모자를 쓰고 긴팔 셔츠에 청바지를 입고 있다. 가녀린 어깨에는 슬링을 매고 있다. 안에는 인형 아기가 들어 있을 것이다. 선생님이 차에서 내려, "안녕, 츠야코 씨. 전보다 좀 통통해진 것 같네?" 하며 온 얼굴에 미소로 맞이했다. 여전히 야위어서 어디가 통통해졌는지 알 수 없었지만, 선생님이 그렇게 말하니 츠야코 씨는 모자 아래로 희미하게 입술 모양을 바꾸며 같이 미소 지었다.

"안녕하세요."

"잘 부탁합니다."

나와 팍치 씨도 뒷좌석에 올라탄 츠야코 씨에게 인사를 건넸다.

선생님이 데리고 가준 곳은 츠루카메 조산원에서 보면 정확히 섬의 반대편, 내가 이 섬에서 처음으로 간 모래사장이었다. 모래가 정말로 새하얘서 빛을 반사하여 반짝거리는 것처럼 보였다. 너무 눈이 부셔서 눈물이 고일 정도였다.

점심때가 지나 간조를 맞이한 해안은 이미 밀물이 밀려가서 일대가 초록색 주단처럼 해초가 펼쳐졌다. 먼저 온 사람들이 바다에 나와 해초를 따고 있었다.

　선생님은 츠야코 씨와 짝을 짓고, 나는 팍치 씨와 짝을 지어 바다로 갔다. 팍치 씨가 입고 있는 파란 아오자이 자락이 산들바람에 살랑살랑 나부껴서 마치 선녀 같았다.

　점심때 하는 하마우리는 요전에 장로와 사미와 같이했던 야간 고기잡이와는 또 다른 즐거움이 있었다. 같은 바다라고 생각할 수 없을 정도였다. 햇살이 쏟아지는 바닷속은 건강하기 그지없어 사방이 온통 반짝반짝 여유롭고 부드러웠다.

　팍치 씨가 쭈그리고 앉아 해초와 조개를 주우면 내가 바구니에 담았다. 팍치 씨는 발밑에 떨어져 있는 작은 조개를 열심히 모으면서, "나 있지, 마리린에게 무척 감사하고 있어" 하고 뜬금없는 말을 꺼냈다.

　"고맙단 말을 할 사람은 내 쪽이야. 늘 일도 많이 도와주고, 팍치 씨한테 폐만 끼쳤는걸."

　"그렇지 않아."

　그 목소리가 떨렸다.

　"무슨 일 있었어?"

　평소와는 다른 팍치 씨의 모습에 엉겁결에 얼굴을 들여다보았다. 팍치 씨가 내게 뭔가를 말하려는 분위기가 강하게 전해졌다.

"난 마리린을 만나기 전까지는 절대로 아이를 낳고 싶지 않다고 생각했어. 이런 일을 하고 있으면서. 웃기지?"

그의 말에 아무 대꾸도 할 수 없었다. 아기 기저귀를 갈고 우는 아이를 달래는 곽치 씨의 동작은 언제나 자애로 가득했다. 그래서 그런 생각을 했다는 게 몹시 의외였다.

"그런데 가까이에서 마리린 모습을 지켜보는 동안에 말이야, 나도 할 수 있는 일이 더 있겠구나, 하는 걸 깨닫게 됐어. 나도 선생님과 마찬가지로 내 아이는 평생 안 낳을지도 몰라. 그렇지만 다른 사람의 출산을 돕고 행복한 탄생의 순간을 지켜보는 것도 역시 내게는 큰 의미로 출산이지 않을까 생각하게 됐어. 그래서 고마워. 정식으로 고맙다고 말하고 싶었어."

곽치 씨의 눈물이 바다에 뚝뚝 떨어지는 것이 보였다. 발밑에는 작은 물고기들이 헤엄치고 있다가, 안경을 낀 것처럼 동그란 눈으로 이상하다는 듯이 우리 쪽을 보았다. 곽치 씨는 눈물을 닦으면서 얘기를 계속했다. 그것은 귀를 막고 싶을 정도로 고통스러운 과거였다.

곽치 씨의 어머니는 곽치 씨의 동생을 출산하다 목숨을 잃었다. 그 사실은 오래전에 그의 입으로 들은 적이 있다. 그런데 거기에는 그다음 얘기가 있었다. 곽치 씨 아래로 남동생과 여동생이 네 명이나 있었다. 다섯 명의 자식을 한꺼번에 떠맡게 된 아버지는 처음에는 열심히 일을 했지만, 점점 술만 마시고 일을 하지 않게 됐다고 한다. 꽉치 씨는 아버지를 대신해서 동생들을 돌보았다. 그러나 알코올에 절어 살던 아버지는 언젠가부터 딸을 자기 아내로 착각하게 되었고, 어느 날 꽉치 씨는 아버지의 아이를 임신하고 말았다.

그것이 꽉치 씨의 왼쪽 손목에 남은 무수한 흉터의 원인이었다. 꽉치 씨의 얘기를 묵묵히 들으면서 가슴이 찢어질 것 같았다.

"그러나 도중에 유산이 돼서 그 저주받은 아이는 다행히 태어나지 않고 끝났어. 그걸 안 친척들이 아버지에게서 나를 떼어내려고 일본으로 갈 유학자금도 빌려주었고. 그래서 그 후로 다시는 베트남에는 돌아가고 싶지 않았어. 하지만 이곳에서 생활하면서 맞설 용기가 생겼어. 그래서 오랜만에 돌아갔더니, 아버지는 죽었더라고."

꽉치 씨는 거기까지 말하고는 마지막까지 눈꼬리에 고여 있던 눈물을 아오자이 소맷자락으로 쓱쓱 닦았다.

"그러니까 마리린이 그렇게 열심히 사는 모습을 보고 있으면 용기가 생긴다는 얘기야."

내가 누군가에게 용기를 주다니, 꿈에도 생각한 적이 없다.

"꽉치 씨도 내게 얼마나 힘을 주었는데."

내가 그렇게 말했을 때, "이제 슬슬 점심 먹자! 배고프지?" 하고 선생님이 불렀다.

나는 일어선 팍치 씨를 두 팔로 껴안았다. 내가 누군가를 먼저 포옹하다니 처음 있는 일이었다. 오노데라조차 나를 안아주기만 기다렸지, 내가 먼저 안은 적은 없다. 품에 안은 팍치 씨의 몸은 전체가 딱딱해서 가느다란 막대기 같았다.

"깜언."

귓가에서 팍치 씨의 달콤한 목소리가 들리고 우리는 서로의 몸을 놓았다. 간단한 일인데. 그저 몸이 기우는 대로 두 팔을 벌리면 그만인 건데. 이렇게 되기까지 나는 얼마나 멀리 돌아왔는가.

선생님이 있는 쪽으로 가보니 어느새 에밀리도 합류하여, 나무 그늘에 펼쳐진 총천연색 천 위에 맛있는 음식이 잔뜩 차려져 있었다. 찬합의 1단에는 어묵, 다시마 말이, 튀김 그리고 내가 만든 달걀말이, 2단에는 찰밥, 주먹밥, 3단에는 쑥떡이 각각 담겨 있었다. 보기만 해도 식욕이 돋았다. 에밀리도 아직 감기가 덜 나았으면서, 집에서 바삭한 과자를 튀겨서 가지고 와주었다.

잘 먹겠습니다, 하고 얼른 젓가락을 댔다. 이것이 이 섬에 전해지는 전통 찬합 요리라고 에밀리가 말해주었다. 옛날에 하마

우리는 여성이 집안일을 하지 않고 몸을 쉬는 날이었기 때문에 전날 미리 음식을 준비해두었다고 한다. 내가 만든 약간 탄 달 걀말이도 양어머니의 이상적인 달걀말이에는 미치지 못했지만, 다른 음식과 어깨를 나란히 하고 있어 자랑스러웠다.

에밀리가 만들어온 튀김 과자에는 내가 좋아하는 땅콩이 잔뜩 묻어 있었다. 고소하고 전혀 기름지지 않아서 맛있었다. 임신 전의 나는 튀긴 음식을 그리 즐기는 편이 아니었는데, 임신 중에는 튀긴 음식이 자꾸 생각났다. 아이를 가진다는 건 정말로 수수께끼투성이다. 임산부 본인조차 알 수 없는 일이 부지기수다.

결국 많던 튀김 과자는 반 이상을 나 혼자 먹어 치웠다. 임신 후기에 체중을 불리는 것은 좋지 않으며, 임신선도 나타나기 쉬우니 조심해야 한다는 것은 알고 있다. 그런데 먹는 일이 즐거워서 멈추질 못하고 있다. 게다가 내 경우, 체중은 임신 전에 비해 아직 7킬로그램밖에 늘지 않았다. 선생님도 아직 너무 말랐으니 영양을 더 섭취해도 괜찮다고 했다. 그래서 더욱 먹는 것이 멈추어지질 않는다.

전원이 싸 온 음식을 깨끗이 먹어 치우고 차도 마시고 나서, 선생님과 에밀리는 조개를 캐러 갔다. 만성 수면 부족에 시달리는 팍치 씨는 바로 시원한 곳으로 이동해서 자리에 누웠다.

나는 츠야코 씨와 둘이 모래사장의 나무 그늘에 남았다. 츠야코 씨는 가볍게 몸을 흔들면서 슬링 속에 있는 인형 아기에게 자장가를 흥얼거렸다. 지금까지 츠야코 씨와 얘기한 적은 거의 없었지만, 이 기회에 큰마음 먹고 말을 걸었다.

"아기 이름이 뭐예요?"

그러나 대답은 없었다. 들리지 않았나 하고 한 번 더 묻자, "이름 같은 게 있을 리 없잖아요. 살아 있지도 않은데" 하고 말했다.

낮은 목소리여서 알아듣기 힘들었지만, 분명 그렇게 들렸다.

"미안합니다."

황급히 사과했다.

"나를 불쌍한 여자라고 생각하죠?"

"어째서 그런 말을……."

"자기가 임신했다고 자랑하지 말아요."

공격적인 츠야코 씨의 말에 아무 대답도 할 수 없었다. 이럴 때, 선생님이라면 츠야코 씨한테 뭐라고 말해주었을까. 어떻게 하면 츠야코 씨의 마음이 평온해질까.

그때, 내 손이 스르륵 움직였다. 내가 어째서 그런 짓을 했는지 나조차도 알 수 없다. 나도 모르게 츠야코 씨의 두 손을 내 배에 올려놓고 있었다. 정말 멋대로 움직였다. 마치 배 속의 아기가 투명한 손을 뻗어 내 손을 이끌어준 것처럼. 속으로는 이 래도 되나 생각했다. 이런 짓을 하면 츠야코 씨가 더 슬퍼질 것 이다. 하지만 내 몸은 굳은 듯이 움직이지 않았다.

얼마나 시간이 지났을까. 츠야코 씨의 표정이 일그러지며 평소와 다른 얼굴이 됐다.

"사실은 나도 알아요. 이런 짓 그만두어야 한다는 걸요. 그런 데 그러지 못하는 게 괴로워요."

내 손 아래에 있는 츠야코 씨의 손가락은 나뭇가지처럼 마 르고 여리고 차가웠다. 그렇게 있으니 츠야코 씨가 안고 있는 슬픔이 천천히 전해져서 나까지 괴로워졌다. 츠야코 씨는 모자 그늘에서 가만히 입술을 깨물었다.

뭔가, 뭔가 내가 전할 수 있는 것은 없을까? 그렇게 생각하 다가 나는 내 얘기를 했다.

"츠야코 씨, 나는요, 버림받은 아이예요. 그래서 태어나서부 터 이 아이를 가질 때까지 줄곧 내 인생은 왜 이렇게 불행할까 생각했어요. 임신을 알기도 전에 남편은 사라지고……. 그런데 정말로 최근이지만, 나 태어나길 정말 잘했다고 생각하게 됐어 요. 나를 버린 엄마는 평생 용서하지 못하겠지만. 그러나 감사 는 하고 있어요. 그러니까 츠야코 씨도……."

사는 것을 즐겨라? 슬픔을 잊고? 또 언젠가 아기가 와줄 테니 기다려라?

그러나 모두 아니다. 그런 단순한 것이 아니다. 말문이 막혀서 침묵만이 무겁게 드리워졌다.

역시 내 인생 따위 츠야코 씨의 슬픔에는 아무런 도움도 되지 않는 것이다. 이런 얘기를 꺼내놓고 어떻게 맺어야 할지 어쩔 줄 몰라 하고 있을 때, 배 속의 아이가 제비 돌기를 하듯이 휘리릭 하고 크게 움직였다. 요즘 한동안 얌전하게 있었는데.

"앗."

츠야코 씨의 입이 벌어지고 짧은소리가 들렸다.

그러자 다음 순간, 츠야코 씨는 갑자기 소리 내어 울었다. 마치 먹은 음식을 필사적으로 토해내려고 하는 듯이. 이렇게 고통스러운 울음소리는 지금까지 한 번도 들어본 적이 없다.

나는 츠야코 씨가 엎드려 우는 동안 깡마른 등에 손바닥을 올려놓고 있었다. 저 너머에 보이는 바다는 여전히 반짝반짝 빛나며 조개 줍는 여성들을 반겨주었다.

한참을 울고 난 뒤, 츠야코 씨가 새빨개진 눈으로 나를 바라보았다. 그리고 흐느끼며 간신히 얘기를 꺼냈다.

"나 여태 잊고 있었는데 지금 막 생각났어요. 그 아이가 내 배 속에 있을 때, 나 정말 행복했어요. 그런데 난 그 후의 이별만 기억하고 슬퍼했네요. 어째서 아이 목에 탯줄 감는 짓을 한 거야? 어째서? 어째서? 그렇게 날 원망하기만 했어요. 나를 선택해서 와준 데 감사하는 건 까맣게 잊었어요. 그런데 지금 그 아이에게 진심으로 고맙다는 생각이 들어요."

거기까지 말하더니 또 울음을 터트렸다. 그러나 지금 꼭 무슨 말을 해두고 싶은 건지도 모른다. 띄엄띄엄 필사적으로 말을 이어가려고 애쓰는 츠야코 씨의 목소리가 내 마음 깊이까지 울리는 것 같았다.

"좀 전에 당신의 배 속 아이가 내게 가르쳐주었어요. 부탁이니 유미 엄마, 웃어요, 라고. 유미도 웃고 있는 엄마를 좋아한다고 했다고. 그리고 약속해주었어요. 다시 유미가 엄마의 아기가 될 테니까, 라고. 그때까지 건강한 몸으로 기다려달라고. 유미(優美)는 남편과 같이 지은 딸아이의 이름이에요. 착하고 아름다워지라고요. 그리고 아빠는 역시 지금과 같은 사람이 좋겠대요. 엄마만큼 아빠도 좋아해서요. 그래서 두 사람의 자식이 되고 싶었대요. 그 얘기도 전해주네요."

츠야코 씨의 손바닥을 두 손으로 꼭 감쌌다. 내 배 위에서 보금자리 속의 작은 새처럼 꼼짝하지 않고 웅크리고 있던 츠야코 씨의 손이 이윽고 여행을 떠나듯이 스윽 내 배를 떠나갔다.

"이건 조산원에 놀러 온 아이들 갖고 놀게 주세요."

목에 걸고 있던 슬링과 그 안의 인형을 꺼내 내게 건넸다.

"그렇지만 이건……."

"괜찮아요, 유미 대신이라고 생각하며 소중히 했지만, 역시 유미는 유미니까요."

"그래도 슬링은?"

혹시 다음에 진짜 아기를 출산할 때 또 사용할 수 있을지 모른다. 하지만 츠야코 씨는, "당신한테 줄게요" 하고 활짝 웃는 얼굴로 시원스럽게 말했다.

"감사의 뜻으로."

그리고 츠야코 씨는 일어섰다. 가방을 들고 가려고 해서, "어디 가세요?"라고 소리치듯이 불렀다. 순간, 나쁜 생각을 하는 건 아닐까 걱정됐다. 내 마음이 전해졌는지 츠야코 씨는 온화한 표정으로, "집에 가는 거예요. 이 근처는 많이 걸어 다녀서 혼자서도 괜찮아요" 하고 밝게 대답해주었다.

"츠야코 씨!"

돌아서는 츠야코 씨를 한 번 더 불러 세웠다. '왜요?' 하는 표정으로 츠야코 씨가 돌아보기에 모래사장에서 일어섰다.

"아기가 태어나면 보러 오세요. 그리고 안아주세요."

갓 태어난 아기를 자랑하겠다, 그런 게 아니라 더 순수한 마음이었다.

"고마워요!"

그렇게 말하고 츠야코 씨는 그날 제일 큰 소리로 말했다. 손을 팔랑팔랑 흔들면서 모래사장을 뒤로했다.

한참 있으니 선생님이 그물에 대량의 해초와 조개를 잡아서 돌아왔다. 좋아하며 즐기는 모습이 어디서 봐도 진짜 해녀. 에밀리도 마찬가지로 많은 조개를 따서 만족스러운 미소를 짓고 있었다.

"대어군요!"

기분을 전환하고 두 사람에게 웃으며 말을 걸었더니, "어, 츠야코 씨는?" 하고 선생님이 물었다.

"이 아이를 두고 가버렸어요."

특별히 사정은 얘기하지 않고 인형을 가리키자, "드디어 졸업했구나"라고 말했다. 어쩌면 선생님은 뭔가를 알아차렸을지도 모른다.

바다 쪽을 보니 수영복 차림의 여성들이 몇 명 어울려서 환성을 지르며 물속으로 들어갔다. 하나하나의 파도가 은색으로 빛나, 왠지 그걸 보고 있기만 해도 마음 어딘가가 자극되어 감정이 넘쳐날 것 같았다. 지금이라면 바다와 화해할 수 있을지도 모른다.

"그럼 어디 한번, 들어가 볼까나."

선생님의 귀에도 들릴 목소리로 또렷이 말했다.

그러자 선생님은 차로 돌아가 트렁크에서 바다에 들어가기 위한 장비를 갖고 돌아왔다. 시키는 대로 젖어도 괜찮은 신발로 갈아 신고 수영복으로 갈아입었다. 곽치 씨도 잠에서 깨어나더니, 마리린이 들어가면 자기도 들어가고 싶다고 말했다. 자기는 아오자이를 입은 채로 들어가도 괜찮다며 그 자리에서 준비체조를 시작했다.

선생님이 내게는 허리에 두르는 스커트 같은 것을 빌려주어서 그걸 입고 바다로 향했다. 양옆에서 선생님과 곽치 씨가 부축해주었다.

복사뼈, 종아리, 무릎······. 물이 점점 깊어졌다. 두 사람은 내 팔을 꼭 잡아주었다. 그래도 파도가 올 때마다 몸이 붕 들리는 것 같았다. 처음 느끼는 감각이어서 불안과 기쁨이 마구 뒤섞여 머리가 어떻게 될 것 같았다. 조심조심 허벅지 깊이까지 들어가도 아직 괜찮았다.

"어때? 태어나서 처음으로 바다에 들어간 느낌?"

"기분 좋아요. 엄청."

혀 위에 올려놓은 음식 맛을 감상하듯 몸속의 피부감각을 총동원하여 온몸으로 바다의 감촉을 맛보았다. 장소에 따라 물의 온도가 달랐다. 도중에 발을 들고 가볍게 수영하듯 나아가 보았다. 허리까지 물이 와도 괜찮아서 더 깊은 곳까지 가보았다. 바닷물은 고급 실크처럼 내 몸을 부드럽게 감쌌다.

그때 문득 사토코와 장로가 나를 지켜주고 있을지도 모른다고 생각했다. 사토코는 안자이 부부의 친딸 이름이다. 나는 마음속으로 그 이름을 부르는 걸 꺼려왔다. 사토코를 적이나 경쟁자라고 멋대로 단정했기 때문에. 그래서 사토코를 삼킨 바다도 거부해왔다. 사토코가 나를 질투해서 바다로 끌어들일지도 모른다고 멋대로 망상을 부풀렸다. 그런데 그건 내 착각이었다. 나와 사토코는 피는 섞이지 않았지만 분명히 자매다. 이제 나는 질투 대신에, 10년도 채 못 살고 세상을 떠나야 한 사토코의 원통함을 생각했다. 아빠와 엄마와 헤어지는 것이 얼마나 고통스러웠을까.

정신을 차리고 보니 어느새 거의 목까지 물에 잠겨 있었다.

"마리아, 기왕 들어왔으니 떠보지 않을래?"

바로 귓가에서 선생님의 목소리가 들렸다.

"팍치랑 내가 꽉 붙들어줄 테니까."

"해볼래요."

짧게 대답하고, 한 번 크게 심호흡을 한 뒤 물 쪽으로 등을 젖혔다.

"온몸의 힘을 빼는 거야."

조금 무서웠지만, 해보았다. 둥둥 몸이 흔들렸다. 귓속에 바닷물이 들어가 세상이 멀어지는 것처럼 느껴졌다. 팔다리를 펼쳐 큰 대 자가 됐다. 푸른 바다와 대면했을 때 기뻐서 얼굴이 벙글어졌다. 눈을 감고 빛을 느꼈다.

"대단해! 마리아, 혼자 떠 있어!"

선생님의 목소리가 들렸다. 여전히 눈을 감은 채 나는 바다를 떠돌았다. 사토코와 장로를 생각하면서.

형태가 없는 해먹에 몸을 맡기고 있는 것 같았다. 그래, 배 속의 아기도 이런 느낌으로 양수 속에 둥둥 떠 있을지도 모른다. 얼마나 행복할까. 그렇게 느낀 순간, 내 배꼽에서 탯줄이 스르륵 뻗어 나와 우주로 이어지는 것을 느꼈다.

천천히 눈을 뜨니 선생님이 나를 내려다보고 있었다. 너무 기분이 좋아서 "악!" 하고 소리를 질렀다. 물속에서 소리가 전해지니 묘한 울림이 되어서 들려왔다. 바다에 뜬 채 두 손으로 배를 만졌다.

아까는 츠야코 씨한테 메시지를 주어서 고마웠어.

아기는 또 조용해졌다. 그러나 마음은 전해진 것 같다. 나는 안다. 당연히 나는 이 아이의 엄마니까.

때때로 입속으로 들어오는 바닷물은 상당히 짰다. 임산부에게 염분 과다섭취는 독이니까 되도록 바닷물을 먹지 않도록 입을 꼭 다물었다. 팍치 씨의 사연, 츠야코 씨의 사연, 나의 사연.

그런 것들이 빙글빙글 머릿속뿐만 아니라 온몸을 뛰어다니는 것 같았다.

따뜻한 봄 바다에 떠 있으니 그동안 나만 버려졌다는 무거운 짐을 짊어지고 있었던 사실이 부끄러워졌다. 모두 괴롭고 힘들어서 몸부림치며 살고 있다. 인생의 상처는 누가 대신해주지 않는 것이니까. 어떤 의미에서 모든 사람은 태어난 순간부터 버려진 아이일지도 모른다. 그래서 한없이 고독하고, 그래서 사람과 접하고 서로 도우며 기쁨을 발견하는 것이다.

"마리아, 이렇게 몸의 힘을 잘 빼게 됐으니, 출산 때도 지금의 편안한 느낌을 잊지 말도록 해."

나는 선생님의 흥분한 목소리는 건성으로 듣고 있었다. 새하얀 구름이 수면 위를 미끄러지듯이 빠른 속도로 지나갔다.

드디어 식당 '방랑'의 문을 들어선 것은 섬에 온 지 반년이나 지나서였다. 언젠가 가봐야지 했지만, 좀처럼 갈 기회를 찾지 못했다. 의학적으로는 37주부터 41주가 정상 출산이니, 정확히 36주째에 들어선 나는 이제 출산 초읽기 단계라고 할 수 있다. 돌이켜 생각하면 이곳이야말로 선생님과 만남의 계기를 만들어준 가게이다.

선생님이 처음에 내게 건넨 말을 생각할 때마다 웃음이 난

다. "혹시 방랑을 찾아온 사람?"이라니, 낯선 사람에게 거는 말
치고는 너무 엉뚱하다. 선생님은 목욕탕 의자 같은 것에 걸터
앉아서 나를 올려다보며 물었다. 그때 만약 선생님이 내게 말
을 걸어주지 않았더라면 나는 어떤 인생을 걷게 됐을까? 지금
은 선생님을 만나지 않은 내 인생은 상상조차 할 수 없다.

선생님에게 장소를 물어서 점심때가 지나 혼자 가보았다. 숲
속에 오도카니 있는 조립식 오두막 같은 집이 식당 방랑이었다.

"어서 오세요!"

맞아주는 사람은 누가 봐도 알아볼 만한 여장 남자였다. 깜
짝 놀라 엉겁결에 뒷걸음칠 뻔했다. 내추럴 메이크업과는 거리
가 먼, 무대 여배우 같은 진한 화장을 하고 있었다. 그러나 그
화려한 얼굴과는 반대로 목에서부터 아래는 수수한 색조의 여
성복을 무리하게 입고 있었다. 이름이 하지메라고 해서 막연히
남자구나, 예상은 했지만 설마 그런 사람인 줄은 생각지도 못
했다. 그러나 그런 점이 역시 선생님답다.

"츠루카메 조산원에서 왔는데요, 오노데라 마리아라고 합니
다."

가게 안으로 들어가며 하지메 씨한테 인사했다.

선생님의 편애가 아니라, 방랑은 정말로 인기가 많은 가게
같았다. 마을에서 꽤 떨어진 찾기 힘든 곳에 있는 데다, 점심때

도 지났는데 바 테이블 여덟 석의 좌석 가운데 여섯 석이나 차 있었다.

입구에 있는 발매기에 돈을 넣고 '임산부 라멘' 단추를 눌렀다. 산달이 되면 이 라멘을 혼자 먹으러 가는 것이 츠루카메 조산원의 관습이다. 그러면 순산한다고 했다.

발매기에서 나온 식권을 들고 영차, 마음속으로 기합을 넣으면서, 비어 있는 끝자리에 걸터앉았다. 오늘은 아침부터 꼬리뼈 부근이 욱신욱신했다. 어제는 데이 서비스에서 걸어오는 도중에 갑자기 쥐가 나서 넘어질 뻔했다. 그제는 허벅지 윗부분에 경련이 일었고. 매일 몸 어딘가가 아프다. 정말로 임산부는 태아를 담는 그릇에 불과하다. 내 몸은 껍데기고, 본체는 배 속의 아기다. 나는 아기에게 지령을 받고 움직이는 로봇에 지나지 않는다. 산달에 들어선 뒤로 점점 그 사실을 실감했다.

물을 갖다주는 주인에게 임산부 라멘 식권을 건넸다.

가까이서 자세히 보니 주인은 이목구비가 뚜렷해서 마치 서양 조각 같았다. 두꺼운 화장을 지우면 상당히 남자다울 것이다. 어딘가에서 본 기분이 드는 건 유명 배우를 닮아서일까.

바 테이블 바로 너머 주방에서는 커다란 냄비에서 김이 모락모락 나고 있었다. 반대쪽 중화냄비에서는 아까부터 뭔가 튀기고 있는 것 같다. 주인은 자루가 긴 채반 국자로 냄비의 중화면을 퍼 올리더니, 몇 차례 크게 위아래로 흔들어 물기를 뺐다. 그리고 국물을 담은 사발 그릇으로 면을 옮기고, 그 위에 중화냄비에서 떠올린 타원형의 무언가와 함께 파를 올려주었다.

"자, 임산부 라멘 나왔습니다!"

마법처럼 눈 깜짝할 사이의 완성이었다. 눈앞에 나온 라멘 그릇에서는 향기로운 냄새가 났다.

"잘 먹겠습니다!"

바로 젓가락을 들었다. 라면 위에 떠억 올려져 있는 것은 금방 튀긴 커틀릿이었다. 튀김옷은 여우색으로 바삭하게 튀겨서 전혀 느끼함이 없었다. 한입 베어 무는 순간, 배 속 아기와 둘이 얼굴을 마주 보고 돈가스를 먹는 듯한 기분이 들었다.

"맛있어라."

마음속으로 말할 생각이었는데, 나도 모르게 입 밖으로 소리를 내고 말았다. 그러자 주인이 대꾸했다.

"그럼, 이 파이코 면은 최고로 맛있을 거야."

"파이코 면? 임산부 라멘이 아니고요?"

"뭐, 이름이야 어느 쪽이든 상관없지만. 이 육수 만드는 과정이 아주 복잡해. 돼지 뼈와 닭 껍질에 생선까지 들어가니까. 그리고 그 고기도 닭이 아니라 야생 멧돼지거든."

나는 우물우물 씹으면서 끄덕끄덕 맞장구를 쳤다. 면도 꼬들

꼬들하고, 국물도 황금색이고, 육수가 진하면서도 짜지 않다. 국물을 머금어 약간 촉촉해진 돈가스도 절묘하다. 튀김옷에 특별한 향신료가 들어 있는지 어딘가 먼 나라를 연상시켰다.

바로 그때, 아무런 전조도 없이 오노데라가 떠올랐다. 이 라멘을 오노데라에게도 먹게 해주고 싶다. 그렇게 생각하니 들떴던 마음이 착 가라앉았다. 오랜만에 오노데라가 보고 싶었다. 요즘 내 배와 조산원 일로만 머리가 가득했다.

오노데라는 라멘을 좋아했다. 함께 살던 시절, 밤중에 배가 출출하면 우리는 함께 라멘을 먹으러 나갔다. 어두운 밤길에 손을 다정히 잡고 걷는 그 길이 즐거웠다. 최근 몇 년간 오노데라는 회사 일이 정말 바빴다. 어쩌다 있는 휴일에는 잠만 자는 일이 많아, 둘이 소풍 한 번 가기 힘들었다. 그래서 밤중에 라멘 먹으러 가는 일이 내게는 유일한 데이트였다. 무뚝뚝한 가게 주인은 무서웠지만 맛이 좋아서, 오노데라도 나도 그 가게에 자주 다녔다. 토핑으로 오노데라는 차슈를, 나는 달걀을 고르곤 했다. 그러다 가게 주인과도 조금씩 얘기를 나누게 되었는데, 나를 사모님이라고 불러주는 것이 쑥스러우면서도 묘하게 기뻤다.

그 시절, 나는 오노데라에게 기대기만 하고 그에게 의지가 되어주지 못했다. 아무리 일이 힘들어도 내가 도와주었더라면……. 그런 생각을 떠올리면서 황금 국물을 마시니 눈물이 줄줄 흘러내렸다.

다른 손님도 있어서 되도록 조용히 울며 라멘을 먹었다. 어물거리다 보면 면이 불어서 기껏 먹는 임산부 라멘이 맛없어진다. 이걸 먹고 진통의 아픔을 이기라고 임산부 라멘이라는 이름이 붙었다지 않는가. 분발해야 한다. 울고 있을 때가 아니다. 그러나 그치려고 하면 할수록 짠 눈물이 뚝뚝 떨어졌다. 그래도 필사적으로 돈가스를 먹고 있으니 주인이 아무 말 없이 티슈 상자를 내밀었다.

"고맙습니다."

인사를 하려는데 코맹맹이 소리가 나왔다.

"울고 싶으면 울면 되는 거야. 나도 말이야."

뭔가 이상하다 싶어서 티슈로 눈가를 닦으면서 얼굴을 드니 웬걸 주인까지 눈물을 흘리고 있었다. 속눈썹에 진하게 바른 마스카라가 번져 양쪽 눈 아래 두 가닥 검은 줄이 생겼다. 계속 손님이 올 텐데, 이런 얼굴로 맞이하면 누구라도 깜짝 놀랄 것이다.

"괜찮으세요?"

이번에는 내가 주인에게 티슈 상자를 내밀었다. 주인의 우는 얼굴에 압도되어 내 눈물이 쏙 들어가 버렸다. 그러면서 조금 안정이 돼서 그릇에 남은 국물을 전부 마셨다.

"잘 먹었수."

토목공사를 하는 사람들이 인사를 하며 나란히 가게를 나갔다. 주인은 잠긴 목소리로 "또 오세용~!" 하고 소리치고, 다시 내 쪽을 향했다. 그는 티슈로 눈가를 닦으면서 말했다.

"미안해. 따라 울어서. 지난달에 죽은 내 고양이가 생각나서. 당신처럼 새하얀 고양이였거든. 그렇지만 수명이 다해서 어쩔 수 없었어."

그러더니 주방 선반에서 고양이 사진액자를 가져와서 보여주었다. 그 순간, '어? 혹시?' 하고 무언가 퍼뜩 스쳤다. 혹시나 하는 마음에 "실례지만, 잠깐 뒤를 돌아봐 주겠어요?" 하고 부탁해서 그 실루엣을 확인한 뒤, 나는 확신하고 주인에게 말했다.

"작년 가을쯤 배를 타지 않았어요?"

그러나 주인은 "가끔 육지로 영화를 보러 가기도 하니까"라며 제대로 기억해내지 못했다.

"10월경에요."

"10월?"

"네, 아마 이 고양이와 함께 탄 것 같은데."

"아, 맞아, 10월이야. 코부키 상태가 나빠져서 가게 쉬는 날 동물병원에 데려갔어."

그래서 주인을 보았을 때 왠지 전부터 아는 듯한 느낌이 들었던 건가.

오노데라를 찾으러 섬에 왔을 때, 배에서 가동식 계단을 내리자마자 제일 먼저 내려간 게 이 사람이었다. 내가 그 뒷모습을 보고 아줌마라고 착각한 것은 주인이 여장을 했었기 때문이구나.

"코부키, 천국에 갔군요."

"맞아, 모두 나를 두고 가버렸어."

주인은 내 앞에 있는 빈 그릇을 치운 뒤 알로에로 만든 디저트를 내주었다. 무심히 선반 쪽을 보니 고양이 사진 옆에 또 하나의 액자가 걸려 있었다. 수줍은 표정에 시선이 가는 어느 여자의 사진이었다.

나와 주인이 얼굴을 맞대고 신상 얘기를 하는 동안 마지막 손님도 조용히 가게를 나간 모양이다. 문득 둘러보니 주인과 둘만 남았다.

"많은 일들이 있었지만, 그래도 지금은 아주 행복해."

"어째서요?" 하고 되묻자 주인은, "내가 만든 라멘을 맛있다고 해주고, 일부러 먹으러 와주는 사람들이 있는걸! 그건 정말 최고야"라며 정말 최고의 미소를 지었다.

그런 심정이라면 나도 안다. 내가 마사지해준 할아버지나 할머니가 기뻐해줄 때 나도 무작정 기뻐지곤 했다.

"그래도 나, 카메코를 만나지 못했더라면 이 가게 계속하지 못했을지도 몰라."

"그러세요?"

"그럼. 우리 가게, 처음에는 손님이 전혀 없었거든. 그런데 그때 카메코가 매일 먹으러 와주었어. 그 인간도 와서 걸핏하면 울었지."

"선생님이요?"

"응, 보긴 그래도 그 친구 아주 소심해서 사람들이 하는 말 하나하나 신경 쓰는 타입이야. 얘기하다 보니 둘 다 무거운 걸 짊어지고 있구나, 하는 걸 깨달은 거지. 하지만 그럴 때도 카메코는 먹성이 좋아서 잘 먹더라고. 아까의 당신처럼 말야. 그게 내게도 위로가 됐어. 아무리 괴로워도 사람은 결국 먹지 않으면 살아갈 수 없으니까."

선생님이 울면서도 국물 한 방울까지 시원스럽게 다 비우는 모습이 눈에 선했다. 게다가 내가 그 먹성을 닮았다니. 최근 몇 개월 동안 선생님의 야성미가 내게도 옮은 걸까?

"큰 나무에는 큰 그림자가 생기고, 작은 나무에는 작은 그림자밖에 생기지 않아. 카메코는 누가 봐도 크고 훌륭한 나무야. 그렇게 밝고 건강하지만 그 내면에 새까만 그림자를 안고 있는 건지도 몰라."

주인은 숙연한 목소리로 말했다. 나는 지금까지 선생님의 밝은 부분밖에 보려고 하지 않았다. 그러나 그림자 부분도 포함하여 통째로 그 사람을 받아들이는 것이야말로 진짜 사랑이다. 주인은 아마 진심으로 선생님을 사랑하는 것 같다.

"한 가지, 좋은 거 가르쳐줄까?"

주인은 장난스러운 눈으로 나를 보았다. '뭐예요?' 하고 눈으로 물었다.

"인생에서 가장 슬픈 일 있잖아? 그걸 얘기한다는 것은 그 사람을 사랑한다는 증거야. 유감스럽게 나는 아내에게 솔직하질 못해서……."

나도 아직 오노데라에게 인생에서 가장 슬픈 일을 얘기하지 못했다.

"잘 먹었습니다."

감사의 마음을 담아 인사를 하고 자리에서 일어섰다. 그러자, "저기, 혹시, 잠깐 배 한 번 만져봐도 돼?" 하고 조심스럽게 물었다.

"그럼요, 그럼요" 하며 점점 거대해지고 있는 배를 앞으로 내밀었다.

"아내한테도 아기를 갖게 해주면 좋았을 텐데."

그렇게 말하는 주인의 손바닥은 부드러워서 따뜻한 볕이 어루만져주는 것 같았다.

임신 달력은 37주, 38주, 39주가 지나갔다.

그런데 예정일이 가까워도 전혀 나올 기미가 보이지 않았다. 예정일 사흘 전부터 우엉 씨를 먹으면 유관이 열려 모유가 잘 나온다고 해서, 하루에 세 번씩 일곱 알 정도를 꼭꼭 씹어 먹었다. 그래도 아기는 나오지 않았다. 가진통만 오다가 시간이 지나면 멀어졌다. 괜찮아, 라고 생각하는 반면 뭔가 안 좋은 일이 일어난 게 아닐까 불안해지기도 했다. 하지만 선생님도 팍치 씨도 언제나 곁에 있어주었다. 뭐니 뭐니 해도 조산원에서 일하고 있으니 나보다 더 안심할 수 있는 임산부도 없을 것이다.

그러던 어느 날, 기다리고 기다리던 징후가 나타났다. 속옷에 붉은 피가 살짝 묻어 있었다. 임산부 모두에게 있는 건 아니지만, 진통이 오는 전조라고 한다. 내 경우는 아직 진짜 진통이 올 기미는 느껴지지 않았지만.

또 며칠 뒤, 아침에 눈을 뜨자 왠지 모르게 허리 전체에 위화감이 있었다. 츠루카메 해변까지 걷는 동안 팍치 씨가 잠시도 떨어지지 않고 부축해주었다.

섬은 이미 장마철을 맞이했지만, 최근 며칠은 맑은 날이 계속됐다. 예정일이 며칠 지났는지도 모른다. 그저 배 속에 아이를 가지고 살고 있는 존재, 그것뿐이다. 천천히, 천천히 마치 발꿈치로 대지에 입을 맞추는 듯한 감미로운 기분으로 한 걸음씩 앞으로 나아갔다.

이날 아침 모임은 훌라댄스였다. 제대로 된 동작은 거의 못한다. 이제 기민하게 움직이질 못하는 것이다. 그래도 선생님을 따라서 두 팔을 펼치기도 하고 발로 리듬을 맞추기도 했다. 이렇게 언제나 같은 장소에서 아침 해를 기다리면 새벽 시간이 조금씩 달라지는 것과 해가 떠오르는 위치가 날마다 시시각각으로 이동한다는 사실을 알게 된다. 그리고 마지막으로 눈을 감고 광합성을 하고 있을 때, 사타구니 사이로 뭔가가 좁혀지는 느낌이 찾아왔다.

중간에 멈춰 쉬기도 하면서 안채로 돌아왔다. 며칠 만에 비가 내릴지도 모른다. 조금 축축한 바람이 부는 게 느껴졌다. 사미는 아침 일찍부터 밭일을 하고 있었다. 근처를 지날 때, "안녕!" 하고 말을 걸었더니, "안녕" 하는 차분한 목소리가 돌아왔다. 본가에 다녀온 이후, 사미는 사람이 달라진 것 같다. 제멋대로이긴 했지만, 넉살 좋던 사미가 그리워졌다.

현미에 낫토, 조개 된장국과 녹미채로 아침을 먹고 평소처럼 설거지를 하고 빨래를 널고 청소를 한 뒤, 데이 서비스로 향했다. 나를 기다리는 사람이 있다고 생각하니 기어서라도 가고 싶었다.

평소와 다름없이 노인들에게 마사지를 해주었다. 각자의 몸 상태를 파악하여 더 만족스럽게 해주니 다들 기뻐한다. 지금은 나를 '마사지 마리린'이라고 친숙하게 불러주는 사람들도 있다.

잘 생각해보면 나도 식당 '방랑'의 주인과 마찬가지다. 선생님을 만나지 않았더라면 평생 누군가에게 마사지를 선물하는 귀중한 역할을 찾지 못했을지도 모른다. 게다가 선생님은 이 아이의 생명의 은인이다. 만약 섬에 혼자 왔을 때 선생님이 말을 걸어주지 않았더라면, 이 아이를 낳으려는 생각은 결코 하지 못했을 것이다. 그때 선생님이 써준 편지는 평생의 보물이다. 얼마 전 안자이 부부에게 받은 편지와 함께 베갯머리에 넣어두었다. 건강하게 아이를 낳아서 최대한 사랑으로 키우는 것이 나를 이렇게까지 키워준 모든 사람에게 은혜를 갚을 수 있는 유일한 길이다.

데이 서비스에서 할머니, 할아버지와 함께 점심을 먹은 뒤 편도 약 한 시간의 길을 걸어서 조산원으로 돌아왔다. 처음에는 이게 길인지 아닌지조차 모호했는데, 지금은 지역 사람들도 모르는 지름길까지 훤히 꿰고 있다.

좀 멀리 돌아오면 바다가 보이는 언덕이 있어서 그곳을 향해 걸었다. 도중에 살짝 배가 고파서 수풀 속에 달려 있는 바나나도 한 개 따 먹었다. 커다란 타원형 잎이 반짝반짝 빛났다.

몸을 낮게 하고 식물 터널을 빠져나가면, 갑자기 시야가 확 트이며 바다가 펼쳐진다. 언덕에는 누가 두고 갔는지 녹슨 파이프 의자가 한 개 놓여 있다. 그러나 여기서 누군가를 만난 적은 한 번도 없다. 어쩌면 내가 있을 때는 의자를 양보하느라 조용히 식물 터널을 되돌아갔을지도 모른다.

"예뻐라."

소리 내어 말했다. 더는 절대로 무리라고 할 정도로 빵빵하게 부푼 배에 두 손을 올리고, 아직 이 경치를 보지 못하는 아이에게 기분 좋은 마음을 보냈다.

바다는 끝없이 푸르게 수평선을 덮고 있다. 발밑에는 하얀 꽃이 흐드러지게 피고, 언덕에 자란 기묘한 모양의 나뭇가지에 앉은 새가 독특한 미성으로 울고 있다.

기분이 좋은 나머지 그 자리에 벌러덩 누웠다. 하늘을 향해 눕는 자세는 힘이 들어서 옆으로 팔다리를 쭉 펴고 누웠다. 바로 가까이에서 습한 흙냄새가 났다. 위를 쳐다보니 나뭇가지와 가지 사이에 커다란 거미줄이 보였다. 마치 레이스 뜨기를 한 컵받침처럼 아름다운 거미줄에는 아침 이슬이 맺혀서 값비싼 다이아몬드처럼 보였다. 멍하니 보고 있는데 산들산들 시원한 바람이 지나갔다.

"아!"

저절로 탄성이 나왔다. 지금 이 순간, 여기에 존재하는 것이 행복해서 미칠 것 같았다. 순백의 새가 평온하고 푸른 하늘을 날갯짓하며 날아갔다. 눈을 감고 마음을 차분하게 하고 있으니 지구의 고동까지 느낄 수 있을 것 같았다.

잠시 꾸벅꾸벅 졸았던 모양이다. 귓가에서 소리가 나서 몸을 일으켰더니, 1미터쯤 떨어진 곳에 어미와 새끼의 중간 정도인 새하얀 산양이 서 있었다. 잠시 서로 빤히 바라보았다. 몇 번을 봐도 산양의 눈동자는 만든 것처럼 무섭다. 섬에 온 지 얼마 안 됐을 때라면 분명 소리 지르며 난리였을 것이다.

그러나 이제 놀라지 않는다. 산양도, 말도, 소도, 이 섬에는 많은 동물이 사람과 함께 살고 있다.

산양이 풀을 먹고 싶어 하는 것 같아서 언덕을 양보하기로 했다. 천천히 두 손을 짚고 신중히 일어섰다. 산양이 맛있는 식사를 할 수 있도록, 서둘러 움직이느라 힘껏 심호흡했다. 그 탓인지 자궁이 수축하는 게 느껴졌다. 하지만 어차피 가진통일 것이다. 생리통 같은 통증이어서 참을 수 없을 정도는 아니었다. 진통은 뭔가를 주저하듯이 오는가 싶으면 금세 멀어졌다.

'만약, 만약 이대로 아기가 배 속에만 내내 머물면 어떻게 되는 걸까?' 하는 생각을 잠깐 했다.

돌아오는 도중에 맛있어 보이는 호비간주가 무성한 것이 선생님에게 선물하면 좋을 것 같았다. 스모 선수처럼 두 다리를 쩍 벌리고 구부리고 앉아 따고 있는데, 어라, 또 자궁이 수축하는 게 느껴졌다. 통증은 아까보다 심했다. 심호흡을 해서 간신히 넘기고, 일어서서 다시 걷기 시작했다. 사실은 엉금엉금 기고 싶은 기분이었다. 그러나 차마 그럴 수는 없어서 몸을 구부리고 걸었다. 고통스러울 때마다 멈춰 섰다가 한 걸음씩 걸어갔다. 츠루카메 조산원이 몇백 미터 남은 거리에 도착했을 때는 하반신에 찌리릿 전기 같은 심한 통증이 달려, 거기서부터는 한 걸음도 더 걸을 수 없었다.

더 이상 참지 못하고 배를 양손으로 감싸고 그대로 바닥에 드러누웠다. 너무 아파서 우, 우, 하는 소리밖에 나오지 않았다. 멀어지는 의식 한쪽 구석으로 추프의 냄새를 느꼈다. 축축하고 따뜻한 혀로 내 뺨을 열심히 핥았다. 그 순간, 눈앞이 캄캄해졌다.

얼마나 시간이 흘렀는지 모르겠지만, 귓가에서 선생님과 팍치 씨 목소리가 들렸다. 애써 실눈을 뜨니 두 사람이 걱정스럽게 나를 들여다보고 있었다. 시야 끝에 검은빛이 나는 추프의

모습이 보였다. 추프가 선생님과 꽉치 씨를 불러다 주었는지도
모른다.

"마리아, 대체 얼마나 참은 거야?"

선생님이 어이없다는 듯이 말했다.

"그렇지만, 아직 가진통이죠?"

너무 아파서 잠긴 목소리를 억지로 쥐어짰다.

"마리린, 가진통이 아니고 엄연히 진짜 진통이야. 게다가 벌
써 5분 간격이라고."

꽉치 씨가 심각한 표정으로 말했다.

"어쨌든 설 수 있으면 걸어서 이동하자. 아무리 그래도 여기
서 출산할 수는 없으니……."

"그렇지만."

더 이상 한 걸음도 걸을 수 없었다. 데이 서비스에 있는 하
루코 할머니도 옛날에 길에서 아이를 낳았다고 했던 말이 생
각났다.

"참을성이 강한 것도 정도가 있지."

한 번도 스스로 참을성이 강하다는 생각을 해본 적이 없어
서 선생님이 그렇게 말해주니 오히려 기분 좋았다.

드디어 정말로 시작된 것이다.

눈을 감고 한동안 통증을 참고 있으니 썰물처럼 진통이 멀

어져갔다. 지금 같으면 걸을 수 있을 것 같아서, 두 손으로 신중히 몸을 일으켰다. 그때까지 전혀 깨닫지 못했지만, 만삭의 임산부가 길 한복판에 엎어져 있는 것이 충격적이었는지, 주위에 구경꾼들이 울타리를 이루고 있었다. 마침 고기잡이에서 돌아왔는지 오토바이를 탄 아저씨가 힘내라며 싱싱한 물고기를 한 마리 내밀었다. 몽롱한 머리로 아저씨의 차림새가 어딘지 모르게 장로를 닮았다고 생각했다. 장로를 위해서라도 나는 내 힘으로 아기를 낳아야만 한다. 분명 장로는 어딘가에서 내 출산을 지켜보고 있을 것이다.

선생님과 곽치 씨의 부축을 받아 천천히 걸어서 츠루카메 조산원으로 향했다.

"저기요, 힘내요!"

등 뒤에서 아이의 소리가 났다. 처음에 런치파티 때 "나마시타" 하고 힘차게 말했던 남자아이다. 고맙다고 말하고 싶었는데 너무 아파서 소리가 나오지 않았다. 이윽고 멀리에 조산원 문이 보이기 시작했다.

줄곧 파오에서 낳고 싶다고 생각했다. 처음 츠루카메 조산원에 머물렀던 날 밤, 나나코 씨가 넷째 아이를 낳은 곳이다. 그 얘기는 전부터 선생님에게 말해두었다. 우리는 안채 앞을 지나 그대로 파오로 향했다.

새하얀 천으로 덮인 파오에 들어간 순간, 마음이 몹시 편안해졌다. 마침 진통도 멎어서 아무 일도 없었던 것처럼 태연해졌다. 좀 전까지의 그 아픔은 뭐였지? 파오 속은 바깥보다 어두컴컴해서 마치 자궁 속에 있는 것 같았다. 여름에는 지면에 가까운 부분의 천을 걷어놓아서, 통기성이 좋고 이따금 시원한 바람이 들어온다.

돗자리에 깔아놓은 이불에 누워 한숨 돌린 뒤 선생님이 내진을 해주었다. 선생님은 불필요한 내진은 하지 않는다. 그래서 선생님에게 내진을 받는 것은 오랜만이다. 진료소 선생님보다 훨씬 매끄러운 손놀림이어서 별로 아프지 않다.

"역시 거의 다 열렸어."

파오에 도착해서 안심했는지 선생님의 표정도 그리 심각하지 않았다. 그 사실에 왠지 안심됐다.

"새벽쯤이면 태어나지 않을까?"

그러는 동안에 또 진통의 파도가 밀려왔다. 조금 전까지의 편안했던 공기는 무엇이었을까. 아파서 제대로 호흡조차 할 수 없었다. 일어나서 선 자세로 파오 벽에 몸을 기댔다. 내가 아무리 체중을 실어도 파오는 꿈쩍도 하지 않는다. 퐉치 씨가 통증을 완화해주기 위해 내 항문 쪽을 거즈로 누르고 허리를 주물러주었다. 그래도 안쪽에서 허리를 망치로 힘껏 때리는 것 같은 통증이 있었다. 그때마다 온몸에 무서운 통증이 달렸다. 이마가 땀으로 흥건히 젖었다.

"마리린, 후후, 하고 천천히 숨을 뱉어봐."

곽치 씨가 시범을 보이면서 호흡법을 가르쳐주었다. 며칠 전까지는 호흡법쯤이야 간단하지 뭘 연습까지 하는가 생각했는데, 막상 닥치니 너무 아파서 뜻대로 되지 않았다. 피부가 갈기갈기 찢어지고 내장과 피가 다 밖으로 튀어나오는 게 아닌가 싶었다.

필사적으로 최대한 아프지 않은 자세를 찾았다. 처음에 나나코 씨의 출산을 보았을 때, 마치 짐승이 되어가는 것 같다고 놀랐지만, 지금은 그야말로 내가 야수다. 하지만 부끄럽다는 생각은 조금도 들지 않았다. 아니, 수치심을 떠올릴 여유조차 없다. 땀투성이가 되어 파오 속을 뒹굴며 진통을 견디고 있는데 밖에 나갔던 선생님이 돌아왔다.

"마리아, 뭐 먹고 싶은 건?"

진통으로 뭘 먹을 정신도 없는데, "아직 한참 멀었고 배가 고프면 힘이 나지 않아. 지금 뭐라도 먹어두는 게 좋아"라며 대답을 재촉했다.

몽롱한 의식 속에서 "하"라고만 말했다. 사실은 '히비스커스'라고 말하고 싶은데 아무리 그다음 말을 하려고 해도 "하,

하, 하" 하고 단순한 숨소리만 나왔다.

잠시 통증이 약해졌을 때 "하이"까지 단숨에 말했다.

"하이? 아, 혹시 히비스커스?"

드디어 꽉치 씨가 알아들은 것이 기뻐서 단지 그 사실만으로 눈물이 날 것 같았다.

"선생님, 아마 히비스커스 튀김을 먹고 싶은 게 아닐까요?"

꽉치 씨의 밝은 목소리에 그렇다는 의미를 담아 몇 번이고 끄덕였다.

"알겠어, 히비스커스 튀김. 지금 에밀리한테 부탁해서 만들어올게."

선생님이 빠르게 말했다. 나는 갑자기 목이 말라서 물통 쪽을 가리켰다. 꽉치 씨가 얼른 물을 먹여주었다.

또 통증이 없는 이완기가 찾아왔다. 정말 신기하다. 폭풍 후의 고요다. 그토록 아파서 미칠 것 같았는데, 그 흔적도 없다. 천창을 올려다보며 멍하니 있으니 꽉치 씨가 파오 이야기를 해주었다.

"파오는 반드시 정남쪽으로 문을 만들어서 세워야 한대. 그래야 천창으로 빛이 들어와서 그 각도로 시간을 알 수 있어."

하늘이 맑은 날이면 항상 벽 한 점이 조명처럼 밝게 비친다. 해 질 녘의 부드러운 빛이 파오에 놓여 있는 밸런스볼을 밝게 비추었다. 이완기 동안에도 꽉치 씨는 줄곧 내 옆에 있어주었다. 그게 몹시 든든했다.

여러 번 진통의 파도를 넘은 뒤에 선생님이 식사를 갖고 와주었다.

"히비스커스 튀김. 금방 튀겨서 맛있을 거야. 먹을 수 있을 만큼 먹어. 그리고 국수도 삶아왔어."

먹기 쉽도록 작은 테이블에 음식을 나란히 차려주었다. 국수는 삼색으로 신호등 같은 색깔 조합이다. 손으로 먹고 싶은 기분이었지만, 간신히 젓가락을 들고 히비스커스 튀김부터 먹었다.

처음 이걸 먹은 것은 겨울이 끝날 무렵이었던가. 섬에서 채취할 수 있는 먹을 것이 적어지는 시기가 있다. 역시 보존식만으로는 부족하니 선생님이 고육지책으로 정원에 있는 히비스커스 송이를 따서 얇게 튀김옷을 입혀 튀겨주었다. 양파꽃과 바질꽃도 같이 튀겨주었지만, 그때 내 위에 딱 알맞았던 것이 히비스커스 튀김이었다.

특별한 맛이 나는 것도 아닌데 은근히 맛있다. 소금에 찍어 먹는 것을 좋아하지만, 이번에는 국수용 간장이 있어서 거기에 찍어 먹어보았다. 튀김옷 속으로 노랑과 빨강 꽃잎이 보여 아주 예뻤다. 국수도 함께 먹으니 술술 잘 넘어갔다.

"초록색은 비터멜론, 노란색은 강황, 보라색은 자색고구마를 갈아 넣은 거야."

계속 허리에 손을 대주고 있던 선생님이 알려주었다. 기분 좋은 식감이었다. 히비스커스 튀김은 종이를 깐 소쿠리에 수북했고, 국수도 넉넉하게 담긴 1인분이었는데, 감쪽같이 다 먹어치웠다. 이제 배 속의 아이와 한 몸인 상태로 먹는 마지막 식사인가 생각하니 왠지 쓸쓸했다. 식사를 마치는 것을 보고, 팍치 씨가 미지근한 약초 차를 주었다.

식사를 하는 동안에 진통이 멀어졌는지 이번에는 잠이 쏟아졌다.

잠깐 짧은 꿈을 꾸었다.

장소는 츠루카메 해변이고 이제 곧 아침 모임을 시작하려 하고 있다. 하지만 선생님이 카세트 플레이어를 켜려고 하니 고장이 났는지 소리가 나오지 않았다. 선생님이 내 쪽을 보고 "마리아, 춤을 춰봐" 하고 말했다.

"무리예요, 배도 이렇게 부르고."

꿈속에서도 나는 임산부였다.

무엇보다 사람들 앞에서 춤을 추는 자체가 무리다. 그래도 선생님은 물러서지 않았다.

"괜찮다니까. 발레 연습 계속했잖아. 사람들에게 가르쳐주렴."

나는 마지못해 춤을 추기 시작했다. 처음에는 모래에 발이 빠져 생각처럼 되지 않았다. 양팔을 벌리고 한쪽 다리를 내밀었다. 그리고 그 자리에서 빙글빙글 회전했다.

어느새, 모두가 모래사장에서 발레를 하고 있었다. 할머니도, 할아버지도, 선생님도, 꽉치 씨도, 사미도, 에밀리도, 게다가 장로까지. 모두 저마다의 몸짓으로 춤을 추고 있다. 전원의 움직임이 시시각각으로 발레와는 거리가 멀었지만, 한 사람 한 사람 진지하게 추는 것이 또 재미있었다. 나는 점점 즐거워졌다. 마침 해가 높이 떠올라 조명을 받는 것 같았다. 한참 동안 춤에 빠졌다. 그리고 "하니까 되잖아" 하는 선생님의 목소리에 눈을 떴다. 아주 생생한 꿈이었다.

내가 꿈을 꾸는 동안에 선생님은 내 배에서 허리에 걸쳐 마사지를 하고 있었던 것 같다. 파오에는 상큼한 라벤더 향이 감돌고 있었다. 기분이 좋아서 뇌만 빼고 몸 전부가 녹는 것 같았다. 순간 내가 임신했다는 사실조차 잊어버릴 것 같았다. 꽉치 씨는 내 발의 삼음교에 뜸을 뜨고 있었다. 진통의 급소라고 하는 아킬레스건 양옆도 눌러주어서, 때때로 뜨거움과 아픔에 몸부림칠 것 같았다. 그래도 진통에 비하면 아무것도 아니다.

도중에 에밀리도 온 것 같다. 의식이 아득해서 알지 못했지만, 치골 주변을 찜질해주었다. 나 하나를 위해 세 사람이 달라붙어 만져주니, 마치 어느 나라 왕비라도 된 기분이었다. 이렇게 소중하게 대해주니 한 번 더 임신하고 싶어진다. 그러다 또 까무룩 잠이 왔다. 사실은 아까 꿈을 계속 꾸고 싶었지만, 그저 깊은 잠밖에 찾아오지 않았다.

하지만 그 잠도 하반신이 파열할 것 같은 통증에 깨버렸다. 해가 저물었을까. 천창으로 들어오는 빛은 거의 없었다. 너무 아파서 "아파!" 하고 소리를 내는 것조차 힘들었다. 이 아픔의 크기에 비하면 아까 길거리에서 느낀 통증은 어린아이 수준이라 해도 좋을 것이다.

통증에 몸을 맡기고 온몸으로 소리쳤다. "아악"이라고도, "꺅"이라고도 표현하기 힘든 동물의 울부짖음 같은 소리가 나왔다.

"옳지, 마리아, 잘하고 있어."

선생님이 칭찬해주었다.

"지금부터가 진짜 진통이야. 잘 참아봐."

엥? 지금부터가 진짜라니 무슨 소리? 그렇게 생각하면서도 멋대로 소리를 질렀다. 이번에는 배고픈 늑대의 울음소리 같았다.

"어쨌든 엄마가 비우지 않으면 아기는 나오지 못해. 그러니까 마음에 담아둔 것들 전부 다 토해내 버려."

거리는 가까울 텐데 왠지 선생님 목소리가 멀리서 들렸다. 그 몇 초 후에, "이 바보!" 하는 외침이 내 입에서 튀어나왔다.

"바보!"

무엇에게 하는 소린지 나도 알 수 없었다. 나를 버린 엄마? 시설에서의 생활? 안자이 부부? 오노데라? 아니면 나 자신? 모르겠지만, 그렇게 말로 하면 할수록 가슴속이 가벼워졌다. 나는 입에서 나오는 대로 소리쳤다.

"고마워!"

"미안해!"

"엄마!"

그때마다 머리끝에서부터 점점 해방되어가고 있음을 느꼈다. 완전히 딴 세계로 뛰어나갔다. 정말로 내가 비워지고 있었다.

진통의 파도를 타듯이 모두가 함께 힘을 주었다.

"소리 지르지 마."

"배꼽을 봐."

선생님이 지도했지만, 좀처럼 그렇게 되질 않았다. 호흡하기가 이렇게 어려운 줄 몰랐다. 그래도 아기의 머리가 조금씩 내려오는 게 느껴졌다.

내가 힘을 줄 때마다 아기의 머리가 보일락 말락 했다. 서 있

는 선생님의 상반신을 꽉 껴안고 힘을 주었다. 계속 허리를 주
무르고 있는 것은 팍치 씨일 것이다. 에밀리는 때때로 도플러
를 내 배에 대고 아기의 심박음을 확인했다.

"봐, 여기 아기 머리가 있어, 알겠어?"

선생님이 내 손을 잡고 아기의 머리를 만지게 해주었다. 촉
촉하게 젖은 머리카락의 감촉에 나도 모르게 눈물이 솟구쳤다.
아기가 내려오고 있다는 것을 확실히 실감했다. 지금까지 중에
최대급 진통이다. 빨리 낳고 싶어서 한껏 힘을 주었다. 그러나
선생님이, "마리아, 제대로 눈을 떠. 서두르지 말고, 자. 핫핫핫
핫핫!" 하고 호흡을 리드해주었다. 잘한다, 잘한다, 하고 칭찬
하면 서툴다는 걸 알면서도 기뻤다. 통증은 절정에 달하고, 입
에서는 비명밖에 나오지 않았다. 이대로 몸이 폭발해서 산산이
흩어질 것 같았다.

자세를 바꾸려고 무릎을 구부릴 때였다. 갑자기 등이 부드
럽고 따뜻한 감촉에 감싸였다. 뭐지, 이 반가운 감촉은. 햇볕에
바싹 말린 오리털 이불을 둘둘 말고 있는 것처럼 말도 안 되게
기분이 좋다. 한순간이었지만, 내 몸에서 모든 통증이 사라져
갔다.

어쩌면 나는 죽은 건지도 모른다. 그래서 지금 천국의 입구
에 와 있을지도.

아기를 만나지 못한 것은 유감스러웠지만, 조금이라도 머리를 만져보았으니 뭐, 됐지. 그런 생각을 멍하니 하고 있는데, "마리아" 하고 귓가에서 속삭이는 소리가 났다. 드디어 천국인가 생각했다. 그도 그럴 것이, 나를 그렇게 부르는 사람은 오노데라밖에 없다. 10년 가까이 함께 산 안자이 부부조차 마지막까지 나를 부를 때는 '상'을 붙였다. 그런데 오노데라는 행방불명 상태이다. 섬에 있을 리 없다. 그렇다면 역시 이곳은……. 나는 죽은 것이다. 그래서 오노데라가 옆에 있는 것이리라.

그렇게 생각하고 있는데 뺨에 따끔한 것이 닿았다. 손을 뻗으니 따뜻한 부분과 차가운 부분이 미묘하게 섞인 남자 얼굴 같은 것이 있었다. 따끔따끔한 것은 수염이다. 어디가 어딘지 모를 얼굴을 손바닥으로 만지고 있으니, "힘내" 하고 이번에는 또렷하게 오노데라의 목소리가 들렸다.

오노데라? 정말로 오노데라야?

그렇게 확인하고 싶은데 의식이 몽롱해서 소리가 나오지 않았다. 몸에 돌풍처럼 통증이 화악 달리고 아기가 움직였다. 누군가가 이끄는 대로 두 손을 내미니 손바닥에 촉촉하게 젖은 미지근한 감촉이 퍼졌다. 혹시, 하고 눈을 떠보니 두 팔에 아기가 있었다. 제법 묵직하다. 그대로 가슴 쪽으로 안아 올리니 탯줄이 줄줄 따라왔다.

이것이 기다리고 기다리던 아기다. 나와 오노데라의.

그리고 나는 겨우 뒤를 돌아보았다. 되도록 기대하지 않으려고 생각하면서. 그런데 역시 거기 있는 것은 오노데라가 틀림없었다. 진짜로 내가 아는 실물의 오노데라다.

"나 왔어."

"어서 와."

가슴 위에 올려진 아기가 짧은 대화를 나누는 우리 부부를 신기한 듯이 바라보는 기분이 들었다. 오노데라의 눈물이 내 이마에 톡톡 비처럼 떨어졌다.

"고마워, 낳아주어서."

"나야말로……."

고마워, 라고 하고 싶었는데 목이 메어 말이 나오지 않았다.

"마리아, 앞으로도 잘 부탁해."

내 가슴은 태어난 아기와 오노데라 때문에 터질 것 같았다. 아기가 가녀린 산성을 올렸다. 역시 남자아이였다. 상상했던 것보다 훨씬 작고 여리다. 아기는 모든 것을 다 알고 있다는 표정으로 어린 신처럼 나를 말끄러미 보는 것 같았다.

나를 엄마로 선택해주어서 고마워.

그렇게 생각하면서 나는 말랑말랑하고 보드라운 아들의 몸에 손바닥을 올렸다. 이 아이가 엉터리 부부인 우리를 선택해서 와준 것이다.

무사히 출산을 마치고 희로애락, 감정의 풀코스를 만끽한 기분이었다. 쓸데없는 것을 벗어던지고 다시 태어난 것처럼, 눈에 들어오는 풍경이며 귀에 들리는 소리까지 모든 것이 신선했다.

분명 이 아이는 모든 걸 다 알고 있었다. 그래서 오노데라가 도착하기를 기다린 것이다. 그래서 예정일보다 늦게 나온 것이다.

다음 날, 오노데라에게 들은 얘기에 따르면 오노데라의 꿈에 이상한 할아버지가 나타나 양손으로 하트 모양을 그리며 그곳으로 가라, 가라, 하는 몸짓을 하더라고 했다.

"혹시 그 사람 이가 다 빠지지 않았어?"

혹시나 하고 물어봤더니 오노데라는 깜짝 놀란 얼굴로 그렇다고 대답했다.

역시 장로다. 장로가 나와 약속한 대로 정말로 오노데라를 이 섬으로 이끌어주었다.

배는 천천히 터미널을 떠나 멀어져갔다. 기적이 두 번 흐느껴 우는 듯한 소리를 울렸다.

"고맙습니다!"

전망이 좋은 2층 갑판에 나와 세찬 바람을 맞으면서 힘껏 소리쳤다. 그 순간, 콧등이 시큰해지며 시야가 흐려졌다.

항구에는 선생님, 곽치 씨, 에밀리, 추프, 사요리와 코지와 아기, 그리고 츠야코 씨와 데이 서비스에서 만난 할머니, 할아버지까지 모두 나와 배웅해주고 있었다.

사미는 내 아들의 첫 울음소리를 들은 뒤, 아무한테도 알리지 않고 동굴에 편지를 남긴 채 떠났다고 한다. 세계를 여행하는 아코디언 연주자가 되기 위해. 언젠가 이 아이가 자라면 세 식구가 함께 그 모습을 보러 가고 싶다.

거창하게 하지 말아 달라고 그만큼 부탁했는데 선생님의 한마디에 모인 어린이 고적대가 아까부터 연주를 계속하고 있다. 선생님은 선장한테까지 부탁해 배와 항구 사이에 색색의 종이테이프를 연출해주었다. 나도 오노데라도 그런 건 별로 좋아하지 않지만, 평생에 한 번 영화 속 주인공이 된 기분을 맛보는 것도 나쁘지 않았다. 배가 선창에서 멀어질수록 종이테이프는 도중에 잘려 허공을 둥실둥실 날았다.

선생님은 꼼짝하지 않고 서서 내 쪽을 바라보며 계속 손을 흔들었다. 선생님과 떨어지는 것은 정말로 괴로웠다. 그러나 내게는 아들이 있고, 오노데라도 돌아와 주었다. 이대로 섬에 계속 있을 수는 없다. 선생님이 깔아준 선로 위에서가 아니라 내 힘으로 길을 개척해야만 한다.

"언젠가 꼭 다시 섬으로 돌아올게요!"

나는 최대한 큰 소리로 외쳤다.

선생님이 크게 끄덕였다. 괜찮아, 이게 영원한 이별은 아니니까. 살아 있으면 또 웃는 얼굴로 만날 수 있으니까.

생후 1개월 남짓 된 아들은 츠야코 씨에게 받은 슬링에 몸을 맡기고 오노데라의 품속에서 자고 있다. 아들의 몸을 감싸고 있는 것은 내가 태어날 때 입었다고 하는 동물 자수가 놓인 배냇저고리다. 모두 이어져 있다. 내게도 나를 낳아준 엄마가 있다.

배가 바다로 나가자, 곽치 씨와 추프가 배가 달리는 방향으로 따라 달렸다. 처음에 만났을 때도 곽치 씨는 달리고 있었지. 그 생각을 하니 또 눈물이 솟구쳤다. 이 섬에서 그렇게 울었으면서.

그렇게 달리면 넘어진다고 말하려 할 때, 아니나 다를까, 곽치 씨가 거하게 엎어졌다. 그래도 바로 일어나 또 뛰었다. 고적대의 연주는 이제 희미하게밖에 들리지 않는다.

곽치 씨와 추프는 제방을 달려 한 번 더 배의 항로 근처까지 왔다.

"잘 있어요!"

까치발을 하고 팔을 흔들면서 큰 소리로 외쳤다. 옆에 선 오노데라는 품속의 아들을 신경 쓰면서 몇 번이고 몇 번이고 섬의 사람들을 향해 머리를 숙였다. 시간이 지날수록 아들은 점점 오노데라를 닮아갔다. 이번에는 내가 오노데라를 지탱해주며 살아갈 것이다. 그리고 몸도 마음도 한시도 떠나지 않고 사랑하는 가족 옆에 붙어 있어야지. 사람은 언젠가 세상을 떠나니까. 함께 있을 수 있는 시간은 한계가 있으니까.

"깜언, 고마워!"

이제 어떤 표정인지도 알아볼 수 없다. 터미널의 실루엣이 점점 멀어져갔다.

이윽고 배가 방향을 바꾸자 모두의 모습은 더 이상 보이지 않았다. 지금은 무인도 같은 섬 그림자만 어렴풋할 뿐이다. 그래도 나는 언제까지고 손을 흔들었다.

(끝)

남편이 사라져버렸다. 아무런 전조도 없이. 그야말로 어느 날 갑자기 뜬금없이 홀연히. 휴대전화마저 두고 떠나 연락할 길도 없다. 남편에게만 기대어 살아온 주인공 마리아에게는 눈앞이 캄캄해지는 현실이다. 막막한 시간을 보내던 어느 날, 남편과 혼전 여행을 갔던 하트 모양의 섬으로 무작정 당일치기 여행을 떠난다. 바로 그 섬에 츠루카메 조산원이 있었고, 그곳에서 츠루다 카메코 원장을 만난 마리아는 마음의 치유와 더불어 의지박약하고 나약하고 무능하기만 했던 자신을 강한 사람, 누군가에게 도움이 되는 사람으로 만들어간다. 자신의 상처받은 과거로 인해 마음의 문을 꽁꽁 닫고, 남편 오노데라 이외에는 누구에게도 마음과 몸(가벼운 터치조차)을 허락하지 않았던 마리아가 마치 〈사운드 오브 뮤직〉의 마리아처럼 밝고 씩씩하고 부지런하고 사랑스러운 마리아가 되어간다. 대체 츠루카메 조산원은 어떤 곳이기에 마리아는 이렇게 슬픈 과거와 아픈 현실을 이겨낼 수 있었을까?

오가와 이토의 소설에는 항상 익숙한 단골 메뉴가 있다. 이별 혹은 사별의 상처를 가진 주인공, 삶과 죽음, 아름다운 풍경, 따뜻한 사람들, 평온한 공기, 훈훈한 에피소드, 그리고 빼놓을 수 없는 것은 맛있는 음식! 요리를 좋아하고 잘하는 작가답게 항상 맛있는 음식 얘기가 나온다.

《츠루카메 조산원》은 혹시 예외인가 했지만, 그의 소설에 예외는 없었다. 츠루카메 조산원이 있는 하트 모양의 섬은 일본의 하와이라고 불리는 오키나와섬을 배경으로 하고 있다. 그래서 오키나와섬의 특산물이나 그 섬에서만 나는 식재료로 만든 향토 요리를 마음껏 소개하고 있다. 이별이나 사별을 해본 사람들은 알겠지만, 사랑하는 사람을 잃었을 때 같이 잃게 되는 것이 식욕과 삶에 대한 의욕이다. 대신 온몸에 가득한 것은 부정적인 사고와 절망감. 그런 주인공에게 맛있는 음식과 훈훈한 정으로 힐링을 도와주는 것이 오가와 이토의 소설이다.

나는 종종 생각한다. 오가와 이토의 소설은 판타지 소설이 아닐까 하고.

조산원 얘기를 읽다 보니, 까마득한 옛날 같기도 하고 바로 어제 일 같기도 한 딸아이 출산 때가 생각났다. 츠루카메 조산원에서처럼 여왕 대접을 받으며 최고로 편안한 분위기에서 아이를 낳는 게 아니라, 아기 낳는 공장처럼 줄줄이 누운 산모에 인턴과 레지던트들이 공부 삼아, 경험 삼아 시시때때로 왔다 갔다 하며 똑같은 질문을 하고 똑같은 내진을 해 짜증이 증폭되었던 병원이었다. "소리 지르지 마세욧!" "엄마가 그러면 아기가 더 힘들잖아욧!" "지금 힘주면 안 돼욧!" 하는 앙칼진 소리만 들으며 출산했던 기억.

엄마와 아이를 잇고 있는 탯줄 속의 영양분이 모두 아기한테 옮겨질 때까지 갓 태어난 아기를 엄마의 배 위에 올려놓는 츠루카메 조산원과 달리, "여자아이고요, 3.33킬로그램입니다" 하고 초록색 보자기에 둘둘 싸서 얼굴 잠깐 보여주고 쏙 데리고 간 게 다였던 기억이 새삼스럽게 억울하다. 좀 더 좋은 환경에서, 좀 더 대우받으며 출산을 했더라면 새 생명이 탄생하는 순간이 더 행복할 수 있었을 텐데.

아, 이런 불평을 하면 할머니 연배의 분들은 "무슨 배부른 소리, 난 밭에 일하러 가다가 낳았어!"라고 하실지도 모르겠다. 어른들에게 흔히 들었던 대사는 이 책에서도 나온다. 세월이 갈수록 산모가 대우받고 출산 환경이 좋아지고 있다. 요즘은 츠루카메 조산원 같은 곳이 많아졌을지도 모르겠다. 소설과 달리 비싸겠지만.

아침 햇살을 받으며 광합성을 하고, 맛있는 제철 음식을 먹고, 신성한 노동을 하며, 사소한 일에도 크게 소리 내어 웃는 츠루카메 조산원 사람들. 혹시 최근 사랑하는 이를 잃고 절망에 빠져 있다면, 그들을 한번 흉내 내어 보는 건 어떨까.

권남희

츠루카메 조산원

초판 1쇄 발행 2024년 1월 30일

지 은 이	오가와 이토
옮 긴 이	권남희
펴 낸 이	한승수
펴 낸 곳	문예춘추사

편 집	김이슬, 구본영
디 자 인	박소윤
마 케 팅	박건원, 김홍주

등록번호	제300-1994-16
등록일자	1994년 1월 24일
주 소	서울특별시 마포구 동교로 27길 53, 309호
전 화	02 338 0084
팩 스	02 338 0087
메 일	moonchusa@naver.com

I S B N	978-89-7604-630-7 03830